KB036484

Jennie's Man

제니의 남자

Jennie's Man

제니의 남자

초판 1쇄 찍은 날 | 2019년 10월 23일
초판 1쇄 펴낸 날 | 2019년 10월 31일

지은이 | 문희
펴낸이 | 예경원

편집 | 주승아

펴낸곳 | 예원북스
등록번호 | 제396-2012-000132호
등록일자 | 2012. 7. 25
YRN | 제1-0258호

주소 | 경기도 고양시 일산동구 호수로 646-24 위너스21-Ⅱ 206A호 (우) 10401
전화 | 031-819-9431 팩스 | 031-817-9432
http://cafe.naver.com/yewonromance
E-mail | yewonbooks@naver.com

ⓒ 문희, 2019

ISBN 979-11-365-0464-7 03810

Jennie's Man

문희 장편 소설

제니의
남자

YEWONBOOKS ROMANCE STORY

여원

Contents

프롤로그

사람들이 식탁에 앉자마자 조명은 음식이 맛있어 보이도록 저절로 광(光)으로 바뀌었다. 건강을 위해 영양학적으로 완벽하게 계산된 음식들은 최고급 명품 식기에 담겨 나왔고, 식사하기 전에 손을 씻을 물을 메이드들이 가져 왔다.

이 모든 게 식탁에 앉아 있는 두 명의 아이들을 위한 것이었다.

"씻으세요."

두 명의 아이들은 무표정한 얼굴로 익숙하게 손 세정액을 바른 후에 손을 깨끗이 씻었다. 그렇게 다섯 살 여자아이와 일곱 살 남자아이는 말없이 밥을 먹기 시작했다.

제니는 아이들 앞에 서서 아이들이 밥을 잘 먹는지 체크를 해야 했다.

국내 건설업 부동의 1위 기업인 '디딤돌 건설' 본가에 들어온 지 이틀째지만 아직도 이 낯선 광경이 어색하기만 했다. 이곳에 오기 전에 제니는 또 다른 재벌가의 입주 가정 교사였다. 아이들이 외국 학교로 유학을 하러 가는 바람에 직장을 잃었지만, 그 집 안주인의 소개로 이곳에 오게 되었다.

다른 재벌가에서는 보기 힘든 광경을 이곳에서 보고 있었다. 어제 첫 수업을 할 때도, 오늘도 아이들의 얼굴에서 웃음기라고는 찾아보기 어려웠다.

마치 조선 시대 예를 중시하던 사대부 가문처럼 답답해서 죽을 것 같은 엄숙한 분위기였다. 이곳의 주인인 최연욱 회장은 소문에 삼십 대 중반의 젊은 오너라고 들었는데 집 안 분위기는 아니었다.

"원래 이렇게 아이들이 말이 없나요?"

"회장님께서 도련님과 아가씨가 품위 있게 자라는 걸 원하십니다."

김 집사는 어이없게도 어린아이들에게 품위를 운운하고 있었다.

"아, 품위라……."

"그러니 선생님께서도 품위를 지켜 주시기 바랍니다."

"네⋯⋯."

예순의 나이에도 카리스마가 넘치는 김 집사는 여자였다. 백발의 커트 머리에 검은색 정장은 김 집사의 트레이드마크였고, 찢어진 작은 눈은 뱀의 눈처럼 매서웠다. 한마디로 김 집사를 정의하자면 '감시자'였다. 김 집사가 곁에 있으면 왠지 감시당하고 통제되는 느낌이 들었다.

"밥을 다 먹을 때까지 서 있어야 하나요?"

한참을 이러고 있으려니 다리가 저렸다.

"네, 도련님과 아가씨가 평소와 다른 점이 있는지 살피셔야 합니다."

"아이들이 답답해하지 않을까요?"

"⋯⋯."

김 집사가 그녀를 이상하다는 듯 바라보았다.

"아니, 제 말은 저희도 밥을 먹을 때 누가 쳐다보고 있으면 먹기 불편하니까⋯⋯."

"불편하지 않습니다."

"네."

괜한 말을 한 것 같았다. 제니는 밥을 먹을 때도 흐트러지지 않은 자세로 먹고 있는 아이들을 바라보고 있었다. 보는 내내 숨이 막혀 죽을 것 같았지만, 이 집에선 이 모습이 정상적인 모습인 것 같았다.

"후……."

한숨을 쉬며 아이들의 모습을 바라보았다. 일곱 살 규원은 왁스로 2대 8 가르마를 단단히 고정하고 짙은 남색 재킷에 회색 베스트와 반바지 차림으로 흐트러짐이 하나도 없었다. 잘생긴 얼굴에 반듯하게 자란 아이였지만, 뭔가 로봇 같은 딱딱함이 있었다.

다섯 살 나리는 짧은 단발에 귀 옆으로 리본 핀을 꽂고 오빠와 같은 색의 옷에 주름치마만 달리 입었다. 보기에 딱 깨물어 주고 싶은 예쁜 아기 인형 같았다.

하지만 애석하게도 아이들에게서 인간미라고는 찾아볼 수 없었다.

제니는 자신이 이곳에 있는 동안 아이들에게 어떻게든 생기를 불어넣어 줄 생각이었다. 물론 김 집사에게는 비밀이었다.

"회장님은 집에 안 들어오시나 봐요?"

이틀 동안이나 아이들의 아버지인 최 회장은 보지 못했다.

"현재 출장 중이십니다. 출장에서 돌아오시면 인사를 드리실 겁니다."

"네."

아이들이 밥을 다 먹고 김 집사가 밥을 남겼는지 검사를 한 후에 아이들은 그녀에게 올 수 있었다.

"밥 맛있었어?"

"네."

제니가 다정하게 묻는데도 아이들은 여전히 표정 없이 답했다. 그녀는 그 모습이 너무 안타깝게 느껴졌다.

"우리 양치질하고 10분간 휴식한 후에 책 읽으러 갈까?"

"네."

점심시간은 그녀가 아이들을 돌보았고 아침과 저녁 시간은 유모가 아이들을 돌봤다. 제니는 그녀와 있는 시간 동안 아이들이 편안하기를 바랐다. 점심을 먹고 동화책을 읽는 시간이었다.

아직 글을 다 배우지 못한 줄 알았는데, 다른 집의 아이들과 달리 규원과 나리는 읽고 쓸 줄 알았다. 거기다가 영어와 중국어까지 공부하는 아이들이었다. 물론 그녀는 국어를 가르쳤고 영어와 중국어는 원어민 선생님들이 하루에 1시간씩 매일 와서 수업을 진행했다.

"공부하는 거 안 힘들어?"

"아뇨, 재미있어요."

어른들이 좋아하는 답을 아는 아이들이었다. 엄마가 없는데도 아이들은 바르게 자랐다. 통제된 삶이 나쁜 것도 있지만 어른이 봤을 땐 완벽한 아이들이었다.

"양치 다 했으면 정원에 나가서 놀까?"

"아뇨, 정원에서 뛰면 다쳐요."

"……."

규원의 말에 제니는 할 말을 잃었다.

"그럼, 안은 답답하니까 산책할까?"

"환절기라서 감기에 걸려요."

"후……."

규원은 반항하는 게 아니라 당연한 그들의 일상을 말하는 것이었다.

"그럼, 뭘 할까?"

"책 읽으면 될 것 같아요."

"나리도 그렇게 생각해?"

"네."

나리는 오빠가 하는 대로 무조건 따라 했다.

"좋아, 책 읽으러 가자."

아이들의 손을 잡은 제니는 공부방으로 향했다. 아이들의 공부방은 사방이 책으로 둘러싸여 있었다. 어른인 제니가 보기에도 숨이 턱 하고 막히는 규모였다.

"이거 다 읽으려면 하루에 몇 권씩 읽어야 하는 거야?"

제니는 빼곡하게 꽂힌 책을 손으로 쓸며 혼잣말을 했다.

"오빠는 거의 다 읽었어요."

"뭐?"

이렇게 많은 책은 아무리 동화책이라고 하더라도 읽기 힘든 양이었다.

"오빠는 책을 좋아해요. 그리고 책을 많이 읽으면 아빠가 칭찬해 주세요."

"그렇구나."

아빠의 칭찬이 아이에게 미치는 영향이 큰 것 같았다.

"아빠가 칭찬해 주는 게 좋아?"

"네."

아이들이 처음으로 씩씩하게 대답을 했는데, 왜 이렇게 짠하다는 생각이 드는 건지 알 수 없었다.

책을 읽고 나머지 수업 시간이 끝이 났다. 아무리 생각해도 천재에 가까운 아이들이었다. 수업 시간에 뭘 설명해도 척척 알아들었다.

"이렇게 수업 시간이 편한 적은 없었다는 걸 너희들이 알았으면 좋겠다."

아이들의 머리를 쓰다듬은 제니는 따뜻한 미소를 지었다. 유모가 아이들을 데려가고 그녀는 퇴근 시간이었다. 오전 9시부터 오후 5시까지가 그녀의 수업 시간이었고 나머진 자유 시간이었다. 평일엔 밖으로 외출할 수 없었지만, 주말은 외출이 허가되었다.

자유가 없긴 했지만, 보수가 좋아서 견딜 수 있었다. 거기에 숙식까지 제공이 되니 돈 나갈 일이 없었다. 그게 입주 가정 교사의 장점이었다.

"이제 그럼 숙소로 가 볼까나……."

몸을 일으켜 교재를 챙기고 수업했던 것도 정리한 후에 공부방을 나섰다. 그녀가 사는 별채까지 가는 길은 너무나 아름다웠다. 마치 공원 하나를 축소해서 집 안에 가져다 놓은 느낌이었다.

넓은 잔디밭도 있고 시원한 그늘을 만들어 주는 키 큰 나무들도 한쪽에 있었다. 거기에 커다란 강과 병풍처럼 집을 가린 산까지 있으니, 이건 집이 아닌 공원이었다.

특히 숙소 가는 길에는 아름다운 꽃길이 있어서 더 좋았다. 이제 봄에서 더운 여름으로 넘어가는 시기였다. 모든 땅이 푸르렀고 날씨도 따뜻했다.

이럴 때 이렇게 넓은 잔디밭을 걷다니 기분이 좋았다. 이곳은 서울의 외곽이라서 그런지 집이 너무 넓었다. 마치 영화 속에 나오는 대궐 같은 그런 느낌이었다. 본관에서 별관까지의 거리도 상당히 멀었다. 그래서 이곳에 일하시는 분들은 자전거를 타고 출퇴근을 했다.

"나도 자전거 하나 살까? 악!"

뭔가 검은 물체가 그녀를 향해 달려들어 깜짝 놀란 제니는 바닥에 그대로 넘어졌다. 그 검은 물체는 발로 그녀의 가슴을 누른 채로 서 있었다.

"으으……."

무서워서 눈을 뜰 수도 없었다. 커다란 짐승이 지금 그녀의 가슴을 짓누르며 으르렁거렸다. 이렇게 죽는구나, 라고 생각하는 순간 휘파람 소리와 동시에 그녀는 자유로워졌다. 눈을 뜨고 일어나 보니 검은 물체는 다름 아닌 커다란 도베르만이었다. 그리고 그 옆에 도베르만보다 더 무서워 보이는 남자가 서 있었다.

남자는 짙은 그레이 정장을 입고 있었다. 명품에 대해 잘 모르는 제니였었지만, 그가 입은 정장이 얼마나 비싼 것인지는 알 것 같았다.

스윽!

남자가 불편했는지 넥타이를 목에서 풀며 그녀의 곁으로 걸어와 손을 내밀었다. 그때까지 멍하게 바닥에 앉아 있던 제니는 남

15

자의 손을 잡지 않고 스스로 일어났다.

"목줄을 하셔야죠."

신경질적으로 말이 나왔다. 잔디는 물을 주었는지 축축하게 젖어 있어서 제니의 등과 엉덩이가 다 젖어 버렸기 때문이었다. 거기다가 팔꿈치는 까져서 따끔거렸다. 잔디밭이기에 망정이지 대리석 바닥 같은 딱딱한 곳이었다면 그녀는 아마 팔이 부러졌을 것 같았다.

"……."

남자는 그녀의 말에 답도 하지 않고 가만히 서 있었다. 사과할 마음은 없어 보였다. 매너라고는 하나도 없는 인간이었다.

"전 죽을 뻔했다고요."

그가 가만히 있자 더 화가 난 제니는 남자에게 따지듯이 말했다.

"잭은 물지 않소."

남자의 중저음이 꽤 듣기 좋다는 생각이 들었지만, 지금은 남자의 목소리나 즐기고 있을 상황이 아니었다.

"이 개가 날 덮치고는 발로 가슴을 눌렀다고요."

화가 난 그녀가 쏘아붙였지만, 남자에게는 씨알도 안 먹혔다.

"오래 살고 싶은 마음은 없지만, 이렇게 심장마비로 죽고 싶진 않네요."

"그렇다니 미안하군."

"괜찮아요. 잭이라고 했던가요?"

"그렇소."

"여긴 어린아이들이 있어요. 여기서 뭘 하시는 분인지는 모르지만, 잭은 꼭 목줄을 해야 해요."

"잭은 아는 사람들은 절대로 해치진 않지만, 고려해 보겠소."

"고려가 아니라 필수예요."

그녀는 남자의 말에 톡 쏘아붙였다. 그리고는 자신의 숙소로 향했다.

숙소로 돌아온 제니는 옷을 벗고 곧장 샤워를 했다. 숙소로 돌아오다가 잔디밭에 넘어져서 옷이 말이 아니기 때문이었다. 잔디에 물을 준 지 얼마 되지 않아서 맑은 날인데도 옷이 다 젖어 있었다.

"아!"

거기에 팔꿈치까지 까져서 물에 닿자 따끔거렸다.

"목줄은 왜 안 하고 다니는 거야?"

그녀는 상처에 연고를 바르며 투덜거렸다.

Rrrrrrr—

바빠 죽겠는데 친구인 수아에게 전화가 왔다.

"여보세요?"

전화기를 스피커폰으로 돌려놓고는 머리를 수건으로 말리며
전화를 받았다.

[어때?]

"뭐가?"

[새로운 집에 가서 전화도 안 하고, 걱정이 돼서 전화했다.]

"그냥…… 좀 독특하긴 한데 있을 만은 해."

[전에 집에서 그렇게 돈을 벌었으면 입주 교사 그만하고 다른
일을 좀 하지 그래?]

"2년만 더 고생하고 작은 카페나 하려고."

[그것도 좋지만 다들 걱정이야. 서울도 아니고 가평까지 내려
가서 그러고 있으니.]

"돈 좀 모으면 서울로 입성할 테니까 걱정하지 마."

[오빠가 네 걱정 많이 해.]

"알아, 고맙다고 전해 줘."

[응, 보고 싶으니까 주말엔 서울에 올라와.]

"알았어."

수아와는 아주 어릴 때부터 보육원에서 함께 자란 친구였다.
수아는 좀 특별한 상황이었던 게, 삼 남매가 같은 보육원에 들어

와 살았다. 고마운 건 삼 남매 사이에 그녀도 끼워 줬다는 것이었다. 가장 위인 지훈 오빠의 덕이었지만 말이다.

Rrrrrrr—

머리를 말리는데 또다시 전화벨이 울렸다. 이번엔 김 집사님이었다.

"네."

[회장님께서 오셨습니다. 오늘 저녁 식사를 함께하고 싶다고 말씀하셨으니 준비하시고 7시까지 오십시오.]

"네."

아직 회장의 면접도 보지 않은 상황이었다. 보수가 워낙 높아서 놓치고 싶지 않은 자리였다. 그래서 제니는 서둘러 준비하기 시작했다.

자신이 가진 옷 중에서 가장 예쁜 옷을 입고 긴 생머리는 살짝 웨이브를 말아 주었다.

화장은 너무 튀지 않게 했고 가정 교사로서의 전문적인 모습을 보이기 위해 준비한 자료집도 챙겼다. 그렇게 거울 앞에 서자 조금 자신감이 생겼다.

작지도 크지도 않은 보통 키에 마른 체형을 가진 제니는 유난히도 하얀 피부를 가지고 있어서 화장을 잘못하면 창백해 보여 환자 같은 모습이었다.

하지만 오늘의 화장은 아주 만족스러웠다. 이번에 새로 산 핑크빛의 볼 터치가 한몫했다.

스물다섯 살의 제니는 풍성한 갈색 머리를 뒤로 빗어 하나로 묶었다. 옆으로 흘러내린 머리는 그녀의 가냘픈 외모를 더 여성스럽게 보이게 했다. 거기에 아이들을 가르칠 때 입었던 단색의 옷이 아닌 작은 꽃무늬 프린트의 원피스를 입어 더욱 화사해 보였다.

"가 볼까?"

제니는 한숨을 쉬고는 숙소를 나섰다. 회장에게 잘 보여야 할 텐데 걱정이었다.

그리고 식당에 들어선 순간 제니는 다음 날 짐을 싸야 하는 건 아닌지 걱정이 되기 시작했다. 식탁의 정중앙에 앉아서 그녀를 무섭게 바라보고 있는 남자는 분명히 잭의 주인이었다.

"으으응……."

잭이 그녀에게 다가와 아까의 일을 사과하듯이 허벅지에 얼굴을 비볐다.

"안녕, 잭?"

그녀가 잭의 이름을 부르자 주변에 있던 모든 사람이 깜짝 놀라는 표정을 지었다.

"구면이라서요."

놀란 얼굴의 김 집사에게 말하며 그녀는 잭을 쓰다듬었다. 그렇게 위생을 철저하게 하면서 개를 출입시키다니 집 안에서의 잭의 위치를 알 만했다.

그런데 그런 잭에게 뭐라고 했으니 당연히 그녀는 이 집을 떠나게 될 것 같았다.

"회장님, 새로운 선생님이십니다."

"안녕하십니까?"

두 눈을 감으며 제니는 구십 도로 인사했다.

"앉아요. 우린 어차피 얼굴은 봤으니까."

"……."

그녀를 몰라봤으면 하는 한 가닥의 희망이 사라졌다. 절망한 표정으로 그녀는 그의 말에 따라 아이들의 맞은편에 앉았다. 직원이 그녀에게도 손을 씻을 물을 가져다주었다.

"여기 오기 전에 선양그룹의 아이들을 가르쳤다고?"

"네, 아이들이 유학 가는 바람에 그만두게 되었습니다."

"그렇군."

그는 이렇게 말을 하며 밥을 먹었다. 그 후로 밥을 먹는 내내 그녀에게 한마디도 하지 않았다. 그녀를 불러 놓고 식사하는 학부모치고는 너무 질문이 없었다. 더군다나 아이들과는 아예 말도 하지 않았다.

아빠가 아니라 전혀 모르는 사람과 밥을 먹는 것 같은 분위기였다. 제니는 너무 답답한 나머지 규원에게 말을 건넸다.

"방에 들어가서 또 책 읽었어?"

"네? 네……."

그녀가 갑자기 말을 걸자 규원이 화들짝 놀라 말했다.

"뭐 읽었어?"

하지만 왠지 여기서 멈추면 안 될 것 같은 느낌이었다.

"걸리버 여행기요."

"나도 어릴 때 좋아했어. 소인국에 붙잡혀 간 걸리버가 더 좋았어."

"저도 소인국에서의 일들이 더 재미있었어요."

규원은 자신이 흥미 있어 하는 이야기를 하자 그녀의 질문에 대답을 잘했다. 제니가 그런 규원을 대견하다는 듯이 보았다.

"나도 읽을래."

꼬마 아가씨가 끼어들었다.

"그래, 우리 내일은 걸리버 여행기로 수업할까?"

"네."

아이들이 좋아서 미소를 지었다. 처음 보는 미소였다.

"이 선생."

그들의 화기애애한 분위기에 음산한 목소리가 끼어들었다.

"네?"

최 회장의 얼굴은 기분 나쁜 듯이 굳어 있었다.

"난 밥상에서 이야기하는 건 좋아하지 않소."

"……."

내일 걸리버 수업은 안 될 모양이었다. 하지만 수업의 전권은 그녀에게 있었다. 무엇을 하든 그건 그녀가 알아서 할 일이었다. 아이들의 교육상 이런 억압적인 환경은 좋을 게 없었다. 그가 싫어하더라도 할 말은 해야 할 상황이었다.

"전 그렇게 생각하지 않습니다."

그녀의 말에 아이들도 김 집사도 잔뜩 얼어붙은 표정이 되었다.

"전 아이들이 언제 어디서든 아이들답게 밝게 웃어야 한다고 생각합니다."

"예의에 어긋나는 일이오."

그는 물러서지 않았다.

"아뇨, 아이들은 충분히 예의 바릅니다. 이건 예의가 아니라 행복에 관한 문제입니다."

"이 선생님!"

이번엔 김 집사가 저도 모르게 큰 소리로 그녀를 부르며 말리고 있었다.

"죄송합니다."

김 집사는 사과하고는 다시 뒤로 물러섰다.

"식사 다 했으면 이 선생은 서재로 오시오."

"네."

그가 자리에서 일어났고 그녀는 자신이 준비한 자료를 들고 그의 뒤를 따랐다. 걱정스러운 얼굴로 그녀를 보는 아이들의 얼굴을 뒤로한 채 그녀는 죄인이 끌려가듯이 최 회장의 뒤를 따라 서재로 향했다.

그의 뒷모습은 사람을 주눅 들게 했다. 보통 남자보다 머리 하나는 더 큰 키에 완벽하게 균형 잡힌 몸은 꼭 운동선수 같았다. 거기에 날렵한 도베르만이 그의 옆을 걷고 있으니, 마치 악마가 그녀 앞에 있는 기분이었다.

그를 따라 들어간 서재에 그녀는 그와 마주 앉았다. 검은색 니트에 검은 바지를 입은 그는 그녀를 심판하기 위해 온 사람 같았다.

"원래 그렇게 멋대로인 거요?"

"제가요?"

갑작스러운 말에 놀란 제니는 그에게 반문했다. 한 번도 자신이 멋대로 행동했다고 생각해 보지 않았다. 그녀는 자라온 환경 때문에 남의 눈치를 보면 보았지 멋대로 군 적은 없었다. 이런 소리를 들으니 억울한 마음이었다.

"전 한 번도 멋대로 군 적은 없습니다. 왜 그런 말씀을 하시는지 이해가 가지 않습니다."

"난 나만의 규칙이 있고 그건 우리 집에선 잘 지켜져야 한다고 생각하오."

"하지만 그게 너무 억압적이면 아이들의 정서에 좋지 않은 영향을 미칩니다."

"……"

이렇게까지 했는데 여기서 굽힐 수는 없었다.

"그게 선생의 교육관이오?"

"제 교육관은 규격화된 아이들을 기르는 것이 아니라 바른 아이로 자라게 하고 싶은 겁니다. 그리고 아이는 아이다워야 한다고 생각합니다. 일곱 살 어린아이가 40대 아저씨처럼 구는 건 좋지 않아 보입니다."

"40대 아저씨?"

"……"

너무 나간 것 같았다.

"지금 우리 규원이가 40대 아저씨 같다고 한 건가?"

"솔직하게…… 아이답지는 않습니다."

이제는 막가는 것밖엔 없었다. 그가 자리에서 벌떡 일어났다.

그리고는 그녀에게 다가왔다. 제니도 그와 동시에 저도 모르게 소파에서 일어났다. 그의 체취가 느껴질 정도로 그들은 가까이 서 있었다.

제니의 시선이 딱 그의 가슴 높이였다. 그가 화가 났는지 가슴이 들썩이는 게 보였다.

"이제니 선생."

"……."

"이 집에서 일하고 싶다면 내 방식에 따르는 게 좋을 거요. 이건 선생에게 하는 첫 번째 경고요."

"……."

잘리는 건 아닌 것 같았다. 심장이 두근거렸다. 최 회장과 또다시 마주한다면 심장이 터져 버릴 것 같았다. 그런데 갑자기 그가 그녀의 턱을 손으로 들어 올렸다. 그들의 눈이 마주쳤다. 그의 갑작스러운 행동에 제니는 너무 놀라 손을 치울 생각도 하지 못했다.

그의 검은 눈동자 안에 긴장으로 떨고 있는 자신의 모습이 보일 정도였다. 그리고 그의 손가락이 닿은 턱이 미친 듯이 떨리기 시작했다. 그의 얼굴을 이렇게 가까이서 보니 심장이 밖으로 튀어나올 것같이 뛰었다.

짙은 눈썹에 쌍꺼풀이 없는 날카로운 눈매는 독수리의 눈을 연상시켰다. 그녀의 시선을 단번에 끄는 건 강렬한 눈뿐이 아니었다.

그의 조각 같은 코, 그리고 고집스럽게 다문 입술은 잘생긴 그의 얼굴에 섹시한 이미지까지 뿜어내게 했다.

다른 남자 같았으면 벌써 손을 쳐냈을 텐데 제니는 그러지 않았다.

"알겠소?"

그가 옅은 미소를 지으며 그녀에게 묻자 제니는 그때야 정신이 돌아왔다.

"네, 잘 알겠습니다."

자신도 기특할 만큼 그녀는 똑 부러지게 말했다. 그가 손을 내려놓고는 한참을 말없이 그녀를 바라보았다. 숨이 막힐 것 같았다.

"나가도 좋소."

"……."

그녀는 얼른 인사를 하고 서재를 나왔다. 서재를 나온 제니는 정신없이 그녀의 숙소까지 뛰어 나왔다.

"헉헉헉……."

숙소에 도착한 제니는 문에 기대서 가쁜 숨을 몰아쉬었다.

"위험해."

제니는 그가 자신에게 위험한 존재가 될 거라는 걸 직감적으로 알게 되었다.

1. 비밀의 방

아이들을 가르친 지 벌써 닷새가 흘렀다. 여전히 아이들의 얼굴엔 표정이 없었고 무거운 집 안 분위기에 제니는 점점 질식할 것 같았다. 하지만 한 달도 버티지 못하고 그만둘 수는 없었다. 더욱이 그녀를 힘들게 하는 건 뭔가를 쉬쉬하는 집 안 분위기였다. 그녀만 모르는 뭔가가 있는 것 같았다.

도우미들은 그녀를 피해 다녔고 그나마 대화를 나누는 김 집사도 뭔가 숨기는 느낌이었다. 하지만 이건 어디까지나 한참 예민해져 있는 그녀의 느낌일 뿐이었다.

그녀를 더욱 힘들게 하는 건 불쑥불쑥 생각나는 이 집의 주인이었다. 그녀의 턱 끝에 닿았던 그의 손가락의 느낌이 아직도 생생했다.

아이들과 모처럼 야외수업을 했다. 주제는 야생초였다. 한낱 잡초에 불과하지만 강하게 자라는 야생초들을 아이들에게 알려 주고 싶은 마음이었다. 물론 그녀도 서울에서 나고 자란지라 책을 들고 나갔다.

아이들과 같이 찾아보기 위해서였다. 처음엔 망설이던 아이들도 책에 나온 야생초를 찾느라 정신이 없었다. 아무리 어른스러워 보여도 아이들은 아이들인 것 같았다.

"선생님, 곰취 찾았어요!"

규원이 소리쳤다. 규원은 눈썰미도 좋은 것 같았다. 이렇게만 자라 준다면 분명히 공부로 성공할 아이였다.

"정말이네, 선생님도 찾았어. 이건 쑥이야. 이건 민들레고."

"......"

"나리는 왜 그래?"

나리가 풀이 죽은 모습으로 입을 쑥 내밀고 있었다. 처음 보는 아이의 모습에 제니는 웃음이 났다.

"나만 못 찾았어."

그렇게 말하는 나리는 울음이 터질 것 같았다.

"시간은 많으니까 천천히 찾아보자. 선생님이 도와줄까?"

"네."

아이는 금방 미소를 되찾았다. 정신없이 풀밭을 헤매고 다니는데 별관 밖의 외진 곳에 다른 건물을 발견했다. 다른 건물에 비해 상대적으로 작은 건물은 유일하게 벽을 타고 담쟁이넝쿨이 자라고 있었다. 마치 보호색을 띠듯이 건물은 넝쿨로 가득해서 언뜻 보면 보이지 않을 수도 있겠다는 생각이 들었다.

"규원아, 저긴 뭐 하는 곳이야?"

"몰라요, 저런 곳에 건물이 있었네요?"

규원이도 처음 보는 건물인 것 같았다. 하긴 아이들이 본관 밖을 나오지 않으니 알 수가 없을 것 같았다.

"이건 질경이인 것 같아요."

"어, 그렇네."

아이들은 정신없이 식물들을 채집하고 있었다. 그런데 그때 아무도 안 살 것 같은 건물 안에서 누군가 밖으로 나왔다. 도우미 복장이긴 했지만 안에서 나온 여자는 밖에 나오자마자 열쇠로 문을 단단히 잠갔다.

'저긴 도대체 뭐 하는 곳이지?'

라는 의문이 생겼다.

"찾았다."

신이 나서 소리를 지르는 나리 때문에 그녀는 그 집에서 시선을 돌려야 했다.

"제비꽃이에요."

"맞다. 그렇네."

"나도 찾았어요."

"잘했어."

그녀가 머리를 쓰다듬어 주었다.

"이렇게 나오니까 햇볕도 쐬고 좋잖아. 너무 안에서만 생활하면 건강에 더 안 좋아. 우리 내일도 나올까?"

"좋아요."

"그래, 오늘은 여기까지 하고 내일 또 나오자."

"네."

아이들이 신이 나서 껑충껑충 뛰었다. 아이들이 그녀에게 조금씩 마음을 여는 것 같아 다행이었다. 규원과 나리가 앞장서서 가고 그녀는 그들의 뒤를 따랐다. 하지만 제니는 자꾸만 뒤를 돌아보며 그 건물을 보게 되었다. 별관과 반대쪽에 자리 잡고 있어서 그동안은 보지 못했지만, 막상 보고 나니 뭔가 찜찜한 기분이 들었다.

집으로 돌아온 그녀는 아이들의 수업을 마치고 나오다가 오전에 보았던 그 집에서 나온 도우미를 보게 되었다.

"하민 씨, 저분은 누구세요?"

본관 뒤에서 빨래를 널고 있는 하민에게 제니가 물었다.

"누구요? 말자 님이요?"

"말자?"

"그, 그러니까……."

하민은 이 집에서 가장 나이가 어린 도우미로, 그나마 가장 순수해서 그녀의 말에 곧잘 답을 해 주었다.

"아까 아이들하고 야외 수업을 하다가 별관보다 작은 건물 하나를 봤거든요."

"보셨어요?"

"네, 저분이 거기서 나오시더라고요."

"그게, 그 건물은 말자 님 담당이에요."

"뭐 하는 곳인데요?"

"그러니까……. 그게……."

평소의 하민이라면 벌써 말하고도 남았을 얘기인데 무슨 일인지 하민은 제대로 말도 못 하고 있었다.

"그곳의 일은 아무도 몰라요. 알아서도 안 되고요."

하민은 이렇게 말하고는 갑자기 황급하게 자리를 떴다. 뭐가 무서워서 그러나 했더니 김 집사가 그녀들의 뒤에 서 있었다. 아무래도 그들의 대화를 다 들은 것 같았다.

"제가 궁금해서 물었어요."

김 집사도 다 들었을 텐데 굳이 거짓말은 하고 싶지 않았다.

"이 선생님."

"네, 집사님."

"이 집은 여러 가지 규칙들이 있습니다. 작은 것부터 큰 것까지 많은 규칙이 있죠."

무슨 말을 하려는 것인지 대충 감이 왔다. 알려고 하지 말라는 뜻인 것 같았다.

"그중에 하나가 궁금해하지 말라는 겁니다. 이 선생님은 이곳에 아이들을 가르치러 오신 분이지 집안일을 하러 오신 분이 아닙니다. 그러니 쓸데없는 일에 관심을 두지 마세요."

"하지만 위험한지 아닌지 정도는 알아야 하지 않을까요?"

그녀도 굽히지 않았다.

"그렇다면 근처에도 가지 마십시오."

"네?"

"위험한 곳이라고 말하는 겁니다."

"……네, 알겠습니다."

그곳은 위험한 것을 보관하는 창고 같았다. 그러니 저렇게 가지 말라고 노골적으로 말하는 거겠지. 그렇지 않다면 이렇게까지 말할 필요는 없을 것 같았다. 일단은 그곳은 안 가겠지만 왠지 궁금증을 참을 수 없는 건 사실이었다.

다음 날도 날이 좋아서 오전 수업을 야외에서 가졌다. 오늘은 주말이라서 수업이 없는 날이었지만 아이들과 약속한 일이라서 오전에 잠깐 야외 수업을 하기로 했다.

"여기가 가장 신기한 풀이 많은 것 같아요."

어쩌다 보니 어제 왔던 그 건물 앞이었다. 아이들은 다행히 야외수업에 푹 빠져 있었다. 공부라기보다는 놀이라고 생각하는 것 같았다.

"찾았다. 이건 토끼풀이에요."

오늘은 나리가 먼저 야생초를 찾았다.

"그건 어제도 찾은 거잖아."

규원이 나리가 먼저 찾자 한마디 했다.

"아니야, 오늘 찾은 거잖아."

나리도 지지 않았다. 그런데 그때였다.

"아아악!"

이건 분명히 비명이었다.

깜짝 놀란 아이들이 그녀의 품 안으로 달려왔다. 제니도 놀라서 온몸에 소름이 돋았다. 분명 여자의 비명이었다.

"애들아, 오늘은 여기까지 하자."

"무슨 소리였어요?"

"짐승이 우는 소리 같아. 얼른 들어가는 게 좋을 것 같아."

"네."

그녀는 찜찜함에 뒤를 돌아봤다. 그런데 그때 어제 보았던 그 도우미가 또 그 집에서 나오고 있었다. 그럼 저 여자가 지른 비명일까?

제니는 고개를 갸우뚱거리며 아이들과 같이 본관으로 들어갔다.

제니는 일주일 만에 서울에 왔다. 목이 따끔거리고 재채기가 자꾸 나는 걸 보니 가평의 공기가 얼마나 깨끗한지를 알 것 같았다. 수아와 명동에서 만나기로 했는데 사람이 너무 많아서 정신을 차릴 수가 없었다. 역시 서울의 번화가는 달랐다.

사람들에 치이고 떠밀려 온 곳은 명동성당 앞의 커피숍이었다.

"수아야!"

커피를 시켜 놓고 10분쯤 기다리자 수아가 도착했다. 수아는 작고 아담해서 친구지만 동생 같았다. 거기다가 집에서도 막내다 보니 더 아기 같았다.

"오래 기다렸어?"

분홍색 면티에 청바지를 입고 크로스백을 메고 온 수아는 고등학생처럼 보여서 귀여웠다.

"아니, 금방 왔어. 정민 언니는?"

"오고 있데."

정민은 그녀들보다 두 살 많은 언니로 수아의 친언니이자 제니에게는 친언니 같은 존재였다.

"요즘 보육원에 문제가 좀 생겨서 언니랑 오빠가 바빠."

지훈과 정민, 그리고 수아는 지금 보육원을 운영 중이었다. 세상에서 가장 따뜻한 보육원이었다. 이름도 '행복보육원'이다.

"왜?"

"우리 보육원…… 옮겨야 할지도 몰라."

"무슨 일인데?"

"원래 땅 주인이 아파트 짓는다고 대기업에 땅을 팔았대. 그래서 우리는 그대로 쫓겨나야 할 판이야."

서울과 강원도의 경계 부근에 있는 땅이었다. 거의 강원도와 닿아 있지만, 보육원은 서울의 땅이었다. 그러다 보니 그 땅을 노리는 사람들이 많았다.

"큰일이네……."

"큰일이야. 그래서 언니하고 오빠가 요즘 정신이 없어."

여기저기 일들이 많은 것 같았다.

"언니!"

이야기하는 동안 정민이 들어왔다. 긴 생머리를 무심하게 묶고 흰 티에 찢어진 청바지를 입은 정민은 굉장히 도시적으로 생긴 사람이었다.

"오랜만이다. 잘 지냈어?"

"응, 언니는 요즘 힘들다며?"

"아주 정신이 없다."

"우리 나갈까? 나 배고파, 우리 오랜만에 칼국수나 먹으러 가자."

우리는 명동 교자에 가서 칼국수를 먹고 명동에 있는 언니의 원룸으로 향했다. 보육원의 교사로 일을 하긴 하지만 정민 언니의 주업은 번역가였다. 어릴 때부터 언어에 뛰어난 소질을 보이던 언니로서는 어쩌면 당연한 일이었다.

20평짜리 원룸은 그녀들이 보기엔 성공한 사람의 집이었다.

"역시 언니는 멋져."

캔 맥주와 치킨을 사 들고 온 집은 수아와 제니가 보기엔 궁궐이었다.

"난 언제 이런 집에 살지?"

"월세야."

"그래도 개인적인 공간이 있다는 건 좋은 것 같아."

"너는 궁궐 같은 집에 살면서 왜 그래?"

수아가 입을 쭉 내밀며 말했다.

"내 집이 아니야. 그러니 아무 느낌이 없다. 마치 대기업 본사에 들어간 기분이야. 우리가 본사를 집이라고 생각하진 않잖아."

"하긴, 거긴 네 직장이니까. 그래도 좋지?"

"응, 그렇게 넓은 집은 처음이야. 별관에서 본관까지 걸어가는 데 15분이나 걸려."

"와……."

그녀의 말에 모두가 놀라 입을 벌리고 다물지 못했다.

"다들 자전거 타고 출근해."

"야, 그 정도는 돼야 감탄을 하는 거 아니야?"

"아니, 그냥 그런 사람도 있구나 하는 생각인 거지 현실감은 떨어져."

그들은 맥주를 마시며 이런저런 이야기를 나누었다.

"거기 집 주인은 어째? 아이들 부모 말이야?"

"엄마는 없고 아빠만 있는데…… 아주 무서워."

"이혼한 거야?"

"그건 아닌 것 같고 사별한 것 같아. 그렇지 않고서는 아이들이 엄마에 관해 그렇게 한마디도 안 할 수는 없거든."

그 집에서 아이들의 엄마에 관한 이야기를 들은 적은 단 한 번도 없었다. 그렇다고 아이들에게 엄마에 대해 물어볼 수도 없었다.

"그런데 그 집에 이상한 건물이 있어."

"집에 건물이 있어?"

"응, 그 집 식구들이 사는 본관이 있고 일하는 사람들이 사는 별관이 두 채가 있거든. 그런데 별관과 반대편에 별관보다 작은 집이 있는데, 거기가 이상해."

"야, 뭔가 음산하다."

"게다가 거기에 드나드는 도우미는 들어갔다가 나오면 꼭 문을 열쇠로 잠가."

"중요한 거 보관하나?"

다들 이상하게 생각했다. 그녀만 그런 건 아니었다.

"그건 모르겠는데 오늘 아이들하고 야외 수업을 하다가……그 안에서 여자 비명을 들었어."

"뭐?"

분명히 여자 비명이었다.

"계속해서 들렸어?"

"아니, 한 번."

"네가 잘못 들은 거겠지. 비명을 지르면 계속 지르지 한 번만 지르겠어? 네가 예민한 거야."

"그런가?"

"그리고 그 근처엔 가지도 마. 괜히 무섭다."

하긴 그녀도 근처를 서성이는 게 무서웠다. 뭔가 있는 것 같았다.

"한번 물어봐. 뭐가 있는지."

"······."

아무도 답해 주지 않을 것 같았다.

"오빠는?"

그녀가 주제를 돌렸다.

"요즘 정신없어. 아이들 관리하는 것도 그렇고 땅 주인하고 싸우는 것도 그렇고······."

"왜?"

"서울시에서 그 정도로 헐값의 땅이 없거든. 거기다가 서울시면 보육원에 지원금이 지방보다 많으니까 아이들을 위해 쓸 게 많은데, 우리가 가진 돈으로 이동하려면 지방으로 갈 수밖에 없거든."

"문제다."

"그래서 요즘 머리가 터질 것 같은가 봐. 네가 전화라도 해줘."

"알았어."

친구와 이런저런 이야기를 하다 보니 벌써 새벽이었다.

"자자, 내일 할 일도 많아. 필요한 거 사서 가려면 일찍 일어나야 해."

그들은 거기서 수다를 멈추고 깊은 잠에 빠져들었다.

비가 주르르 창문을 타고 흘러내리고 있었다. 차라리 세찬 소
나기면 좋으련만 가랑비처럼 추적이는 비였다. 사람이든 비든
뭐든 시원치 않은 건 딱 질색인 연욱은 창가에서 시선을 돌렸다.
그러자 추적이는 비보다 더 힘이 없어 보이는 그의 직원들이 난
감한 표정으로 그의 앞에 서 있었다.

"본사 앞에서 어제부터 1인 시위 중입니다."

"우리가 보육원 따위를 신경 써야 하나?"

"저렇게 오래 서 있으면 여론이 좋지 않게 됩니다."

"신경 쓰지 말고 밀어붙여."

그에겐 관용 따위는 없었다. 일에 방해가 되는 건 다 쓸어버리
는 게 그의 스타일이었다. 그는 지극히 이성적인 사람이었다. 일
을 처리하는데 있어서 막무가내는 아니었다. 하지만 상대방이
막무가내로 나오는 건 그는 용서치 않았다.

지금 보육원의 경우도 그랬다. 그 땅은 그들의 것이 아니었다.
계약 기간도 만료가 된 상황인데 무조건 보육원이니 너희들이
봐줘야 하는 거 아니냐는 식의 논리는 그로서는 받아들이기 힘
들었다.

"돈이 있다고 다 나쁜 건 아니야. 반대로 돈이 없다고 다 불쌍한 건 아니지. 저들은 서울시의 보조금 때문에 움직이기 싫은 거야. 다른 시에서 돈을 더 준다고 했으면 그쪽으로 갔을 테지. 아이들을 놓고 장사를 하는 거야."

그는 아주 냉소적으로 답을 했다. 직원들은 이러지도 저러지도 못하는 것 같았다.

"다시는 이런 일로 나에게 보고하지 마."

"네."

"우리는 그들의 땅은 뺏은 게 아니야."

"알겠습니다."

그는 한숨을 쉬며 재킷을 입었다. 이번 주에 그의 집에서 성대한 파티를 열 예정이었다. 물론 그가 준비하는 건 아니었지만 집에 사람들을 초대하는 건 불편한 일이었다. 그가 이렇게 파티를 해서 사람들과의 친분을 쌓는 건 사업적인 이유 때문이었다.

그의 아버지는 디딤돌 건설을 위해 그를 대형 건설사의 사위로 팔아넘겼다. 그 일이 있기 전에 그는 이렇게까지 냉소적이진 않았다. 하지만 아버지의 배신으로 그는 따뜻한 사람으로서의 인생에 종지부를 찍었다.

이제는 돈 버는 기계지 인간이기를 포기한 그였다. 지하 주차장에서 자신의 롤스로이스에 몸을 실은 그는 1층으로 나오는 길에 본사 사옥 앞에서 농성 중인 남자를 보았다. 피켓을 목에 걸고 농성 중인 남자는 비에 온몸이 젖어도 묵묵하게 서 있었다.

"……."

연욱은 매서운 눈으로 남자를 보고는 점심 약속 장소로 이동했다. 오늘은 특별한 만남이 있는 날이었다.

그가 도착한 곳은 서울의 고급 한정식집이었다. 점심시간이었지만 사람들로 북적이는 이곳은 정경유착의 온상이었다.

"최 회장님, 이쪽으로 오십시오. 기다리고 계십니다."

그가 안내된 곳은 이 집에서 가장 고급스러운 VVIP룸이었다. 한식식집에 걸맞게 인테리어도 대갓집 안방을 그대로 만들어 놓은 것 같았다. 모란꽃이 가득한 병풍은 방 안을 화사하게 해 주고 있었고 금실로 수가 놓인 방석은 앉은 사람이 귀하다는 의미를 지니고 있었다.

"안녕하십니까?"

오늘 그가 만나는 사람은 금실로 수가 놓인 방석에 앉을 자격이 충분히 있는 사람이었다. 우리나라에서 가장 높은 자리에 오를 사람이었다. 그만큼 연 의원은 온화함 뒤에 야비함을 숨긴 정치인이었다.

물론 그가 가진 히든카드가 연 의원이긴 했다.

"앉지."

"네."

사람들이 많이 찾는 곳에서 이런 거물을 만날 수 있는 건 이 한식당의 철저한 보안 때문이었다. 누가 들어오고 나가는지 사람들은 알 수가 없었다.

"이제는 만나기 어려우신 분이 되셨습니다."

그가 연 의원을 치켜세워 주었다. 인간은 칭찬에 약하기 마련이었다.

"그런가?"

"네."

"아무리 시간이 없어도 자네는 만나야지."

"감사하게 생각합니다."

"우리 관계는 사업적인 관계는 아니지 않나?"

연상호 의원은 지금 그의 골칫거리이자 전 부인인 연소정의 삼촌이었다. 집안의 골칫거리인 연소정을 그에게 시집보낸 건 다 연상호 의원의 머리에서 나왔다는 걸 그는 알고 있었다. 하지만 그도 조카의 상태가 그토록 망가질 줄은 몰랐을 것이다.

"소정이는 어떤가?"

"더 나빠지고 있습니다. 일주일에 한 번 의사 선생님이 오시지만 별 차도가 없습니다."

"걱정이구만, 내가 항상 미안하게 생각하네."

"아닙니다."

"차라리 자네가 별 볼 일 없는 사람이었다면 이렇게 마음이 쓰이지도 않았겠지만, 자네처럼 성공 가도를 걷는 사람에게 이런 일을 맡긴 건 내 잘못이 크네."

"의원님의 잘못이 아닙니다. 아버지의 잘못이지."

그는 소정과의 결혼에서 아버지가 받은 돈의 액수를 알고 있었다. 회사를 살리기 위해 받은 돈이라고는 하지만 그래도 용서할 수가 없었다. 지금은 돌아가셔서 더는 원망할 수도 없었지만 말이다.

"이번에 집에서 파티한다고?"

"네, 사람들 앞에서 정상적인 모습은 보여야 하니까요."

"소정이에 대한 이야기는 안 나오나?"

"제가 별거 중인 거로 알고 있습니다. 소정이는 해외에 있다고 생각하죠. 저희가 이혼한 사실은 모릅니다."

"다행이군."

그들은 술잔을 나누었다. 소정과는 결혼하고 10년 만에 이혼했다. 물론 그가 그녀를 돌보는 조건에 이혼한 것이었다. 그나마 이혼을 할 수 있었던 건 이제 아무도 없는 소정을 돌볼 사람이 그뿐이라고 판단한 연 의원의 잔꾀였다.

법적으로는 자유롭게 해 주지만 부양의 책임에선 벗어나지 못하게 한 것이었다. 왜냐하면 예순이 넘은 그가 죽으면 정말 아무도 소정을 돌볼 사람이 없기 때문이었다.

"그때 내 판단이 잘못되었어. 형님이 돌아가시기 전에 부탁만 하지 않으셨다면 자네를 결코 희생양으로 삼지 않았을 거야."

"아닙니다."

연 의원은 그를 진심으로 아끼는 척했다. 어쩌면 연 의원은 아버지보다 그의 사업적인 면을 더 인정해 주는 사람일지도 몰랐다.

친해지고 싶어도 둘 사이엔 언제나 그의 아내인 소정이 걸려 있었다. 그래서 연 의원을 완벽하게 믿을 수 없었다. 언제 또 그의 뒤통수를 칠지 아무도 모르니까 말이다.

오늘 연 의원과 만난 가장 중요한 이유는 서울 외곽 지역의 아파트 사업 때문이었다. 다른 건 걸리는 것이 없었지만 사설 복지 시설이 밀집해 있어서 잘못하면 회사 이미지가 안 좋아질 수도 있기 때문이었다.

직원들에게는 아무렇지 않다고 말했지만 사실 그도 기업 이미지가 안 좋아지는 건 원치 않았다.

그들은 사업 얘기는 직접적으로 하지 않았지만, 연 의원은 그가 뭘 원하는지 정확하게 알고 있었다.

"법을 개정해야 훨씬 수월하긴 하지."

"그곳의 시설들을 다른 곳으로 옮길 방법은 없을까요?"

"내가 한번 알아보지. 불법적인 일도 아니고 복지 시설의 이동인데 별거 아니지."

"감사합니다."

그는 연 의원과 헤어진 후에 집으로 향했다. 그래도 요즘은 집안이 조용했다. 새로운 가정 교사 덕분에 아이들도 잘 지냈고 소정도 큰 사고를 치지는 않았다. 피곤한 하루의 연속이었지만 그래도 그는 집이 편안했다.

첫 주말을 보내고, 월요일이었다. 서울을 다녀와서 그런지 오늘은 종일 피곤한 기분이었다. 피로회복제도 먹어 봤지만, 몸이 찌뿌둥한 게 아무래도 몸살에 걸린 모양이었다. 주말에 쉬지도 못하고 월요일 수업에 바로 들어가니 더 힘든 것 같았다.

다음 주부터는 주말엔 움직이지 말아야 할 것 같았다. 체력이 이렇게 약해진 줄 몰랐는데 아무래도 아침에 운동해야겠다는 생각이 들었다.

"우리 내일은 뭐 할까?"

"내일은 야외수업해요."

나리가 밝게 말했다.

"좋아."

아이들의 얼굴에 조금씩 웃음이 돌아오고 있었다.

"오늘은 여기까지 할까?"

"네."

"손 씻고 유모에게 갈까? 밥 먹어야지."

아이들을 데리고 서재에서 나온 그녀는 유모에게 아이들을 인계하고 숙소로 향했다. 그녀는 수아에게 이 집의 숙소에 대해 자랑했다. 5성급 호텔 수준이라고 말이다. 그녀 소유는 아니었지만, 정말 깔끔하고 고급스러운 숙소였다.

제니는 갑자기 발걸음을 멈추었다. 이제 해가 길어져서 5시가 조금 넘은 시간은 밝았다. 그래서일까 그녀는 잠깐 망설이다가 숙소의 반대 방향으로 걸었다.

왜 이러는지 자신도 이해가 가지 않았지만 궁금했다. 왜 그 문은 잠겨 있는지 왜 아무도 그 집에 대한 이야기는 해 주지 않는지 왜 그러는지 궁금했다.

판도라의 상자를 여는 건 아닐까 하는 두려움도 있었지만 지금 제니는 이 건물에 관한 미스터리를 풀지 않으면 답답할 것 같았다. 문제의 건물에 도착하자 담쟁이넝쿨까지도 그녀를 경계하는 것처럼 보였다.

이 층으로 된 건물은 어디에도 창문이 없었다. 왜 창문이 없을까? 안에는 어떻게 되어 있는지 모르지만, 겉에 보이는 출입구는 오직 문 하나였다.

그것도 나무로 된 문이 아니라 감옥에서나 볼 수 있는 철문이었다.

"뭘까?"

그녀는 건물 앞까지 가서 잠긴 자물쇠를 만져 보았다. 이 문을 잠그기 위해 걸기엔 크기가 아주 컸다. 안에 있는 것을 지키기 위한 것치고는 너무 컸다. 문에 귀를 대 보았다. 혹시나 지난번에 들었던 소리가 들릴까 해서였다.

그때였다.

"히히히……. 흑흑흑……."

분명히 문 안에서 들리는 소리였다. 잘못 들은 게 아니었다.

"악!"

이번엔 비명이었다. 낮에 들은 그 목소리였다. 말자일 리가 없었다. 그럼 이 안에 다른 사람이 있다는 것인가?

"여기서 뭘 하십니까?"

"악!"

갑작스러운 소리에 놀라 제니는 그 자리에서 기절해 버렸다. 온 세상이 검게 물들었다. 두근두근 심장이 터져 버린 것 같았다.

자꾸 누군가 그녀를 부르고 있었다. 눈을 떠야 하는데 두려웠다. 눈을 뜨면 두려운 존재가 앞에 있을 것만 같았다. 악마 같은 존재 말이다.

"이 선생님……."

희미한 소리가 들렸다. 그녀를 부르는 소리였다.

"이 선생님……."

"……."

"제가 보이세요?"

그녀의 눈에 보이는 건 하민이었다. 그리고 지금 그녀가 누워 있는 곳은 그녀의 숙소였다. 어떻게 된 것일까?

"여긴……."

"숙소예요. 선생님께서 말자 님을 보시고는 그대로 기절했다고……."

"그 건물……."

"거기는 가시면 안 돼요. 그러니까……."

"하민이는 잠깐 나가 있어."

어느새 김 집사가 들어와서 하민의 말을 막았다. 하민이 방을 나가고 제니는 자리에서 일어나려 했다.

"누워 계세요."

김 집사가 그녀를 다시 눕혔다. 그리고는 청심환 한 알을 그녀에게 주었다.

"놀란 것에는 이것만 한 게 없죠."

"감사합니다."

"어서 드세요."

김 집사는 사탕까지 그녀에게 주었다. 청심환은 썼지만 그녀
는 억지로 다 먹었다. 그리고는 사탕을 얼른 입에 물었다.

"쓰죠?"

"네."

"앞으로 그곳에 가지 마십시오. 그러면 더 쓴 걸 드려도 다시
는 깨어나지 못할 수도 있습니다."

"집사님……."

"이건 제가 선생님께 드리는 마지막 충고이자 경고입니다. 그
곳에 가서 좋을 게 하나도 없으니 가지 마세요."

"네……."

"진심으로 드리는 말씀입니다."

"하지만 그곳에서 소리가……."

"잊으세요."

"……네."

김 집사가 그렇게 무서운 표정을 지을 줄은 몰랐었다. 정말 무
서운 표정이었다. 도대체 그 안에 뭐가 들어 있기에 다들 쉬쉬하

는 것일까?

　제니는 궁금했지만, 소름 끼치는 그 소리를 다시는 듣고 싶지 않아서 여기서 궁금한 마음을 접기로 했다.

2. 어둠 속의 과거

제니는 그날 이후에 마음을 잡을 수가 없었다. 이 집에서 무슨 일인가 일어나는 느낌이었다. 왠지 그곳에 사람이 갇혀 있을 것 같았다. 만약에 사람이 감금되어 있다면 그녀는 범죄의 현장을 보고도 묵인하는 것이나 다름없었다.

"선생님?"

"어?"

"왜 그렇게 돌아다니세요?"

나리와 규원이 그녀를 올려다보며 물었다.

"아니야……."

"걱정 있으세요?"

"아니."

"유모하고 도우미분이 이야기하는 거 들었는데, 저기 작은 집 때문에 선생님이 기절하셨다고 들었어요."

평소 말이 없던 규원이 웬일인지 그녀에게 이상한 말들을 하기 시작했다.

"작은 집은 절대로 가면 안 되는 곳이래요. 그전까지 저희는 거의 정원에 나가지 않아서 말할 필요가 없었는데 선생님이 오시고부터 일이 꼬여 버렸데요."

규원이 또박또박 말했다.

"그동안 작은 집에 대해 몰랐어?"

"네."

이 집에 사는 아이들에게도 비밀이었다니 정말 이상했다.

"전 선생님이 오래 계셨으면 좋겠어요."

"어?"

"선생님이 좋아요."

규원의 말에 그녀는 가슴이 뭉클했다. 감정 표현이 거의 없는 아이가 이런 말을 해 주니 감동이 두 배가 되어 돌아왔다.

"아빠 마음에 안 들면 다 그만두셨거든요. 그곳은 아빠가 가장 싫어하는 곳이라고 했어요."

"네 말이 무슨 뜻인지 알겠어. 이제는 너희들에게만 신경 쓸게."

"감사해요."

규원은 나이에 비해 철이 많이 들어 있었다.

"선생님 우리도 비밀이 있어요."

"나리야!"

규원이 다급하게 나리의 말을 막았다.

"나리야, 지금 말 안 해 줘도 돼. 우리 나중에 얘기하자."

"네."

나리가 오빠 때문에 화가 났는지 입을 삐쭉 내밀었다. 아이들에게도 뭔가 비밀이 있는 듯했다. 이렇게 비밀투성이의 집에선 오래 있을 수 없었다. 월급이 높고 아이들도 너무 사랑스러웠지만 그녀는 불안한 마음으로 계속 있을 수 없다는 결론을 내렸다. 그래서 내일 김 집사에게 말해 다른 사람을 구하시라고 할 예정이었다.

오늘은 김 집사가 잠깐 자리를 비운 것 같았다. 주말에 있을 파티 때문에 온 집 안이 시끄러웠다.

그래도 한 달은 채우고 싶었지만, 이 집은 그녀와는 인연이 아닌 것 같았다. 아이들의 수업을 마치고 숙소로 가는 길에 제니는 어제와는 다르게 빠른 걸음으로 숙소로 향했다. 이제 더는 궁금해하지 않을 거라고 맹세를 했기 때문이었다.

"퍽!"

앞도 안 보고 전속력으로 걷던 그녀는 담벼락처럼 단단한 물
체와 부딪쳤다. 부딪친 쪽의 팔이 욱신거릴 정도였다.

"아!"

휘청이는 그녀를 커다란 손이 잡아 주었다.

"앞은 보고 다녀야 할 것 같은데……."

낮은 저음의 목소리가 그녀를 긴장하게 했다. 그가 누군지 깨
닫자 이상하게 심장이 두근거렸다.

"죄, 죄송합니다."

"난 내 틀에서 벗어나는 걸 좋아하지 않아."

"압니다."

"아는데 왜 그렇게 튀는 일만 벌이고 다니는지 물어봐도 될
까?"

그는 어제 그녀의 일을 아는 것 같았다. 그의 손은 아직 그녀
의 양팔을 잡고 있었다. 그의 뜻하지 않은 손길에 제니는 사시나
무 떨듯이 떨었다.

"왜 이렇게 떨지?"

"……추워서요."

자신이 생각해도 어이없는 말이었다.

"5월인데 춥다?"

"여기는 춥네요."

그녀는 애써 둘러대며 그의 팔에서 벗어나려고 했다. 하지만 그는 꼼짝도 안 했다.

"뭘 알고 싶은 거지? 스파이인가?"

"아니에요."

"그런데 왜 자꾸 하지 말라는 걸 하고, 가지 말라는 곳을 다니지?"

그가 으르렁거리며 말했다. 그의 무서운 모습에 제니는 그 자리에 주저앉고 싶은 생각뿐이었다.

"저는 숙소로 돌아가는 길입니다."

그녀는 답을 피했다.

"어제의 일을 말하는 거야."

"그쪽에서 소리가 들려서, 그 소리의 정체를 알고 싶어서……."

"궁금해하지 마."

"네?"

"이곳에서 선생의 할 일은 아이들을 가르치는 것뿐이야."

그가 그녀의 팔을 잡고 무섭게 말하고 있었지만, 제니는 자꾸만 심장이 이상한 방향으로 두근거림을 느꼈다. 이건 그의 강한 체취 때문일지도 몰랐다. 남자의 몸에서 나는 담배 냄새와 향수가 뒤섞인 진한 향 때문에 제니는 정신을 차릴 수가 없었다.

"왜 이렇게 말을 안 듣지?"

"……."

"잘 들어 둬, 선생. 선생이 아무리 아름답고 남자의 마음을 흔들리게 만드는 사람이라고 해도 저곳에 가는 건 이제 두 번 다시 용서 안 해."

"……."

왜 그는 이런 말을 하며 또 한 번 그녀를 봐주는 것일까? 그가 제니의 팔을 잡고 있던 손에 힘을 풀며 천천히 그녀의 팔을 따라 쓰다듬듯이 내렸다.

"……."

이 끈적이는 느낌은 뭘까? 키스를 한 것도 껴안은 것도 아닌데 그의 이런 작은 행동에 그녀의 몸이 묘한 자극을 받고 있었다. 그는 위험한 남자였다.

"내 말 알아듣겠소?"

"……."

지금, 이 순간 제니는 벙어리처럼 말도 못하고 고개만 끄덕였다.

"기절까지 했었다니 들어가서 쉬어."

그는 이 말을 남기고는 사라졌다. 뒤를 돌아 그의 뒷모습을 보는데, 마음이 좋지 않았다. 그의 어깨가 무거워 보이는 건 왜일까? 알 수 없는 일이었다.

  말자는 어제의 소란스러운 일 때문에 오늘 친언니인 김 집사에게 눈물이 쏙 빠지도록 혼쭐이 났다. 발작이 일어나기 전에 의사를 불러 적절하게 약물을 투약했어야 했는데 며칠 동안 상태가 괜찮아서 약물을 줄였더니 또 소리를 지르고 난리였고, 그걸 새로 들어온 가정 교사가 본 모양이었다.

  철문을 열고 들어간 곳은 그냥 일반 가정집이 아닌 병원 같은 곳이었다. 마님을 위한 공간이었다.

  "저 왔어요. 마님."

  이곳에서 마님이 생활한 지는 10년이 넘었다. 그녀가 돌본 게 10년째였고 그전에 사람들은 수없이 바뀌었다고 했다. 마님을 견디지 못한 사람들은 며칠 만에 그만두기도 했다. 하지만 말자가 마님의 곁을 지키면서 마님의 증상은 많이 호전되었다.

  말자가 이렇게 마님을 정성스레 지킬 수 있는 건 그의 아들이 마님과 같은 정신 질환자였기 때문이었다. 물론 지금은 남편과 함께 저세상으로 갔지만 말이다. 그래서 더 잘해 주고 싶어서 가끔 마님에게 맞기도 하고 욕도 듣긴 했지만 잘 견디고 있었다.

  "히히히……."

  "오늘은 좀 씻어요."

"싫어, 마귀야."

이제는 목소리마저도 이상하게 변한 마님이었다. 잘 모르는 사람이 마님을 본다면 분명히 귀신이 들었다고 말할 상황이었다.

"안 씻으면 냄새나요."

"싫어!"

소리는 또 어찌나 큰지 이곳에 들어왔다가 나가면 귀가 먹먹했다. 아무래도 오늘 씻기는 건 무리일 것 같았다. 내일 의사가 오니까 안정제를 맞으면 그때 씻기는 게 나을 것 같았다. 지난번에 씻기려다가 팔을 물려서 고생했던 기억이 있기 때문이었다.

"배고프지 않아요?"

"……."

밥은 항상 주먹밥이나 김밥이었다. 수저나 젓가락은 위험했기 때문이다. 공격성이 날로 강해져서 큰일이었다.

의사의 말로는 이렇게 살아 있는 게 기적이라고 했다. 그건 말자의 노력이라는 말도 해 주었다. 다른 환자들 같으면 자해를 했을 거라고도 했다.

마님에게도 꽃같이 예쁜 날이 있었다. 하지만 무슨 일인지 모르지만, 마님에게 조현병 증상이 나타난 건 10대 후반이라고 했다.

"왜 우리 마님한테 이런 몹쓸 병이 생긴 걸까요?"

이렇게 아픈 마님과 최 회장은 억지로 결혼을 했고 부부의 연을 맺었다. 규원과 나리는 마님의 아이가 아니었다. 아이들은 집사인 언니가 때가 됐을 때 비밀리에 입양했다. 그건 최 회장님이 평범한 가정의 모습을 보이길 원했기 때문이었다.

이건 언니와 그녀만이 아는 비밀이었다. 사람들은 마님이 해외에서 오래 있는 줄 알고 있었지만, 사실은 그렇지 않았다.

"천천히 드세요."

마치 짐승처럼 앉아서 손으로 밥을 먹는 모습이 안쓰러웠다.

"이렇게 사실 거라면 빨리 가시는 것도 나쁘진 않을 것 같아요."

말자는 요즘 점점 더 망가져 가는 마님을 보며 이렇게 중얼거렸다.

넓은 침실 안은 조명을 켜지 않아서 어두컴컴했다. 연욱은 와인 잔을 들고 소파에 앉아서 술을 마셨다. 그의 옆에는 잭이 말없이 앉아 그의 술친구가 되어 주었다.

"잭, 오늘은 너무 답답한 날이다."

"으으응……."

마치 무슨 말을 하는 것처럼 잭이 작게 으르렁거렸다.

"이제는 이 모든 걸 정리하고 싶은데, 뜻대로 되지 않아."

그는 와인을 단번에 털어 넣었다. 그리고 눈을 감았다. 그는 아주 오랜만에 여자를 안고 싶다는 생각이 들었다. 그런 욕망은 오래전에 사라진 줄 알았는데 이 선생의 가는 팔을 잡았을 때 그녀를 안고 싶다는 생각이 들었다.

그녀를 안고 싶은 건지 아니면 여자를 안은 지 오래돼서 아무 여자나 안고 싶었던 건지 정확하게 알 수 없었지만, 그는 분명 강한 욕구를 느꼈다.

"아니야……."

잘못 느꼈을 것이다. 여자에 대한 그의 욕구는 사라진 지 오래였다. 그건 소정을 만나고 난 후부터였다.

그는 눈을 감고는 그 어이없던 날을 떠올렸다. 그가 스물세 살, 세상 물정도 모르던 그는 영문도 모른 채 한 여자를 만났다. 비밀스런 방 안에서 만난 소정은 귀여운 동갑내기의 아가씨였다. 그녀가 그에게 달려들기 전까지 첫인상은 그랬다.

흰색 원피스를 입고 화사하게 화장을 한 귀여운 여자를 만난 곳은 감옥처럼 쇠창살이 있는 공간이었다.

"뭐지?"

기분이 좋진 않았지만 그는 참고 견뎠다.

"이름이 뭐죠?"

"연소정."

"여긴 왜 이런 분위기죠?"

"몰라요."

"인테리어가 이상한 곳이네요."

그는 주변을 두리번거리다가 그녀 뒤에 붙은 경호원들을 보며
물었다.

"커피도 없나요?"

"네."

이상한 만남이었다. 하지만 얼마 지나지 않아 상황이 파악되
었다. 왜 이곳에 쇠창살이 있어야만 하는지 말이다.

"커피? 너 거기에 약 탔지?"

"……."

"이 악마!"

갑자기 눈이 뒤집힌 채 그에게 덤비는 소정을 경호원들이 잡
지 않았다면 그는 아마 소정에게 공격을 당했을 것이다.

"뭐, 뭐 하는 겁니까?"

놀란 그가 소파에서 벌떡 일어났다. 여자는 도끼눈을 뜨고 그
를 죽일 듯이 쳐다보고 있었다. 다시는 만나고 싶지 않은 여자였
다. 밖으로 도망쳐 나온 그는 아버지와 마주했다.

"저 여자는 뭐죠?"

너무 놀라 창백해진 그를 무표정한 얼굴로 바라보고 있는 아버지에게 물었다.

　"네가 결혼할 여자다."

　"네? 저 여자 상태를 보셨어요? 미쳤다고요. 정상이 아니란 말입니다."

　그의 심장은 아직도 벌렁거렸다.

　"안다."

　"아신다면서, 어떻게 그러실 수가 있어요?"

　그는 아버지를 도저히 이해할 수가 없었다.

　"우리 디딤돌 건설을 살리기 위해 네가 할 수 있는 유일한 길이다."

　"아버지, 전 이런 결혼을 하지 않아도 충분히 디딤돌을 살릴 수 있습니다."

　짝!

　아버지는 얼굴이 돌아갈 정도로 강하게 그의 뺨을 쳤다.

　"아버지!"

　"네가 살릴 수 있는 상황이 아니야. 이렇게 어물쩍거리다 부도가 나면 네가 책임질 테냐!"

　"……"

　회사가 이 지경이 된 건 아버지의 무능력 때문이었다. 거기에

도박과 여자까지. 아버진 자신만 아는 이기적인 사람이었다.

"그렇게 되면 지금 암센터에 있는 네 엄마는 제대로 된 치료도 못 받아."

"……."

그의 어머니는 암 치료 중이었다. 고통스러워하던 어머니의 얼굴이 떠오른 건 그때였다. 지금, 이 상황이 너무나 억울해서 팔짝 뛸 것 같았지만 엄마는 살리고 봐야 했다.

"네가 마음만 먹는다면 이 모든 게 한 방에 해결되는 거야. 그리고 일단 결혼만 하면 선양그룹에서 우리에게 지원금을 주기로 했다."

선양그룹 회장도 깊은 병에 걸려 있었고, 그 외동딸도 아프단 소문이 있었다. 그렇다면 방금 본 그 여자가 선양그룹의 딸이라는 말이었다.

"어쩌면 네가 선양그룹까지 차지할 수도 있어."

"아버지……."

아버지는 그를 옭아매 놓고는 이러지도 저러지도 못하게 만들었다.

"이제까지 키워 줬으니 너도 보답이란 걸 해."

아버지는 그에게 따뜻한 적이 단 한 번도 없었다. 하지만 그의 어머니는 다른 문제였다. 어머니는 아프기 전까지 그를 사랑으로 대해 주신 분이었다. 어머니가 없었다면 그는 벌써 집을 나가 버렸을 것이다.

"네가 희생해. 여자들이야 얼마든지 따로 만나면 되는 거고, 저 미친년은 집에 가둬 두면 되는 거야."

"아버지!"

"요령껏 살아야지."

선양그룹의 회장이 그를 직접 찍었다는 말도 했다. 사업이 어려워진 아버지는 양심의 가책도 없이 그를 희생양 삼아 새롭게 일어나고 싶은 것 같았다.

그렇게 그는 결혼식도 없이 서류상으로 결혼을 했고 소정과 지금까지 함께 살게 되었다. 끔찍한 나날이었다. 하지만 얼마 후에 선양그룹의 회장은 별세했다. 그리고 막대한 재산을 소정에게 남길 줄 알았는데 그렇진 않았다.

현명하게도 소정이 평생 쓸 돈 정도만 남기고 나머지는 사회에 환원한 것이었다. 아버진 거품을 물었고 당장에 이혼하라고 난리였지만 이번엔 그가 소정을 버리지 않았다. 좋아서가 아니라 아버지 때문에 더 버릴 수가 없었다. 소정은 아픈 사람이었고 그는 소정과 결혼할 때 엄청난 돈을 받았다. 그런데 유산을 못 받았다고 소정을 버릴 수는 없었다.

그러는 와중에 갑자기 아버지가 심장마비로 돌아가셨고, 그는 갑작스럽게 디딤돌을 물려받게 되었다. 그때부터 그는 오로지 일에만 매달려 지금까지 달려왔다.

"후……."

와인을 다 비운 그는 잭의 머리를 쓰다듬었다. 그리고 오지 않는 잠을 청했다.

오늘 제니는 특별히 아이들의 저녁을 챙겼다. 원래는 유모가 챙기는데 유모가 허리가 아파서 오늘은 그녀가 하루 종일 아이들을 챙길 수밖에 없었다. 그래도 다행이었다. 작은 집의 일이 있었던 후부터 숙소에 혼자 있는 시간도 무서웠는데 이렇게 아이들과 있으니 오히려 좋았다.

"맛있어?"

나리와 눈이 마주치자 그녀가 물었다.

"네."

나리는 요즘 생기가 넘쳤다. 완전히는 아니었지만 보통 다섯 살 여자아이와 비슷해지는 것 같긴 했다. 규원은 여전히 근엄하게 저녁을 먹었다. 그녀가 아무리 웃어도 규원은 밥만 먹을 뿐이었다.

"규원아……."

그녀가 웃으며 규원을 불렀다. 지금 제니가 아이들에게 이렇게 할 수 있는 건 김 집사가 없기 때문이었다. 김 집사는 주말에 열릴 파티 때문에 지금 집 안의 연회장에서 정신없이 일하는 중이었다.

"맛있어?"

"네, 너무 맛있어요."

"다행이다."

규원도 조심스럽게 그녀에게 반응했다. 그런 아이들을 생각하면 그만두고 싶진 않았지만, 자꾸 뭔가 그녀를 밀어내는 느낌이 들었다. 이곳은 두려운 곳이었다.

그녀가 화사한 웃음을 지으며 아이들을 바라보았다.

"밥 먹을 땐 떠들지 말라고 했을 텐데?"

"……."

갑작스러운 그의 등장에 아이들도 그녀도 얼어붙었다. 짙은 남색의 양복은 그의 세련미를 한층 돋보이게 했다. 퇴근하고 왔음에도 그는 여전히 활기가 넘쳐 보였다. 시선이 절로 가는 사람이었다.

안 그러려고 해도 제니는 자꾸만 그가 의식됐다.

"다녀오셨어요?"

나리가 인사를 하는 바람에 그나마 그의 표정이 누그러졌다.

"그래."

"식사하세요."

이번엔 규원도 그녀를 돕는 것 같았다.

"먹어."

"네."

아이들이 앉아서 밥을 먹자 그는 자신의 식사가 오기를 기다렸다.

"왜 선생이 있지?"

제니가 있어서 불편한 모양이었다. 그렇다고 이렇게 사람 무안하게 말하는 그가 얄미웠다.

"유모가 허리가 아픈 바람에……."

제니는 기분을 숨기며 말했다.

"밥은?"

"네?"

"식사했냐고 물었어."

그가 인상을 쓰며 물었다.

"아뇨, 아이들이 먹고 난 후에……."

"선생 상도 차려."

"네."

그가 도우미에게 말했고 도우미도 놀란 얼굴이었다. 하지만 그중에서 가장 놀란 건 그녀였다.

"앉지."

"네."

그녀는 나리 옆에 앉아 나리의 밥 위에 반찬을 올려 주었다. 그런데 한마디 할 줄 알았던 그가 아무런 말도 하지 않았다. 그리고 식사가 들어왔고 그들은 말없이 밥을 먹기 시작했다. 이렇게 밥알이 모래알로 느껴진 건 처음이었다.

"맛이 없나?"

"네? 아뇨, 맛있습니다."

그의 말에 제니는 체할 것 같았다.

"그럼 다행이고. 그런데 왜 그렇게 맛없게 먹지?"

"제가요? 아닙니다."

그렇게 어색한 저녁 식사가 끝이 나고 아이들 방으로 간 그녀는 심장이 터져 버릴 것 같았다. 최 회장은 참 이상한 사람이었다. 왜 이렇게 신경 쓰이게 하는지 이해가 가지 않았다. 굳이 그녀에게 말을 시키지 않아도 되는데 왜 이러는 건지 도통 알 수가 없었다.

"선생님?"

"어?"

다른 곳에 정신을 팔고 있으니 나리가 부르는 것도 듣지 못했다.

"이거 읽어 주세요."

"나리 읽을 줄 알잖아."

"선생님이 읽어 주시는 게 재밌어요."

"그럼, 그럴까?"

요즘 나리는 제니가 하는 구연동화에 흠뻑 빠져 있었다. 여러 가지 목소리로 책을 읽어 주니 재미있는 모양이었다.

"이리 와."

그리고 나리에게 책을 읽어 줄 때 제니는 나리를 꼭 끌어안고 읽었다. 그것도 나리가 좋아 하는 것 중의 하나였다.

"어흥, 떡 하나 주면 안 잡아먹지……."

한껏 몰입해서 책을 읽고 있는데 문 앞에서 그들을 보고 있는 최 회장을 발견했다.

"아빠!"

나리가 웃으며 아빠를 불렀다.

"그래, 이제 잘 시간이야."

"네."

나리는 실망한 표정이었지만 싫다는 소리 한 번을 안 했다. 그런 나리가 안쓰러운 제니였다.

"씻고 자자."

"네."

제니는 아이들을 욕실로 데리고 가서 씻기고 잠옷으로 갈아입혔다. 그리고 침실로 데리고 가서 눕힌 뒤에 방을 나왔다.

"후……."

그래도 이렇게 마무리를 하고 나니 마음이 뿌듯했다. 하지만 지금부터가 문제였다. 평소에는 밝을 때 숙소로 갔지만, 지금은 어두웠다. 넓은 정원에 불도 들어오지 않는데 걱정이었다. 시계를 보니 9시가 넘은 시간이었다.

"어쩌지……."

그녀는 머뭇거리다가 본관을 나섰다. 그런데 그때 본관 앞에서 담배를 피우고 있는 최 회장을 만났다.

"끝난 거요?"

"네, 그럼 안녕히 주무세요."

"어두운데 무섭지 않겠어?"

"……."

지금 상황은 그가 더 무서웠다.

"괜찮습니다."

"괜찮지 않은 것 같은데?"

"아닙니다."

그녀가 구십 도로 인사를 하고 가려는 순간 그가 그녀 앞에 서서 걷기 시작했다.

"회장님……."

"난 나의 길을 가고 있지."

"……."

자신의 갈 길을 간다니 할 말이 없었다. 그렇게 한참을 말없이 걷는데 그가 뜬금없이 그녀에게 물었다.

"이 선생은 남자 친구 있나?"

"네?"

처음엔 그의 말을 잘못 들은 줄 알았다.

"남자 친구……."

"아뇨, 가정 교사를 하다 보니 시간이 없었습니다."

그가 다시 남자 친구라는 단어를 꺼내자 그녀가 급하게 없다는 말을 했다. 왜 이런 말을 묻는 건지 이해가 되지 않았다.

"그렇군."

"왜 갑자기 물으십니까?"

"그냥 궁금해서."

그래…… 좋게 생각하면 궁금할 수 있을 것 같았다. 그래도 개인적인 일을 친하지도 않은 사람이 물으니 좀 이상하긴 했다. 그들은 나란히 정원을 걸었다. 그의 목적지가 어딘지 알 수 없었지만 분명 그는 그녀를 따라오는 것 같았다.

조금 있으면 나무들이 울창한 길을 걸어야 했다. 이쯤에서 헤어지는 게 좋았다.

"회장님, 먼저 들어가 보겠습니다."

그때, 그가 갑자기 그녀의 손을 잡았다.

"내가 이렇게 해도…… 미안해할 사람이 없다는 거지?"

"회장님……."

"그냥 걷지. 그날 너무 무서웠던 것 같은데……."

그는 제니에게 그만의 방법으로 위로해 주고 있었다. 그런데 왜 그가 이러는지 그녀는 이해가 잘 안 됐다.

"회장님, 전……."

그가 잡은 손에 힘을 주고 있어서 손을 뺄 수도 없었다. 심장이 터질 것 같았다. 도대체 이 사람은 왜 이러는 걸까? 그리고 왜 이렇게 그녀의 심장을 두근거리게 만드는 걸까?

"이렇게 걷다 보면 편안해져."

"지금 위로해 주시는 겁니까?"

제니가 걸음을 멈추고는 그를 보며 물었다. 그들의 시선이 뜨겁게 얽혔다. 어쩌다가 이런 분위기가 된 걸까?

"위로는 이렇게 하는 게 위로지."

"읍!"

순간적인 일이었다. 커다란 나무 사이로 그녀를 끌고 들어간 그가 갑작스럽게 입을 맞추었다. 평생을 살면서 이런 입맞춤은 처음이었다. 물론 키스가 처음은 아니었다. 하지만 이렇게 심장이 튀어나올 것 같은 키스는 처음이었다.

"으으읍!"

그가 제니의 얼굴을 양손으로 감싸고 거칠게 키스했다. 그녀는 지금 그와 나무 사이에 갇혀 그에게 벗어날 수가 없었다. 그가 혀로 집요하게 그녀의 입술을 열고 들어와 혀를 입안으로 밀어 넣었다.

그에게는 담배 맛과 와인 맛이 뒤섞인 맛이 났다. 달콤함과 씁쓸함이 동시에 느껴지고 있었다. 혀로 그녀의 입안 구석구석을 핥으며 그는 미친 듯이 그녀의 몸을 어루만지고 있었다. 그의 손이 그녀의 풍만한 가슴을 만지고 그의 단단해진 남성이 그녀의 배를 찌르고 있었다.

그가 흥분한 것이었다. 아무리 경험이 없는 그녀라도 남자가 흥분했다는 건 알 수 있었다.

"으음……."

그가 그녀의 혀를 뿌리째 뽑을 듯이 빨아들였다. 그리고는 그녀의 목젖까지 혀를 밀어 넣기도 했다. 정신을 차릴 수가 없었다. 위로라고 하기엔 너무나 격정적이었다.

"하아!"

그가 갑자기 그녀를 떼어 놓았다.

"위험해."

뭐가 위험하다는 건지 알 수 없었지만, 그는 이렇게 말을 하고는 그녀를 남겨 둔 채 본관으로 돌아가 버렸다.

"헉헉……. 뭐지?"

그녀는 마치 전력 질주를 한 것처럼 거친 숨을 몰아쉬며 그의 뒷모습이 사라질 때까지 그 자리에 서 있었다. 있을 수 없는 일이 일어난 것이었다. 제니는 자신의 심장에 손을 올려놓고는 지그시 눌렀다.

이렇게 하지 않으면 정말 심장이 튀어나올 것만 같았다.

3. 불꽃 속에서

5월의 푸른 정원은 아름다운 꽃들로 장식되어 있어 평소의 적막한 분위기를 사라지게 했다. 간간이 들리는 연회장의 소리는 그곳이 얼마나 화려하고 아름다울지를 말해 주고 있었다.

파티는 내일 있을 예정이었고 오늘은 이 거창한 파티의 리허설 날이었다. 가정집에서 이렇게 성대한 파티를 하는 건 처음 보았다. 같은 재벌이라고 하더라도 최 회장은 스케일이 남달랐다.

제니는 아이들과 꽃으로 장식된 정원을 거닐었다. 파티한다고 하니 아이들도 들뜬 것 같았다.

"이렇게 많은 꽃은 처음 봐요."

규원이 놀란 얼굴로 말했다.

"작년에는 안 했어?"

"작년엔 이 정도는 아니었어요."

규원이 작년에 열린 파티를 기억하며 말했다.

"작년에도 예쁜 누나들이 많이 왔어요."

"그래?"

"그 사람들은 우리 새엄마가 되고 싶어 한대요."

"뭐?"

"아빠와 엄마가 오랫동안 따로 살아서 그런 거래요."

"누가 그런 소리를 해?"

"다 그래요. 자기들끼리 하는 소리를 들었죠."

솔직하게 아이들 앞에서 왜 이런 소리를 했느냐는 생각이 들었다.

"그런 소리를 들었다고 해서 곧이곧대로 믿으면 안 돼."

"네, 죄송해요."

규원은 속이 꽉 찬 아이였다. 그래서 마음이 쓰였다.

정원의 아름다운 꽃들은 사람들이 걷는 길을 따라 놓였다. 아이들의 손을 잡고 그 길을 따라 걷고 있으니 동화 속으로 들어온 것만 같은 기분이었다.

"동화책 속의 길을 걷고 있는 기분이야."

"전 빨간 모자 이야기에 나오는 숲속의 길이 좋아요."

"왜?"

"뭐가 나올지 모르니까 흥미로운 것 같아요."

규원은 생각이 많은 아이였다.

"난 신데렐라가 도망가던 그 길인 것 같아."

"왜?"

"이렇게 예쁜 길에서 유리 구두를 잃어버렸을 것 같아요."

아직은 순수함이 남아 있는 아이들이었다. 아이들의 손을 잡으며 안으로 들어가자 뜻밖의 인물이 아이들을 맞이했다.

"안녕, 애들아."

"안녕하세요."

규원이는 시큰둥하게 인사를 했고 나리는 그녀의 뒤로 숨었다. 여자는 상당한 미인이었다. 아니 연예인이라고 해도 맞을 정도로 아름다운 여자였다. 거기에 가슴골이 훤히 보이는 여자의 옷은 일반인들이 입기 힘든 아주 꼭 낀 옷이었다.

그녀가 규원에게 몸을 숙이자 제니는 정말 여자의 가슴을 다 보고 말았다.

"잘 지냈어?"

"네."

규원이는 못마땅한지 단답형으로 말했다.

"새로 온 유모인가요?"

"아니요, 전 가정 교사입니다."

"아, 그러시구나."

그녀를 완전히 무시하는 투였다.

"규원아, 누나가 책 사 왔는데 볼래?"

"……."

규원이의 눈빛이 흔들렸다. 규원이는 책이라면 껌뻑 죽는 아이였다.

"저기 테이블에 있는 게 다 책이야."

정말 선물이 한가득하였다.

"이건 나리 거."

나리 또래의 아이가 좋아할 만한 인형이었다.

"선생님이 아이들하고 같이 선물 좀 봐 줘요."

"네……."

마치 안주인처럼 그녀에게 명령하는 여자였다. 하지만 여자에게서 느껴지는 카리스마 때문에 그녀의 말을 안 들을 수가 없었다. 그리고 아이들을 위해서라도 제니는 여자의 명령적인 말을 참았다.

싸우는 모습은 보이고 싶지 않았다. 규원은 책을 너무 좋아했기 때문에 상자마다 가득한 책 선물에 푹 빠져 있었고 나리 또한 인형이 마음에 드는 모양이었다.

"누군지 아세요?"

어느새 그녀 옆에 온 하민에게 속삭이듯 물었다.

"저분이 안주인 자리 1순위예요."

"……."

"황정연이라고, 동화그룹 상속녀죠. 아시죠? 가공식품으로 1위인 회사요. 예쁘지, 똑똑하지, 거기다가 명품 몸매지. 정말 끝내주는 분이에요. 사실 성형을 한 게 티는 나지만 예쁘면 그만이죠."

그건 하민의 말이 맞는 것 같았다. 성형한 티는 나지만 연예인만큼 화려하게 예쁜 사람이었다.

"거기에 지금 입고 있는 옷이 얼만 줄이나 아세요? 아마 제 연봉쯤 될 거예요."

"……."

"하지만 안주인이 되면 문제가 좀 있어요. 성격이 아주 불같으세요. 물론 회장님 앞에선 천사 코스프레를 하시지만, 우리에겐 아주 엄격하게 구시죠."

"자주 오세요?"

"밖에서는 자주 만나시는 것 같은데, 집에는 가끔 찾아오셔서 안주인 역할을 하시죠."

별거 중인 부인도 있고 애인도 있는 사람이 왜 그녀에게 키스한 걸까? 어쩌면 최 회장은 바람둥이일지도 몰랐다. 제니는 김 집사와 이야기를 하는 정연을 물끄러미 바라보았다. 그녀는 한 번도 가져 본 적이 없는 걸 정연은 다 가지고 태어난 것이었다.

정연은 아름다운 꽃으로 장식된 정원을 물끄러미 바라보았다. 행사가 내일인데 조화도 아닌 생화를 저렇게 미리 장식했다는 게 정연은 마음에 들지 않았다. 남자들이 하는 일들이 원래 섬세하지 못하지만, 이곳은 여자인 김 집사가 관리하는 곳이었다.

"김 집사님."

"네, 부르셨습니까?"

"생화인데 당일 오전에 준비하시는 게 낫지 않겠어요?"

"알고 있습니다. 하지만 플로리스트와 일정이 맞지 않아서 하루 앞당겨 준비한 겁니다."

"그 사람이 누군데 건방지게 디딤돌 그룹의 행사 일정보다 자기 일정에 맞추는 거죠?"

김 집사의 인상이 굳어졌다. 자기의 일을 다른 사람이 터치하는 게 싫은 모양이었다. 하지만 이렇게 지적을 당하지 않으려면 일을 잘하면 되는 것이었다.

"회장님은 언제 오시나요?"

"잠시 후면 도착하실 겁니다."

김 집사는 평소와 다름없이 무표정으로 그녀의 물음에 답했다.

"저기 아이들을 가르치는 교사는 괜찮은 사람이겠죠?"

자꾸 아까부터 예쁘게 생긴 가정 교사가 신경 쓰였다.

"훌륭한 선생님이시고, 정연 양께서 관여하실 일은 아닌 것 같습니다."

"뭐라고요?"

"아직 안주인도 아니신 분이 이렇게 두루두루 관여하시는 건 남들 보기에도 좋지 않습니다."

"……."

김 집사의 말이 맞았다. 하지만 이렇게 직접 들으니 기분은 좋지 않았다. 그녀는 이 집의 안주인이 될 것이고 그러면 제일 먼저 김 집사부터 자를 예정이었다. 3년을 공들인 일이었다. 6년 전 회사 창립 기념 파티에서 그를 처음 본 순간 첫눈에 반해 버렸다.

하지만 그에겐 부인이 있었고 그녀는 마음을 접을 수밖에 없었다. 그런데 3년 전에 둘이 별거에 들어갔다는 확실한 소식을 들은 후부터는 정연은 망설일 필요가 없었다.

걸리는 게 있다면 아이들이었는데 상관없었다. 아이들은 유모와 가정 교사가 기르면 그뿐이었고 조금 더 자라면 해외의 기숙

학교로 보내면 될 일이었다.

물론 그녀의 이런 적극적인 노력은 최 회장이 좋기 때문이기도 하지만 그와 같이 결혼해서 그룹을 합병하게 된다면 동화그룹은 라면 장사를 하는 기업이라는 이미지에서 벗어나 도약할 기회가 생기는 것이었다.

그녀의 아버지인 황 회장의 바람이기도 했다.

"회장님 오셨습니다."

연욱은 그녀가 보기에도 너무 멋진 남자였다. 휴고보스 정장을 입은 그는 여심을 흔들리게 했다.

"어머, 회장님."

그녀는 콧소리를 섞어 가며 연욱에게 다가가 팔짱을 끼었다. 가식이 아닌 진심으로 이 남자와 한번 섹스를 해 보고 싶었다. 침대에서 그는 분명 뜨거울 것이다.

"언제 왔어?"

어쩜 동굴 속을 울리는 것 같은 저음의 목소리까지 그는 완벽하게 섹시한 남자였다.

"조금 전에 왔어요. 그리고 아이들이 책을 좋아해서 책도 좀 사 왔어요."

"그래?"

"네."

부모는 자식에게 약하기 나름이었다.

"신경 써 줘서 고마워."

"뭘요. 내일 손님이 많이 오시나요?"

"50명쯤 올 거야."

"그렇게나 많이요?"

"많은 건가?"

많은 인원은 아니었지만 그게 다 젊은 여자들일 경우는 상황이 달랐다. 작년에 30명쯤 왔었다. 물론 다 이 집의 안주인 자리를 노리는 재벌가의 딸들이었다. 올해는 거의 두 배의 인원이 오니 아무래도 그녀의 경쟁자가 더 많아지는 것이었다.

"제가 오늘 와서 보니까 준비가 좀 소홀한 것 같아요. 그래서 몇 가지 안 좋은 사항을 건의했는데 일하시는 분들이 제 말이라서 그런지 통 안 듣네요. 제가 파티 준비를 도와주면 안 될까요?"

"알아서 해."

그의 시선은 아이들에게로 가 있었다. 역시 부모는 부모인 것 같았다.

"나리가 너무 예뻐요."

"……."

"규원이도 너무 똑똑하고……."

그는 답은 없었지만, 여전히 아이들에게 시선이 가 있었다. 그러다가 그가 움직이기 시작했다.

"옷 갈아입고 나오세요."

"알았어."

이렇게 말을 하니 꼭 부부가 된 것 같아서 우쭐한 기분이 들었다. 정연은 자신의 방으로 향하는 그의 섹시한 뒷모습을 한참 동안 바라보았다.

퇴근 시간이 되기도 전에 회사에서 나온 연욱은 집에 도착하자마자 내일 있을 행사도 체크하지 않은 채 집 안으로 들어갔다. 그의 등장에 집 안의 모든 사람들이 일제히 하던 일을 멈추고 그에게 고개를 숙였다.

집에 들어오면 그는 왕이었다. 물론 회사에서도 그랬지만 집 안 분위기는 더 그랬다. 그의 움직임에 따라 사람들이 각을 맞추어 움직였다. 단 한 사람을 제외하고 말이다. 다들 고개를 숙이고 있는데 제니만은 그를 보고 있었다.

굉장히 연약해 보이고 얌전해 보였는데 제니는 의외로 당찬 구석이 있었다. 그리고 그를 자극하는 뭔가가 있는 여자였다. 그게 그를 궁금하게 만들었고 자꾸 제니를 돌아보게 만드는 것 같았다.

제니의 커다란 눈이 그를 계속 바라보다가 시선을 피했다. 제니를 보니 그날의 키스가 떠올랐다. 물론 그 이후에도 그는 자꾸만 그 키스가 생각이 났다. 처음이었다. 섹스도 아니고 키스에 이렇게 흔들리는 건 말이다.

그날 솔직하게 그는 키스까지 생각한 건 아니었다. 뭔가에 홀린 듯한 날이었다. 손을 잡은 채 걷고, 두근거리는 마음으로 키스까지 하다니. 지금 생각해 보면 제정신은 아니었던 것 같았다. 하지만 그녀의 입술을 삼키던 순간은 지금도 잊히지 않았다.

부드러운 그 입술을 다시 한 번 삼키고 싶은 마음이었다. 그래서 오늘도 제니를 보기 위해 일찍 집에 온 것이었다.

마른 몸인데 가슴은 풍만했고 무덤덤해 보이는데 그녀는 의외로 민감했다. 그때를 생각하니 다시금 제니의 입술에 키스하고 싶은 생각이 들었다. 그리고 궁금했다. 다시 한다면 그때와 같은 느낌이 들까?

아니면 그날은 착각이었을까?

"어머, 회장님."

듣기 싫은 콧소리에 그는 제니에게서 시선을 거두었다. 그의 부인 자리를 호시탐탐 노리는 정연이었다.

"언제 왔어?"

"조금 전에 왔어요. 아이들이 책을 좋아해서 책도 좀 사 왔어요."

"그래?"

그는 다시 아이들이 있는 쪽으로 시선을 돌렸다. 하지만 그는 아이들을 보고 있는 게 아니었다. 제니만이 그의 시선이 자신에게 향해 있는 줄 알고 있었다. 그녀는 그의 시선을 피해 아이들만 바라보고 있었다. 그녀의 옆모습이 그의 시선을 붙잡았다.

파르르 떨리는 입술이 보였다. 아이들은 그에게 인사를 한 후에 곧바로 자신들이 하던 일들을 계속했다. 책이 무척이나 좋은 모양이었다. 하지만 그는 아이들에게 시선을 주지 않았다. 다른 사람들은 그가 아이들을 보고 있다고 생각하겠지만 아니었다.

옆에서 정연은 그에게 앵무새처럼 조잘대고 있는데 정연의 말은 들리지도 않았다. 오늘 푸른색 원피스를 입은 제니는 무척 화사해 보였다. 집 안 도우미들은 하나같이 검은색 유니폼을 입었지만 가정 교사는 아이들 때문인지 평상복을 입어도 되었다. 칙칙한 세상 속에서 제니만이 빛나는 듯했다.

무릎까지 오는 원피스 아래 제니의 부러질 것 같은 가는 다리가 보였다. 그는 가는 발목을 가진 여자를 좋아했는데 제니의 발목은 딱 마음에 들었다.

제니가 갑자기 혀로 입술을 축였다. 사람들이 없었다면 그녀의 입술을 그가 대신 축여 주었을 것 같았다.

"옷 갈아입고 나오세요."

정연의 말에 그는 억지로 제니에게서 시선을 거두었다.

"알았어."

드레스룸으로 간 그는 편한 옷으로 갈아입었다. 검은 티셔츠에 통이 넓은 검은 면바지를 입은 그는 밖으로 나왔다.

"캐주얼한 차림도 멋져요."

"고마워."

정연이 그에게 잘 보이려 노력한다는 걸 그는 알았다. 하지만 정연은 그에게 매력적이지 않았다. 왜 그러는지 알 수는 없지만, 그녀의 재력도, 그녀의 미모도 그의 마음을 움직이게 하지 못했다. 그래서 몇 년을 만났는데도 관계의 진척이 없었다.

키스하고 싶어야 하는데 그럴 마음이 들지 않았다. 작년에 술김에 정연에게 키스를 했는데 술이 확 깨 버린 경험이 있었다. 그는 적극적으로 되고 싶은 마음이 없는데 정연은 아주 그의 혀를 뿌리째 뽑아 버릴 듯이 적극적이었다.

그래서 싫었다. 그다음부터는 정연과는 키스하지 않았다.

"연회장에 가 볼까요?"

"뭐?"

"내일 파티를 하는데 살펴봐야죠."

"……."

정연의 뒤로 제니가 아이들과 함께 지나가는 모습이 보였다.

제니는 아이들을 사랑스럽다는 듯 미소 지으며 보고 있었다. 그런 시선으로 그를 바라봐 주었으면 좋겠다는 생각이 들자 그는 머리를 흔들었다.

"왜요?"

"아니야, 연회장으로 가 볼까?"

"네."

그의 팔짱을 낀 정연과 연회장으로 가던 길에 또다시 제니와 마주쳤다.

"안녕하시오, 선생."

"……."

제니가 고개를 숙였다. 그리고 그녀의 시선은 정연과 그가 팔짱을 끼고 있는 곳에 머물렀다. 하지만 그녀가 시큰둥하게 바라보자 괜히 오기가 생긴 그는 팔짱을 풀고는 정연의 어깨에 손을 올렸다. 그러자 정연이 자연스럽게 허리에 팔을 감고 기대 왔다.

"얘들아, 어딜 가니?"

"공부방이요."

규원이 답을 하는 동안 그의 시선은 제니에게 가 있었다. 그녀는 그들에게 눈길조차 주지 않았다. 지금 살짝 질투하는 것 같았다.

"제니 선생, 아이들과 뭘 할 생각이오?"

"새로 선물받은 책들을 정리할 겁니다."

"어머, 그걸 왜 아이들에게 시키죠? 선생이 해야지?"

"스스로 하는 것도 교육입니다."

제니가 정연의 말을 톡 쏘아붙였다. 역시 보통 성격이 아닌 제니였다. 그는 피식 웃음이 나오려는 걸 참았다.

"그럼, 저희는 가 보겠습니다."

아이들을 데리고 제니가 사라지자 정연의 어깨에 올린 팔을 푼 그였다.

"무슨 선생이 저렇게 예의가 없어요?"

"뭐가?"

"아니 저한테 말대꾸하는 거 보세요."

"말대꾸한 것처럼은 보이지 않았어."

"……."

그가 제니의 편을 들자 정연의 입술을 삐죽였다.

"가지."

그는 연회장으로 가서 정연과 이야기를 나누기보다는 김 집사에게 최종 점검 상황을 들었다. 그렇게 시간을 보내다 보니 어느새 저녁 시간이었다.

정연은 눈치 없이 저녁 식사까지 했다. 하지만 오늘 정연이 무슨 일을 하든 연욱은 관심이 없었다. 오늘 유모가 병원에 입원하는 바람에 며칠 동안 아이들을 전담하게 된 제니를 저녁 시간에도 볼 수 있어서 기분이 좋았다.

"유모가 안 보이네요?"

"몸이 안 좋아서 입원했어."

유모는 디스크 수술을 받고 병가 중이었다.

"그래서 선생님이 있는 건가요?"

"……."

"밥 먹는 데 저렇게 보고 있으면 불편하지 않아요?"

"아이들 체크하는 거야."

"그래도 좀……."

정연은 불만을 드러내고 있었지만, 여전히 그는 밥 먹는 내내 제니를 힐끔거리고 있었다. 아무리 봐도 단아한 푸른 드레스가 마음에 들었다. 하긴 솔직히 그는 푸른 드레스 안 그녀의 몸이 더 마음에 들었다.

사람들이 없다면 그녀의 옷을 벗기고 그 안의 몸을 마음껏 즐겼을 것이다. 밥을 먹는 중에 이런 생각을 한다는 게 놀라웠다.

저녁 식사 후에 그는 정연과 커피를 마시고 정연을 돌려보냈다. 그리고 아이들의 방 앞에서 제니를 기다렸다. 얼마의 시간이 흐르자 제니가 방문을 열고 나왔다.

"어머, 깜짝이야."

그를 보고 깜짝 놀란 제니는 문 뒤로 몇 걸음 물러섰다. 자칫 다시 아이들 방으로 들어갈 것 같아 그가 제니의 손을 잡고 게스트 룸 안으로 끌고 들어갔다.

"뭐 하시는 거예요?"

"쉬……."

그녀의 큰 눈이 지금 두 배로 커져 있었다.

"회장님……."

"내일 파티에 아이들과 같이 참석해."

파티장에서도 제니를 보고 싶은 마음에 그가 제안했다. 아니 명령했다.

"네?"

"옷은 내일 보내 줄 테니까."

"회장님……."

"유모를 대신해서 참석하라는 거야. 매번 유모가 아이들을 데리고 참석했어."

"……."

그녀의 눈동자가 불안하게 떨리고 있었다.

"왜 이렇게 떨고 있지?"

"안 떨었어요."

떨고 있는 게 훤히 보이는데 깜찍하게 그를 속이려 했다.

"내 눈엔 떨고 있는 거로 보이는데?"

"아니에요."

그가 그녀의 풍만한 가슴 위에 손을 얹었다.

"심장이 터질 듯이 뛰는군."

"이러지 말아요."

"뭘?"

"제발……. 읍!"

도저히 참을 수가 없었다. 그녀의 심장이 미친 듯이 뛰고 도톰한 입술이 파르르 떨리는 걸 본 그의 이성은 또다시 무너져 내렸다. 제니의 입술을 미친 듯이 삼켜 버린 그는 그녀의 입안으로 혀를 밀어 넣었다.

연욱은 제니에게 다시 키스하면 별로일 거라 생각하려 애썼다. 하지만 다시 한 키스는 전보다 더 환상적이었다. 그녀를 그와 문 사이에 가두고 팔을 머리 위로 올려 꼼짝 못 하게 만들고 그의 몸을 그녀에게 완벽하게 겹쳤다.

그의 성난 페니스가 그녀 배를 눌렀다.

"헉헉, 이건 선생의 잘못이야."

거친 호흡을 하며 그는 이렇게 말하며 그녀의 입술을 다시금 삼켰다. 제니도 그의 키스를 열정적으로 받아들였다. 연욱처럼 그녀도 그의 키스를 기다렸던 것 같았다. 그의 손이 제니의 치마를 들치고 자연스럽게 그녀의 팬티 속으로 들어갔다.

"아흣!"

그녀의 신음이 룸을 울렸다. 그의 예상대로 제니의 여성은 촉촉하게 젖어 있었다. 그의 손가락이 그녀의 애액으로 흠뻑 젖어들었다. 그녀를 게스트 룸의 침대에 당장이라도 눕히고 싶은 마음이었지만 그는 최대한의 자제력을 발휘했다.

제니를 떼어 놓기가 너무 힘들었지만 지금 그가 제니를 차지할 수는 없었다. 그는 자신의 위치에 맞는 여자가 필요했다. 제니는 아니었다. 고아 출신의 가정 교사는 그의 사업에 조금도 도움이 되지 않았다.

그녀를 정부로 만들 수도 있었지만, 그건 더 아닌 것 같았다.

"돌아가."

그는 넋을 놓고 있는 제니를 룸에 두고는 그대로 방을 빠져나왔다.

제니는 방 한가운데에 우두커니 서 있었다. 이게 도대체 무슨 일인지 알 길이 없었다. 그에게 끌리는 건 사실이었지만 이런 건 싫었다. 그녀는 아무렇지 않은 척 그냥 넘어가려는데 그는 왜 자꾸만 건드리는 걸까?

뭐가 문제인 걸까? 제니는 자신의 옷을 추스르고 아무렇지 않은 표정을 지으려 애쓰며 방을 나섰다. 어떻게 건물을 나와서 정원까지 나왔는지 정신이 없었다.

정신을 놓은 그녀가 숙소로 향하는 길은 멀었다. 가는 동안 별별 생각이 다 들었다. 그가 무슨 생각으로 이러는 건지 제니는 알고 싶었다.

"날 너무 가볍게 생각하는 게 아닐까? 왜?"

그녀는 충동적으로 가던 발걸음을 돌려 다시 본관으로 향했다. 그리고 그의 침실 문을 두드렸다.

쾅! 쾅! 쾅!

그만두면 그만이었다. 제니의 머릿속에 아이들이 가득하긴 했지만 이 정도 취급을 받으면서까지 남아 있을 이유가 없었다. 안에서 반응이 없자 그녀는 다시 한 번 문을 두드리기 위해 주먹을 쥐었다. 그 순간 거짓말처럼 문이 열렸다.

그리고 가운만 걸친 그가 서 있었다.

"설명해 주셨으면 합니다."

"……설명을 원하나?"

그들의 시선이 공중에서 뜨겁게 부딪혔다. 왜 이런 반응이 나오는 건지 알 수 없었지만 분명 그녀는 그에게 반응하고 있었다.

"네, 저한테 왜 이러시는지 알고 싶습니다."

정신을 가다듬고는 그를 똑바로 바라보며 물었다. 그처럼 주변에 여자들이 많은 사람이 왜 가정 교사를 건드리는 건지 알 수 없었다. 그저 가지고 놀기 위해서라면 싫었다.

"제가 가정 교사라서 만만하신 겁니까?"

이 자리가 복도라는 것도 잊은 채 그녀가 그에게 따지듯이 물었다.

"……아니."

"그럼 뭡니까? 이건 절 무시한다고밖에 생각이 안 듭니다. 도저히 이해가 안 가서……."

"설명해 주지."

"……."

그가 제니의 팔을 잡고 안으로 끌어당겼다. 정신을 차려야 했다. 조금 전처럼 당하면 안 된다고 생각했다.

"그만하시죠."

"뭘?"

그는 아무것도 하지 않고 있었다. 타이밍이 빗나갔다. 하지만 그렇다고 따지러 와서 물러날 수 없었다.

"제가 가정 교사라서 얕보신 거라면……."

그녀는 자신의 호흡이 거칠어지고 있다는 걸 느꼈다. 화가 난 것도 있지만 이상하게 그가 곁에 있으면 이렇게 호흡이 거칠어졌다.

"얕본 적 없어."

그녀를 뚫어지게 보며 그가 속삭이듯이 말했다.

"회장님께서 하신 것들은 절 얕보신 겁니다."

"아니, 육체적으로 끌리는 여자에게 남자가 보이는 지극히 정상적인 반응이야."

"정상적이지 않습니다."

그녀는 딱 잘라 말했다. 하지만 그가 너무 가까이 있어서인지 자꾸만 그를 의식하고 있었다. 가운 사이로 그의 가슴이 보였다. 근육질의 가슴은 가슴골이 보일 정도였다.

"이 선생도 나에게 육체적으로 끌리지 않나?"

사악한 질문이었다. 그녀의 반응을 보고 뻔히 안다는 듯이 이야기하고 있었다. 그가 한 발짝 다가섰다.

"아뇨, 전혀요. 제가 왜 그렇다고 생각하시는 거죠?"

아니라고는 말했지만, 제니의 목소리는 심하게 떨리고 있었다.

"아니다?"

"네."

"정말 그럴까? 호흡이 이렇게 거칠어지는데?"

"아니에요."

그녀의 의지와는 관계없이 그녀의 심장은 미친 듯이 뛰고 그녀의 호흡은 거칠어졌다.

"거짓말쟁이 선생이 내 아이들을 가르치고 있었군."

"회장님!"

"그래, 난 회장이기도 하고 남자이기도 해. 자극적인 몸짓으로 다가오는 여자에게 흔들리지 않을 수 없지."

"전 자극적인 몸짓을 한 적이 없습니다."

그녀는 떨리는 목소리로 부인했다. 하지만 그는 그녀의 말은 무시한 채 손가락으로 그녀의 턱을 들어 올렸다.

"때론 존재 자체로 자극적인 사람이 있지."

"더는 저에게 다른 행동을 하지 않으셨으면 합니다."

"다른 행동이라……. 이것 말인가?"

"읍!"

그가 다시 그녀의 입술을 삼켰다. 저항할 틈이 없었다. 따지러 오긴 했지만 어쩌면 그녀도 이런 상황을 기대했을 수도 있었다. 이성적으로는 아니라고 말하지만, 그의 키스가 좋았다. 그의 체취가 그녀를 미치게 했다.

"이래도 날 원하지 않는다?"

그가 그녀의 귓불을 입술로 핥기 시작했다. 그의 뜨거운 숨결이 그녀를 자극하기 시작했다. 이런 걸 원한 건 아니었지만 자꾸 그에게 휩쓸리게 되었다.

"으으으읍."

그의 혀가 그녀의 입안을 핥았다. 혀의 돌기 하나하나를 다 세기라도 할 것처럼 꼼꼼하게 그녀를 차지하기 시작한 그였다.

"흡!"

그녀의 호흡까지 깊게 삼킨 그는 그녀의 아랫입술을 물었다. 그리고는 손을 뒤로해서 그녀의 원피스의 지퍼를 내렸다.

지이익!

지퍼의 움직임이 그대로 느껴졌다. 그가 어깨에서 원피스를 내리자 그녀의 상체가 그대로 드러났다.

"남자를 홀리는 가슴이야. 퇴근해서 처음 이 선생을 본 순간부터 이렇게 하고 싶었어. 푸른색 원피스 안의 가슴은 어떨지 궁금했거든."

"하아……."

그가 손으로 가슴을 쓸어내렸다. 그리고는 그녀의 브래지어를 가슴 위로 올렸다.

"……탐스러운 가슴이야."

그의 손이 그녀의 가슴을 만지고 있었지만, 제니는 저항할 수가 없었다. 그의 말대로 그녀는 그에게 끌리고 있었기 때문이다.

"하아앙……."

연욱이 그녀의 분홍색 유두를 잡아 비틀었다.

"자극적인 신음이야."

그는 이렇게 말하며 그녀의 유두를 입에 물고는 빨기 시작했다. 그가 자극적이라고 말한 신음이 절로 나오고 있었다. 욕망으로 단단해진 유두를 혀로 쓸고 있는 그의 머리를 잡았다. 손에 감긴 그의 머릿결이 주는 감촉이 좋았다.

마치 계속해서 이런 행위를 한 것처럼 자연스럽다는 생각이 들었다.

츄읍, 츄읍.

그가 어찌나 유두를 강하게 빠는지 아릿한 고통에 정신을 차릴 수가 없었다. 그는 계속해서 유두를 물고는 손으로 그녀의 허벅지를 쓸어 올리고 있었다. 제니는 그에게 매달려 더한 자극을 원했다.

"널 갖고 싶어."

"……."

"하지만 안 되겠지……."

그가 또다시 물러나려고 했다. 왜 이렇게 실망감이 드는 걸까? 여전히 그의 입술은 그녀의 유두를 물고 있었고 그의 손은 그녀의 팬티 위에 머물고 있는데 제니의 몸이 굳어 버렸다. 그의 말이 그녀를 정신 차리게 했다.

"그만해요."

그녀가 그를 밀어냈고 그는 순순히 물러났다.

"그래, 우리는 끝까지 가선 안 돼. 내게 필요한 여자는 제니가 아니야. 난 정부가 아니라 아내를 원해."

"……."

그의 말이 그녀의 가슴에 대못을 박았다.

"그런 생각이면서 왜 나에게 키스한 거죠? 미래의 새 아내에게 했어야죠."

그녀가 그에게 따졌다. 왜 끝까지 하지도 않으면서 그녀에게 매번 이러는지 이제는 화가 났다.

"맞아, 부정하진 않겠어. 하지만 난 지금도 널 원해."

"……."

"가, 아니면 정말로 널 가질지도 몰라."

"아니, 당신은 날 갖지 못할 거예요."

"뭐?"

"이렇게 자꾸만 날 원하는 척만 하는 남자는 나도 필요 없어요."

그녀는 옷을 빠르게 입고는 그의 방을 빠져나왔다.

"가지 말았어야 했어."

정말 실수였다. 이렇게 될 줄 알았으면서 왜 따지러 간 것일까? 사실 따지러 간 게 아니라 그와 키스를 하고 싶었던 건 아닐까?

숙소까지 뛰어가는 제니의 볼에 뜨거운 물이 흘러내렸다.

토요일 저녁 디딤돌 건설 본가에서 열린 파티는 상류사회 아가씨들의 마음을 설레게 했다. 이 파티는 남자들이 없이 오로지 여자들뿐이었다. 파티에 있는 남자는 최 회장 자신뿐이었다. 그래도 여자들이 오는 이유는 유부남이지만 가장 핫한 남자의 집에 초대받는다는 것 때문이었다.

그리고 파티는 오로지 여자들을 위한 공주들의 파티였다. 아름다운 음악과 화려한 조명, 완벽한 파티장과 맛있는 음식은 여심을 자극하기에 충분했다. 거기에 최 회장이 아니더라도 서로 잘난 척하기 딱 좋은 장소로 정보 교환도 하고 친분도 쌓을 수 있는 사교 파티와 같았다.

연회장은 영국의 상류층들이 사교 모임을 하는 곳과 같게 인테리어가 되어 있었다. 디딤돌 건설이 보유한 기술의 집약체가 본가라면, 연회장은 건축 기술을 예술로 승화시킨 곳이었다.

커다란 샹들리에가 연회장을 밝히고 있었고 유리같이 반짝이는 대리석 바닥에 2층에서 내려오는 커다란 계단은 웅장함을 더해 주었다. 그녀들은 지금 외국의 공주가 된 기분일 것이다.

그렇게 즐기다 보면 최 회장의 눈에 띄어 그의 여자가 될 기회의 장이기도 했다. 물론 지금 그 자리는 동화그룹의 황정연이 차지하고 있긴 했지만 말이다.

그는 보통 파티에서는 이런 아가씨들을 보는 재미가 있었다. 하지만 이번의 경우는 좀 달랐다. 그의 신경을 자극하는 제니 때문이었다. 오늘 제니는 특히 그의 신경을 건드렸다.

"회장님."

어김없이 정연이 그의 옆에 서서 그의 팔짱을 끼었다. 다른 여자들에게 접근하지 말라는 표시이기도 했다. 그는 그런 정연을 내버려 두었다.

정연은 오늘 언밸런스한 밑단과 흐르는 실루엣이 돋보이는 블랙 원숄더 드레스에 골드 벨트를 착용해서 세련미가 넘쳐 보였다. 정연은 그의 부인으로서 손색이 없었지만 역시나 오늘도 매력을 느끼지 못했다.

오늘의 드레스 코드는 블랙이었다. 그건 그의 취향이었다. 백옥같이 하얀 피부를 가진 여자가 블랙 드레스를 입었을 때의 모습을 그는 좋아했다. 그래서 오늘 온 여자들 모두에게 블랙 드레스를 입힌 그였다.

그 역시 블랙 턱시도를 입었다. 남자의 야간용 약식 예복인 턱시도는 큰 키의 그에게 딱 떨어지는 의상이었다. 남자가 혼자여서가 아니라 귀족을 연상시키는 그의 모습은 단연 눈에 띄었고 여자들은 그에게서 시선을 거두지 못했다.

하지만 그의 시선은 나리와 규원에게 음식을 챙겨 주고 있는 제니에게 가 있었다. 오늘 그는 제니에게 프라다의 블랙 시폰 드레스를 보냈다. 어울릴 줄은 알았지만 저렇게 완벽하게 소화할 줄은 몰랐다.

제니는 정말 고급스러워 보였다. 연회장의 아가씨들 중에 단연 최고였다.

"선생님도 오셨네요?"

정연이 못마땅한 투로 말했다.

"유모가 병원에 입원해서."

"아이들이 꼭 와야 하는 건가요?"

"그래. 무슨 문제 있나?"

"아니, 그러니까……."

저도 모르게 마음속의 이야기를 하고 만 정연은 자신의 말을 수습하기 위해 노력했다.

"잠깐……."

그는 이렇게 말하고는 아이들이 있는 쪽으로 향했다. 그가 정연을 내버려 두고 이동을 하자 아가씨들이 그에게 벌 떼같이 몰려들기 시작했다. 한 걸음조차 나가기 힘이 들었다. 그렇다고 초대를 해 놓고 손님들을 무시할 수도 없었다.

초대한 여자들과 얘기를 하느라 아이들과 제니가 사라진 걸 보지 못했다. 시간을 보니 벌써 9시였다. 아이들이 잘 시간이었다.

아름다운 제니의 모습을 가까이서 보고 싶었는데 아쉬웠다. 그는 계속해서 몰려드는 여자들에 둘러싸여 있느라 바쁜 파티 시간을 보냈다.

제니는 배가 아프다는 나리 때문에 걱정이었다. 심한 건 아니었지만 그래도 아이가 아프니 다른 걸 할 수 없었다.

"많이 아파?"

"네, 아파요……."

아이의 이마를 짚어 보니 열도 나고 있었다.

"나갈까?"

"네."

규원과 나리를 데리고 그녀는 연회장을 나왔다. 그녀는 최 회장을 보지 않기 위해 노력했다. 그래도 완벽하게 멋진 모습의 최 회장을 안 볼 수는 없었다. 그는 정말 섹시했다. 모든 여자가 그를 바라보고 있었다.

"가자."

여자들에게 둘러싸인 그를 슬쩍 보고는 아이들의 손을 잡고 연회장을 나왔다. 하지만 나리가 배가 아프다고 칭얼거리는 바람에 그녀는 나리의 배를 손으로 쓸어 주며 나리가 잠이 들 때까지 나리 곁을 지켰다.

그리고 자신도 모르게 깜빡 잠이 들었다. 아무래도 어제 그와의 일 때문에 잠을 제대로 자지 못한 탓인 것 같았다.

제니가 눈을 떴을 때 시간은 어느덧 새벽 3시였다. 앉아서 잠을 자고 나니 허리가 뻐근했다.

"으윽!"

허리에서 우두둑 소리가 났다. 하지만 제니의 시선은 나리에게 가 있었다. 겨우 잠이 들었는데 깨우고 싶진 않았다. 나리의 상태를 확인한 그녀는 방을 나와 계단을 내려가다가 흰색 치마를 입은 여자가 거실을 가로질러 달려가는 걸 보았다.

처음엔 귀신인 줄 알고 그 자리에 주저앉았는데 뭔가 이상한 생각이 들어 1층의 최 회장의 방 쪽을 보았다. 그런데 그쪽에서 타는 냄새가 나기 시작했다.

느낌이 좋지 않아서 그녀는 1층의 최 회장 방 쪽으로 달려갔다. 그리고는 최 회장의 방 안에서 연기가 새어 나오고 있다는 걸 알았다.

쾅! 쾅! 쾅!

그녀는 문을 두드렸다. 하지만 문이 안쪽에서 잠겨 있어서 문을 부수지 않으면 열 수가 없었다. 그사이에도 시커먼 연기가 계속 문틈으로 새어 나왔다.

쏴아악!

스프링클러가 돌기 시작했다. 샤워기를 틀어 놓은 것처럼 물이 나오기 시작했다. 비상벨도 울리기 시작했다.

그녀는 정신없이 문을 부술 것을 찾았다. 그리고 벽에 장식이 되어 있는 도끼를 꺼내 문고리를 내리쳤다.

퍽! 퍽!

드디어 문이 열렸다. 방 안으로 들어가자 침대 주위에 불이 붙어 타오르고 있었다. 스프링클러가 돌아가긴 했지만, 불이 꺼지진 않았다.

"회장님!"

그녀가 불렀지만 눈을 감고 있는 최 회장은 일어나지 않았다. 그녀는 불길을 뚫고 들어가 침대 위의 그를 흔들었다. 연기에 질식된 것 같았다.

"일어나요, 제발……."

그녀가 그를 흔들어 깨웠고 그사이에 사람들이 와서 소화기로 불길을 잡았다. 다행히 큰 화재는 아니었나 보다.

"회장님……."

"……."

제니는 예전에 배운 인공호흡을 그에게 했다.

"제발……."

드디어 그가 숨을 쉬었다.

"이 선생……."

김 집사가 그녀를 뒤에서 불렀다. 왜 여기 있냐는 표정이었다.

"어떤 하얀 옷을 입은 여자가 거실에서 밖으로 달려갔어요. 그 여자의 짓인 것 같아요."

"……."

김 집사의 표정이 굳었다. 그리고는 말자에게 귓속말을 했고 말자가 경호원과 같이 밖으로 나갔다. 아무래도 그 작은 집의 여자가 도망친 게 분명했다.

"여기서 본 일은 입 밖으로 꺼내지 마세요."

"……."

"왜 대답이 없죠?"

"알겠습니다."

지금 김 집사에게 중요한 건 최 회장의 안전보다 작은 집에서 비명을 질러 대던 여자인 것 같았다.

"구급차를 불러야 하지 않을까요?"

"주치의 선생님이 오고 있으니 이 선생은 숙소로 돌아가세요. 자세한 이야기는 내일 하죠."

"집사님……."

"어서요."

김 집사의 단호한 소리에 그녀는 숙소로 향했다.

4. 어쩔 수 없는 끌림

어떻게 문이 열렸는지 이유는 단 하나였다. 정신없는 말자가 문의 자물쇠를 채우는 걸 잊고 온 모양이었다. 그렇지 않으면 안에서는 절대로 밖으로 나올 수 없었다.

최 회장이 게스트룸에서 주치의의 치료를 받고 있는 동안 도우미들에게 불이 난 방을 정리하라고 지시한 김 집사는 집 안의 CCTV를 확인했다.

불을 지른 건 소정의 소행이었다. 그리고 작은 집의 CCTV를 확인해 보니 말자가 소정의 저녁을 챙겨 주고는 그냥 오는 장면이 포착되었다.

"미친⋯⋯."

화가 끝까지 오른 김 집사는 말자를 찾았다. 말자는 정원 구석에서 찾은 소정을 다시 작은 집에 넣고 나오는 중이었다.

짝!

말자를 보자마자 김 집사를 말자의 따귀를 때렸다.

"뭐 하는 짓이야!"

"죄송합니다."

친언니였지만 말자와 그녀는 나이 차이가 컸다. 그리고 어릴 때부터 그녀는 엄마처럼 말자를 돌보았다. 언니라기보다는 엄마에 가까웠다.

"그러다가 회장님께서 크게 다치셨으면 어떻게 할 뻔했어?"

"……."

말자가 고개를 푹 숙인 채로 있었다.

"상태는 어때?"

"집을 나가는 데 실패해서 지금 다 때려 부수고 난리입니다."

"진정제는?"

"놔 줬습니다."

말자는 그녀 앞에서 덜덜 떨고 있었다. 자칫하다가 본가를 불태울 뻔했다.

"이번 일은 철저하게 비밀이야."

"네."

"그리고 너의 실수에 대한 책임은 반드시 물을 거고."

"네, 집사님."

"당장에 자물쇠를 교체하고 이번 같은 실수를 반복하지 않게할 방법을 생각해 와."

그녀는 말자를 보내고 심각한 고민에 사로잡혔다. CCTV를 확인하는 도중에 그녀는 최 회장의 방에서 나오는 이 선생을 보았다.

집 안의 CCTV는 특별한 경우를 제외하고는 보는 경우가 드물었다.

밖에 설치된 CCTV는 경호팀이 항상 보고 확인을 하고 있으니그렇지만 안에서 이런 장면을 보게 될 줄은 몰랐다. 김 집사는본가가 조용하기만을 바랄 뿐이었다.

목 안이 까끌거리는 느낌 때문에 불편했다. 아무리 뱉어 내도목 안에 무언가가 있는 것 같았다. 하지만 의사의 말로는 연기에노출된 시간이 적고 응급조치도 훌륭했다고 했다. 제니가 그를살렸다.

그녀가 아니었다면 그는 불타는 침대에서 타 죽었을지도 몰랐다.

제니와 그는 뭔가 특별한 것이 있는 느낌이었다. 하지만 지금은 제니를 생각할 때가 아니었다. 지금은 소정을 생각할 때였다.

처음에는 꿈인 줄 알았었다. 아주 끔찍한 악몽인 줄 알았었다.

꿈속에서 소정이 흰 환자복을 입고 머리를 산발하고 와서 그의 얼굴을 혀로 핥았다. 파티 때문에 술도 취하고 피곤해서 그냥 꿈이라고 생각했었다.

그런데 아니었다. 그건 현실이었다. 그의 얼굴을 혀로 핥고 기괴한 웃음을 짓던 여자가 소정이었다.

안 본 사이에 정신 분열 증상이 더 심해진 소정은 이제 완벽한 광인이었다. 이대로 곁에 두다가는 큰일이 날 것 같았지만 연 의원은 절대로 소정을 정신병원으로 보내는 걸 허락하지 않을 것이다.

유력 정치인과 등을 돌리는 건 사업하는 사람에겐 치명타였다.

"괜찮으십니까?"

김 집사가 면목이 없는 얼굴로 들어왔다.

"소정이는요?"

"불을 지르고 도망가던 걸 경호원들이 잡아서 다시 작은 집에 모셨습니다."

"어떻게 된 일이지?"

"말자의 불찰이었습니다. 자물쇠를 잠그고 나온다는 걸 깜빡 잊은 모양입니다."

"기가 막히는군."

"죄송합니다. 하지만 이번 실수로 자를 순 없습니다. 다른 사람이 온다고 해도 소문이 나지 말라는 법이 없습니다. 그래서 사람을 바꾸진 않을 겁니다."

김 집사는 단호했다. 김 집사가 자신의 동생을 감싸기 위해 그러는 게 아니란 건 그도 알았다.

"알아서 처리하도록 하세요. 그리고 이 선생은……."

"회장님."

김 집사가 처음으로 그의 말을 잘랐다.

"말씀하세요."

"회장님께서 벌써 몇 년 동안이나 안주인을 찾기 위해 노력하셨다는 거 압니다. 좋은 가문의 아가씨들이 줄을 서 있습니다."

"그래서요?"

"이 선생은 포기하시는 게 좋을 것 같습니다."

"……."

김 집사가 알고 있었다. 하긴 김 집사는 집 안에서 일어나는 모든 일을 다 알고 있었다. 김 집사에게 어떤 사실을 속이는 게 더 이상한 일이었다.

김 집사가 게스트룸을 나가고 그는 한숨을 쉬었다. 그의 성공 가도에 여자들은 그저 도구여야 했다.

화재가 발생한 이후로 집안 인테리어 공사로 정신이 없었다. 그래서 아이들과 그녀의 수업은 야외에서 주로 이루어졌다. 날씨도 좋았고 집 안에 있으면 탄내가 진동을 했기 때문이었다.

"타는 냄새는 잘 안 없어져요?"

규원이 그녀에게 물었다.

"그런 것 같아, 그래도 이렇게 나와서 수업하니까 좋잖아. 나비도 잡고."

"하지만 책을 읽을 땐 공부방이 좋아요."

"왜?"

"조용하니까요."

"여기는 안 조용해?"

"밖에 나오면 새소리도 좋고 바람의 느낌도 좋은데, 가끔 들리는 비명은 싫어요."

"……."

규원이도 알고 있었다.

"언제부터 들었어?"

"아주 오래됐어요. 그래서 그 뒤로는 제가 일부러 밖에 나오는 게 싫다고 했어요."

"그랬구나."

그녀가 지난번에 들은 소리를 규원이나 나리는 모르는 줄 알았다. 그런데 아이들도 알고 있었다.

"왜 그런 소리가 나는지 알아?"

"아픈 사람이 있다고 했어요."

"누가?"

"지난번에 그만둔 선생님이요. 선생님은 무서워서 싫다고 하셨어요."

제니는 그 선생님의 마음을 이해했다. 그녀도 그만두고 싶은 마음이 강했기 때문이었다.

"선생님은 안 무서우세요?"

"무서워."

"그럼 그만두시는 거예요?"

규원이 실망스러운 표정으로 그녀를 보았다.

"아니, 안 그만둬. 솔직히…… 그만두고 싶은데 너희들이 마음에 걸리네."

"저랑 나리도 선생님이 그만두지 않았으면 좋겠어요."

아이들은 그들의 마음을 헤아려 줄 사람이 필요한 것 같았다.

"아무리 노력을 해도 아빠는 우리를 좋아하지 않으세요."

"아니야, 아빠가 너희들을 얼마나 사랑하시는데……."

말은 이렇게 했지만 제니는 자신 있게 말해 줄 수가 없었다. 그녀가 보기에도 연욱은 아이들을 별로 좋아하지 않는 것 같았다.

"그 안에 아픈 사람이 있대?"

"네, 여잔데 굉장히 무섭게 생겨서 처음엔 귀신인 줄 알았대요."

불이 나던 날 그녀가 본 여자가 분명했다.

"후……."

"왜요?"

"아니야, 공기가 좋아서……."

"앗, 저기 호랑나비예요."

규원도 아이는 아이였다. 이 상황에서도 나비를 쫓아가는 걸 보면 말이다. 제니는 아이들과 함께 잠시 그날의 일을 잊은 채 나비 잡기에 열중했다.

"잡았다!"

드디어 호랑나비를 잡은 제니가 밝은 미소로 아이들을 보았다. 그런데 아이들만 있을 줄 알았던 곳에 최 회장이 서 있었다. 팔에 화상을 입었는지 붕대가 감겨 있었고 얼굴도 핼쑥해진 모습이었다.

"회장님······."

이런 식으로 자꾸 그를 보는 건 불편했다. 연욱의 등장은 그녀의 심장에 안 좋은 영향을 미치는 게 분명했다. 그는 오늘 집에만 있었는지 편안한 검은 면바지와 티셔츠 차림이었다. 매일 완벽한 모습의 그였는데 오늘은 얼굴에 수염이 거뭇거뭇 올라와 있었다.

그 모습이 굉장히 섹시했다. 그리고 또 하나 놀라운 건 잭이 목줄을 하고 있다는 점이었다.

잭은 완벽한 근육을 자랑하며 주인의 곁을 지켰다.

"호랑나비도 잡을 줄 아는군."

"······."

그가 눈부시게 웃고 있었다.

"규원이 채집함에 넣을까?"

"네."

규원이 자신의 채집함을 가져 왔다.

"이번엔 나비 말고 네 잎 클로버를 찾아볼까?"

"네."

규원과 나리는 클로버를 찾느라 정신이 없었다.

"고마웠어."

"······괜찮으세요?"

"덕분에 살았어."

"누구라도 그렇게 했을 거예요."

제니는 그의 눈길을 피했다. 그만 곁에 있으면 미칠 것 같았다.

"제가 봤던 그 여자분의 정체는 도대체 뭐죠? 알고 싶어요."

"……내 전처야."

"전처?"

너무 놀라서 그를 다시 한 번 보았다. 처음엔 귀신인 줄 알았고 두 번째는 정신이 나간 여자인 줄 알았는데 부인이라고? 거기에 집에 가둬 두고 있는 사람이 다름 아닌 그의 부인이라니. 이건 놀랄 만한 일을 넘어서는 것이었다.

제니는 입을 다물지도 못하고 그를 놀란 얼굴로 바라보았지만, 연욱의 얼굴은 표정의 변화가 없었다. 아무리 생각해도 그의 태도가 이해가 되지 않았다.

가슴 아파한다거나 증오한다거나, 무슨 반응이 있어야 하는데 그는 너무 무덤덤했다. 전처 때문에 상처도 입고 죽을 뻔했는데도 말이다.

"그렇다면 아이들의 엄마 아닌가요? 엄마가 어떤 모습이든 아이들은 엄마가 살아 있다는 걸 알아야 해요."

규원의 말이 떠올랐다. 규원은 분명히 아픈 사람이라고 했다.

아이들은 자신의 엄마가 그곳에 있었는지도 모르고 자라는 것이었다. 이건 너무했다.

"아이들은 입양했어."

"……."

제니는 할 말을 잃었다. 어쩐지 그는 친부모라기보다는 좀 더 객관적인 시선으로 아이들을 보는 것처럼 느껴졌다. 부모는 자식에게 객관적일 수 없는데 왜 그런 느낌을 받았는지 지금에서야 알 것 같았다.

"놀랐나?"

"네, 규원이와 나리는 너무 반듯한 아이들이잖아요. 그리고 나리의 예쁜 모습은 엄마를 닮아서 그럴 거라 생각했고, 규원이의 외모도 회장님과 너무 판박이라서……."

"그렇게 김 집사님이 고르신 거지."

"……."

놀라운 일이었다. 정말 단 한 번도 입양했을 거라곤 생각조차 안 했는데 혼란스러웠다. 그렇게 입양까지 했으면서 왜 재혼을 하려는 걸까? 재혼해서 생긴 아이는 어쩌려고 하는 거지? 머리가 복잡해졌다.

더군다나 모두가 쉬쉬하던 이런 엄청난 비밀을 그는 왜 아무렇지 않게 그녀에게 말해 주는 것일까?

"왜 저한테 이런 말씀을 하시는지 이해가 안 갑니다."

"내 목숨을 구해 줬으니까."

목숨을 구해 줬다고 이런 말을 하진 않는다. 왜 자꾸 사람을 떠보는 것처럼 구는 걸까?

"그분은 병원에 입원시켜야 하는 거 아닙니까?"

"아니, 그건 또 소정이한테는 가혹한 일이니까."

"……많이 사랑하셨나 봅니다."

"아니, 우린 사랑하는 사이가 아니야. 철저한 비즈니스 관계지."

"……."

정말 이해가 안 되는 사람이었다. 하지만 이제 명확한 건 그는 이혼남이었고 재벌가의 딸 중에서 부인을 찾고 있다는 것이었다. 제니는 자꾸만 그가 피해자 같다는 생각이 들었다.

"놀랐어?"

"많이요. 이런 이야기를 듣고 놀라지 않을 사람은 없죠. 비밀은 지켜 드릴 테니 너무 걱정 안 하셔도 될 것 같아요."

"알아, 입이 가벼운 사람이란 걸 알았다면 이야기하지 않았겠지."

"선생님, 찾았어요!"

규원이 클로버를 손에 들고 그들에게 뛰어왔다. 그리고는 흥분한 목소리로 말했다.

"네 잎 클로버예요."

"와, 이걸 어떻게 찾았어? 이건 행운을 가져다주는 거야."

"어디 보자."

최 회장의 말에 규원이 아버지를 보고는 얼굴을 딱 굳혔다. 그 모습이 가슴 아팠다. 아이들은 자신들이 입양아라는 사실을 모르는 것 같았다. 그를 그냥 무서운 아버지로만 알고 있는 아이들이었다.

"정말 네 잎 클로버구나. 난 한 번도 찾지 못했는데……."

그가 규원이의 머리를 쓰다듬어 주었다. 그 모습이 왠지 짠하면서도 뭉클했다.

"이거 가지세요."

규원이 아버지에게 클로버를 주더니 다시 달려갔다.

"이건 네 행운인데?"

"저는 또 찾으면 돼요."

규원은 흥분해 있었다. 아버지의 반응에 용기를 얻은 것 같았다.

"규원이가 좋은 선물을 줬네요."

"그렇군."

"잘 간직하셨으면 좋겠어요."

그녀가 그의 손에 들고 있는 클로버를 자신의 책에 꽂아서 건 넸다.

"서재에 가서서 옮겨 놓으세요."

"고맙군."

"그런데 이제 몸은 완전히 회복되신 건가요?"

"조금 나아진 것 같아."

"앞만 보고 달리셨으니 이럴 때 좀 쉬세요."

"그러려고."

그들은 한동안 말없이 아이들을 바라보았다. 이러고 있으니 제니는 생각이 더 복잡해졌다. 그는 서 있기 힘들었는지 정원에 있는 커다란 돌에 앉아서 아이들의 수업을 바라보았다. 제니는 그의 시선을 느끼면서 야외 수업을 진행했다.

그는 한참을 그렇게 아이들을 보더니 어느 순간 사라져 있었다. 그가 떠나자 제니는 서운하다는 생각이 들었다. 그는 자신과는 차원이 다른 위치에 있는 사람이었다. 그냥 이렇게 잊는 게 옳았다.

주말이었다. 지난주에 불이 나는 바람에 그녀는 서울에 가지도 못하고 한 주를 푹 쉬었다. 물론 너무 힘들어서 쉬려고 생각은 했었지만 말이다. 그래서 2주 만에 서울에 가는 길이었다. 오늘은 특별한 이유가 있었다. 지훈을 만나 전할 게 있기 때문이었다.

요즘 힘이 든다고 하기에 그녀가 작은 보탬이 되어 주기 위해 만나자고 했다. 서울에 도착한 그녀는 정민의 집으로 향했다. 지훈뿐만 아니라 정민과 수아도 만날 예정이었다.

정민의 원룸에 도착하자마자 그녀는 슈퍼에 들러 화장지와 세제를 샀다. 빈손으로 가기가 미안했기 때문이었다. 왠지 정민의 집은 친정 같은 느낌이 들었다. 집이라고는 없는 그녀들에게 보육원이 아닌 정말 집으로는 정민의 집이 처음이었기 때문이었다.

슈퍼에 도착해서 화장지와 세제를 사고 목이 말라 생수를 하나 집는데 갑자기 주위가 소란스러워졌다.

"정말 잘생기지 않았어?"

"연예인인 것 같지?"

"모델인가?"

그녀의 뒤에 있던 여학생들의 소리에 제니도 고개를 돌려 아이들이 말하는 곳을 보았다. 그리고는 피식 웃었다.

"잘생기긴 했지."

청바지에 면 티셔츠만 입어도 옷 태가 나는 지훈이 그곳에 있었다.

"여기도 쓸데없이 잘생긴 남자가 있었네."

그녀는 지훈을 바라보았다.

"가서 물어볼까?"

"뭐라고? 연예인이냐고?"

"그래서 아니라고 하면?"

"번호라도 따야지."

아주 적극적인 여학생들이었다. 그들을 보면서 세대 차이를 느꼈다. 요즘 아이들은 상당히 적극적인 것 같았다. 하긴 어릴 때 그녀도 지훈을 좋아했었다.

하지만 그건 동경한 것이지 남자로서 좋아한 게 아니란 걸 최 회장을 만나면서 알게 되었다.

"오빠!"

그녀가 지훈을 부르자 여학생들이 깜짝 놀라 그녀를 보았다. 그리고는 빠르게 자리를 피했다.

"제니야!"

"……."

정말 순간적인 일이었다. 지훈이 빠르게 걸어오더니 그녀를 꽉 끌어안았다. 그녀의 손에 들려 있던 화장지가 바닥으로 툭 떨어졌다.

"제니야, 너무 오랜만이다."

"어, 잘 지냈어?"

"아니, 우리 제니 보고 싶어서 힘들었어."

"보육원 때문에 힘들었던 건 아니고?"

"그건 그거고."

오빠가 이렇게 그녀를 꽉 안아 주는 건 처음이었다. 그러더니 더 가관인 건 그녀의 정수리에 입을 맞춘 것이었다. 남들이 보면 연인 같을 것이다. 아까 그 여학생들이 그들의 모습을 보더니 입을 쭉 내밀고는 사라졌다.

오빠의 갑작스러운 행동에 제니도 놀랐다. 하지만 이상하게 두근거리는 감정은 들지 않았다. 예전 같으면 일기장에 쓸 정도의 일인데 오늘은 웃음만 났다.

"건강해 보이니 다행인데, 언제까지 이렇게 공공장소에서 이러고 계실 건지?"

"어때? 우리 사이에."

"우리 사이는 무슨."

그녀가 그의 품에서 벗어났다. 그들은 이제 끈끈한 가족애를 자랑하는 남매 이상도 이하도 아니었다. 물론 피를 나눈 남매는 아니었지만 말이다.

"뭐 샀어?"

"맥주."

"대낮부터 맥주야?"

"우리 번역가님의 부탁이시다. 넌?"

그녀가 화장지와 세제를 들어 보였다.

"이왕이면 저기 마른안주도 좀 사지?"

그녀의 말에 지훈은 웃으며 마른오징어와 땅콩을 집었다.

"갈까?"

집으로 가는 동안에도 그는 제니의 어깨에 다정하게 손을 올리며 가고 있었다.

"안 본 동안 느끼해졌단 말이야……."

"내가?"

"응, 오빠가 이러는 거 좀 이상해."

"뭐가 이상해. 내 입술을 뺏은 건 넌데."

"그건 어릴 때고."

"지금은?"

이렇게 집요하게 물은 적은 단 한 번도 없었다. 어릴 때 지훈을 짝사랑하기는 했지만, 지금은 아니었다. 지금은…….

"가족끼리는 이러는 거 아니야."

그녀가 농담으로 슬쩍 넘어가려 했지만, 오늘 지훈은 작정이라도 한 듯이 그녀에게 적극적으로 나서는 것 같았다.

"난 널 가족으로 만들 생각이야. 아직은 아니고."

"……."

이건 또 무슨 소리인지. 정확한 뜻을 몰라서 그녀는 지훈을 당혹스러운 눈으로 바라보았다.

"들어갈까?"

"……."

그는 더는 말하지 않았지만, 제니는 아주 이상한 기분이었다.

"오빠, 제니야!"

수아가 그들을 맞이했다.

"뭐야?"

수아는 제니의 손에 들린 짐부터 보았다.

"빈손으로 오기 그래서……."

"우리가 남이야?"

그녀의 짐을 받아 주며 수아가 말했다.

"왜?"

주방에서 뭔가를 하고 있던 정민이 그들에게 다가왔다.

"제니가 이거 사 왔어."

"다 같이 쓸 건데 고맙다."

정민은 웃으며 고맙다고 했다.

"난 안 보여?"

"보이지."

지훈의 말에 정민이 웃으며 말했다.

"맥주는 사 왔어?"

"응, 나보다 맥주가 더 반갑냐?"

"아니 오빠가 더 반갑지. 밥 준비 다 됐으니까 먹자."

그들은 식탁에 가서 앉았다.

"오늘은 원룸이 좁은데?"

모처럼 다 같이 모인 자리였다. 지훈이 엉뚱한 행동만 안 했어도 더 좋았을 텐데 제니는 마냥 웃을 수도 없었다. 그리고 자꾸 지훈의 눈치를 보게 되었다.

"제니는 계속 거기서 일할 거야?"

밥을 먹다 말고 지훈이 물었다.

"어, 보수가 좋으니까."

"거기 회장이 그렇게 바람둥이라는데……. 난 좀 그렇다."

"바람둥이 아니야. 부딪힐 일도 없고."

"내가 요즘 그 회사 앞에서 시위하고 있는데 직접 보니까 아주 뺀질거리게 생겼던데?"

요즘 보육원 문제로 그는 디딤돌 본사 앞에서 시위 중이었다. 그래서 아마 감정이 안 좋긴 할 것이다. 하지만 지금 지훈이 최 회장을 경계한다는 생각이 드는 이유는 뭘까?

"그냥 너무 높은 곳에 있는 사람이니 별로 신경이 안 쓰여."

"내가 쓰여."

"오늘 오빠 이상한데?"

수아가 눈을 가늘게 뜨고 물었다.

"오빠는 너희들 걱정뿐이야."

"오빠, 제니도 성인이야. 자기 앞길은 자기가 알아서 해."

정민의 말에 제니는 저도 모르게 고개를 끄덕였다.

"여자들은 어리거나 나이가 많거나 다 신경 써야 해."

"네, 알겠습니다."

모처럼 모인 자린데 제니는 지훈 때문에 가시방석이었다.

"오늘 내가 온 건 이유가 있어서야."

제니는 이런 불편한 마음이 드는 게 싫어서 화제를 전환했
다.

"뭔데?"

"이거."

그녀가 가방에서 봉투 하나를 꺼내 지훈에게 내밀었다.

"뭐야?"

"후원금. 많지는 않아. 나도 부자는 아니어서 말이야. 그래도
꼭 돕고 싶었어."

그녀가 봉투를 내밀었지만, 지훈은 받지 않았고 대신 정민이
받았다.

"고마워."

"아니야. 내가 할 일인데 뭐. 나중에 보육원 크게 지으면 교사로 활동할게. 지금은 오빠랑 정민 언니, 수아가 좀 고생해."

이건 진심이었다. 그녀도 여유가 생기면 보육원의 선생님으로 평생 지내고 싶었다.

"말이라도 고맙다."

"진심이야."

그녀들이 말을 하는 동안 지훈은 입을 닫고 있었다.

"밖에서 돈 벌지 말고 보육원으로 돌아와. 내가 월급은 어떻게든 마련해 줄 테니까. 머지않아서 시청에서 지원금을 더 받을 수 있을 것 같으니까."

"그건 아이들을 위해서 써 줘."

"좋은 선생님이 있는 게 아이들에게 그 무엇보다 도움이 돼."

"아이들에게 맛있는 밥도 먹이고 싶고 좋은 선생님도 되고 싶어. 그래서 지금은 노력할 시간인 것 같아."

그녀는 이렇게 말을 마무리하고는 밥을 먹었다.

"어쩜, 우리 제니는 말도 저렇게 예쁘게 하지?"

정민이 감탄했다.

"이것도 먹어."

정민이 고기 하나를 집어 그녀의 밥 위에 올려 주었다.

"많이 먹고 힘내서 우리의 약속처럼 아이들을 위한 보육원을 꼭 만들자."

"금액은 백만 원밖에 안 되지만 나한테는 큰돈이니까, 기뻐해 줬으면 좋겠어."

"……."

지훈은 굳은 얼굴로 가만히 있었다.

"오빠는 좀 탔네."

수아가 눈치를 보더니 화제를 돌렸다.

"시위하러 다니는 게 아니라 섹시하게 태닝하러 다니는구만."

"그래, 오빠 너무 섹시하게 태웠네."

"……."

"오빠 왜 그래?"

농담을 던지면 답이 올 텐데 답이 없자 수아가 물었다.

"아니야, 밥 먹자."

"여자들이 줄을 서더라. 올 여자는 안 오고."

갑자기 밥을 먹다 말고 지훈이 그녀를 보며 말하자 제니의 얼굴이 붉어졌다. 올 여자가 아무래도 그녀인 것 같았기 때문이었다.

"올 여자?"

제니는 오빠의 말에 난감해지기 시작했다.

"오빠 오늘 이상해, 왜 그래?"

"뭐가?"

"아니, 뭔가를 숨기는 분위기라서."

"그런 거 없어. 너는 남자 없어?"

지훈이 화제를 돌렸다. 아무래도 그녀가 불편해하는 게 보이
는 눈치였다.

"남자들이야 항상 굴비 엮듯이 엮고 다니지만 쓸 만한 놈이 없
어."

정민이 너스레를 떨었다.

"넌?"

지훈의 질문이 그녀에게로 향했다.

"남자는 없는데 좋아하는 사람은 있어."

"오……. 부럽다. 너의 이상형이야?"

"응."

수아가 두 손을 모으며 부러워했다.

"정말이야?"

지훈이 심각한 얼굴로 물었다.

"네, 있어요."

그리고 갈 때까지 아무런 말도 하지 않았다.

"얼마나 됐어?"

"한 달."

"뭐 하는 사람이야?"

"수아야 정리되면 나중에 얘기해 줄게."

"심각하구나?"

"나중에……."

눈치 빠른 수아가 주제를 바꾸었다. 요즘에 수아의 속을 썩이는 보육원의 녀석에 대한 고민을 늘어놓기 시작했다. 아이들을 가르치는 것만으로도 힘이 드는데 키우기까지 해야 하니 그 힘듦은 상상을 초월했다.

그리고 상처가 많은 아이라서 그런지 사고를 쳐도 크게 쳤다. 그걸 다 감당해야 한다는 건 결코 쉬운 일이 아니었다.

지훈과 있는 게 불편한 건 오늘이 처음이었다. 그가 왜 이러는지 궁금했다. 하지만 그 이유는 금방 알게 되었다. 빨리 결혼해서 정신적으로 의지할 사람을 만나고 싶다는 말을 지훈이 한 것이다. 몸이 힘든 건 아닌데 정신적으로 너무 힘이 든다고 했다.

그의 얘기가 너무나 공감이 갔다. 하지만 그 대상은 그녀가 아니었다. 분명, 지훈이라면 자신의 여자에게 잘할 거라는 걸 알았다.

만약에 제니가 최 회장을 만나기 전이었다면, 어쩌면 지훈의 말을 진지하게 생각했을 수도 있었다. 하지만 지금 제니의 마음은 이미 다른 남자에 향해 있었다.

5. 타는 밤

나이가 들고 보니 시간이 빨리 갔다. 하루는 그냥 그렇게 갔지만, 일주일이 빨라졌고 한 달이 금방 갔다. 나이에 맞춰 그 속도가 다르다고 하더니 지금 그는 35㎞로 달리는 중이었다. 하지만 이번 주말은 달랐다.

화상 때문에 일주일간 집에서 보내기로 하고 병가를 낸 그였다. 온종일 아이들과 함께 있는 제니를 보는 낙에 시간 가는 줄을 몰랐는데, 주말에 제니는 집에 없었다.

토요일은 정말 시간이 너무 안 가서 놀랐고 일요일 아침, 그는 이른 아침에 일어나 창밖을 멍하게 바라보고 있었다. 입맛도 없었다.

과연 이런 기분은 뭘까? 너무나 낯선 감정에 그는 미칠 것 같았다.

저녁이 될 때까지 제니는 돌아오지 않았다. 그러자 이제는 불안했다. 오지 않으면 어쩌나 하는 생각이 들었다. 괜히 소정에 관한 이야기를 해서 그녀가 그를 이상하게 생각하는 건 아닐까라는 생각이 들자 그는 더 조급해졌다.

"후……."

그는 정원에 나가 별관 앞에서 서성이고 있었다. 그때였다. 멀리서 제니가 걸어오고 있었다. 처음엔 땅만 보고 걸어서 그를 보지 못하더니 그를 보고는 그 자리에 멈추었다.

그는 저도 모르게 제니에게 달려갔다. 그리고 그녀의 손을 잡고는 사람들이 시선을 피하기 좋은 편백나무 뒤로 끌고 갔다.

"회장님……."

그의 손을 놓으려고 애를 쓰던 제니가 모기만 한 목소리로 그를 불렀다. 사람들이 들을까 봐 걱정인 모양이었다. 하지만 그는 자신의 손에 꼭 잡힌 작은 손의 느낌이 너무 좋았다.

"왜 이렇게 늦었지?"

그의 목소리가 잠겨들었다. 왜 이 여자 앞에선 이렇게 욕망이 꿈틀거리는 건지 자신도 이해가 되지 않았다.

"네?"

"기다렸어."

"절요?"

커다란 눈이 놀란 토끼처럼 더 커다래졌다. 예쁘다는 생각이 들었다. 그녀의 사소한 모든 게 새롭게 느껴지고 있었다.

"그래⋯⋯."

그가 손을 들어 그녀의 양 볼을 감쌌다. 제니가 고개를 돌렸지만, 그가 다시 그를 보게 얼굴을 앞으로 했다.

"회장님, 전 회장님의 여자가 되고 싶지 않습니다."

"왜? 내가 어때서?"

그의 여자가 되고 싶지 않다는 소리를 듣자 갑자기 가슴이 욱신거렸다. 이런 느낌은 처음이었다. 여자에게 거부당한 것도 처음이었지만, 거부하는 여자를 이렇게 원하는 것도 처음이었다.

"회장님은 제가 감당하기 어려운 분입니다."

제니는 현실적인 어려움을 말하고 있었다. 재벌과 평범한 여자의 관계는 영화 속에서나 나오는 일이라고 생각하는 것 같았다.

"싫은 건 아니고?"

"⋯⋯."

"싫다고 말해. 그러면 갈 테니까."

"회장님……."

"거봐, 싫은 건 아니잖아."

그녀의 아름다운 눈빛이 어두워서 정확하게 보이지 않았지만, 그녀가 뭘 말하고 싶은지 알 것 같았다.

연욱은 이틀 동안 제니가 돌아오지 않으면 어쩌나 전전긍긍했다. 왜 이렇게 몸 달아 하는지 자신도 알 수 없었다. 그의 눈에 제니가 보이지 않으면 이상하게 불안했다. 뭐라고 설명하기는 힘들었지만 그랬다.

저도 모르게 제니의 양 볼을 잡고 그녀의 얼굴을 한참 동안 바라보았다. 제니의 얼굴에서도 떨림이 느껴졌다. 그녀는 두려워하고 있었다.

"읍!"

더는 참기 힘들었다. 피가 마르는 시간을 보낸 이틀을 이렇게라도 보상받고 싶었다. 그녀의 부드러운 입술이 그의 오랜 기다림을 달래 주었다. 하지만 그녀의 입술은 그를 자꾸만 거칠게 만들었다. 아니, 입술뿐 아니라 다른 것들도 그를 흥분시키기는 마찬가지였다.

"헉헉, 이렇게 여자를 기다린 적은 없었어."

"……."

"넌 날 다른 사람으로 만들어. 그게 날 두렵게 해."

"……."

그녀의 부드러운 입술에 자신의 입술을 대고 말했다. 잠시도 떨어져 있고 싶지 않았다. 미친 걸까? 이렇게 강한 끌림은 감당하기 힘들었다. 그의 세포 하나하나가 제니를 원했다.

"내가 널 얼마나 갖고 싶은지 네가 안다면 분명 도망갈 거야."

"아닐 수도 있죠. 회장님은 그저 자신과 다른 환경의 여자에 호기심을 느끼시는 겁니다."

"……."

그녀의 뜻밖의 말에 그가 잡은 마지막 이성의 끈이 날아가 버렸다.

"읍!"

제니의 입술을 삼킨 그가 그녀를 편백의 미로 안으로 끌고 들어갔다. 이 안에 작은 정자가 있다는 건 그만 알았다. 이 집을 지을 때 손님들의 쉴 공간으로 만들었는데 오늘은 다른 용도로 쓰일 것 같았다.

츄읍, 츄읍!

작은 원두막은 그리 멀지 않았는데 키스를 하면서 가려니 굉장히 먼 거리였다.

"으으음."

정말 미칠 것 같았다. 서로의 혀가 얽혀들며 그녀의 혀를 뿌리째 뽑을 듯이 빨아댔다. 너무나 황홀한 키스였다. 그들은 길고 긴 키스를 나누며 정자까지 왔다.

"여긴……."

"비밀의 정자지."

그는 그녀를 정자에 앉히고 발에서 신발을 벗겨 주었다.

"내가 이 발목을 얼마나 만지고 싶었는지 신만이 아실 거야."

"……."

그녀와 정자에 올라섰다. 정자엔 방석이 준비되어 있었다. 그는 방석을 깔고는 그녀를 그 위에 눕혔다.

"여기선 끝까지 하지 않을 거야. 우리의 처음은 침대 위일 거야."

그는 자신에게 말하듯이 그녀에게 말했다. 그리고 그녀의 부드러운 몸 위에 자신의 몸을 덮었다. 입술에서 가는 목으로, 그리고 쇄골까지. 그의 혀는 바쁘게 움직였다. 부드럽게 하고 싶은데 부드럽게 되지 않았다.

그의 페니스로 모든 피가 몰리는 기분이었다. 당장 그녀 안에 들어가고 싶었지만, 그는 오늘 참을 것이다. 그녀의 티셔츠를 머리 위로 벗겨낸 그였다.

"널 보고 싶어."

보는 건 괜찮을 것이다. 그녀의 몸을 만지고 핥고 싶었다. 그렇게라도 하지 않으면 정말 돌아 버릴 것 같았다. 그리고 그는 그렇게 했다.

그녀의 브래지어를 풀자 그녀의 풍만한 가슴이 밝은 달빛 아래 드러났다. 너무나도 하얀 피부에 그는 저도 모르게 침을 꿀꺽 삼켰다.

"예쁘다."

평소에 이런 말을 하지 않는 그인데 이상하게 제니 앞에 서면 이렇게 달라지는 것 같았다. 그는 몸을 숙여 제니의 풍만한 가슴에 입술을 내렸다. 그리고 가슴골을 혀로 핥았다. 그녀의 맛은 천상의 맛이었다.

"하아, 하아……."

그녀의 숨이 거칠어졌다. 그가 유두를 빨기 시작했을 땐 그녀는 거의 숨을 멈출 듯이 헐떡였다.

츄읍, 츄읍.

"미칠 것 같아."

그가 혀로 제니의 단단해진 유두를 건드리기 시작했다.

"하아……. 빨아 줘요."

그녀의 말에 그는 제니의 유두를 빨기 시작했다. 그리고는 손을 내려 그녀의 청바지의 버클을 풀어 버렸다. 그리고는 몸을 일으키며 그녀의 바지와 속옷을 한꺼번에 벗겨 냈다. 그러자 달빛에 제니의 아름다운 몸이 드러났다.

"헉!"

그녀의 아름다움에 심장이 터질 것 같았다. 여자의 몸을 보며 이렇게 흥분한 적은 없었다. 연욱은 그녀의 다리를 양쪽으로 벌렸다.

그러자 놀란 제니가 다리를 오므리려고 했다. 하지만 제니는 그의 힘을 당할 수가 없었다.

"악!"

그가 입술을 내려 그녀의 여성을 삼키자 제니가 몸을 격하게 틀며 저항했다. 하지만 그녀의 모든 것을 맛보고 싶은 그는 그녀를 놓아 줄 마음이 없었다.

"맛보고 싶어."

"하아, 하아…… 안 돼요."

"아니 돼!"

"악!"

그녀의 다리 사이에 얼굴을 묻은 그는 제니의 여성을 삼켜 버렸다.

"오, 제발……."

그녀가 몸을 부르르 떨었다. 그런 제니의 민감한 반응이 그를 미치게 했다. 그는 혀를 세워 그녀의 여성을 반으로 가르고 들어가 작은 돌기를 찾아냈다.

"아아아……."

제니의 신음이 정자를 울렸다. 그 신음이 얼마나 그를 흥분시키는지 그녀가 알았다면 제니는 절대로 신음하지 않았을 것이다. 그는 손가락 하나를 그녀의 질 안으로 밀어 넣었다. 그녀의 애액이 그의 손가락을 적시고 있었다.

그의 혀는 여전히 그녀의 작은 돌기를 자극하고 있었다. 제니는 몸을 활처럼 휘었다. 그러더니 몸을 부르르 떨었다.

"그만……."

그녀가 절정에 오른 것 같았다. 몸을 격하게 떨던 제니가 몸을 떨구었다.

"헉헉헉……."

여기서 멈춘다는 건 정말 쉬운 일이 아니었다. 하지만 그는 처음은 침대 위에서 정상적으로 그녀를 안고 싶었다. 그가 기절한 듯이 누워 있는 제니를 안았다. 그는 옷을 그대로 입고 있었다.

"제니……."

"흑흑흑……."

놀랐는지 제니는 눈물을 흘리고 있었다.

"이런 느낌은 처음이에요."

그녀가 그의 목에 팔을 두르며 매달렸다. 그녀의 맨 등을 손으로 쓸어내리며 그는 제니의 목에 입술을 묻었다.

"다음엔 침대에서⋯⋯."

"⋯⋯네."

제니의 답에 그는 기뻤다. 이건 정말 그의 스타일이 아니었다. 사업에 인생을 건 그였다. 결혼을 하면서 그의 인생은 사라지고 디딤돌 건설 회장인 최연욱으로만 살았다. 그런데 이런 은밀한 삶이 그에게 찾아올 줄은 몰랐었다.

제니가 옷을 입는 동안 그는 정자에 누워 아주 오랜만에 하늘의 달을 보았다. 오늘은 신기하게도 달을 딱 반으로 쪼개 놓은 반달이 뜨는 날이었다.

지금 그의 마음을 대변이라도 해 주는 것 같았다. 옆에선 제니가 빠르게 옷을 입고 있었고 그의 마음은 제니를 보낼지, 아니면 그의 침대로 이대로 끌고 갈지 하는 반반의 마음이었다.

"내 마음이 반달 같아."

"왜요?"

"제니를 보낼까? 말까? 하고 있거든."

"⋯⋯."

연욱은 이상하게 제니 앞에선 솔직해지는 것 같았다. 제니의 눈을 보면 거짓말을 할 수가 없었다. 그를 원하면서도 겁먹은 눈을 한 제니에게 그는 솔직해지고 싶었다.

그는 저도 모르게 제니의 손을 잡고 편백나무 미로에서 나왔다.

"여기서부터는 저 혼자 갈 수 있어요."

"……."

하지만 연욱은 여전히 그녀의 손을 잡고 있었다.

"손을 놔주셔야……."

그가 손을 놓자마자 제니는 뒤도 돌아보지 않고 줄행랑을 치듯이 숙소로 향했다. 제니의 그런 행동이 그를 미소 짓게 했다.

무슨 정신으로 숙소까지 왔는지 알 수 없었다. 제니는 숙소에 들어서자마자 현관문에 기대서 있었다.

"무슨 짓을 하는 거야."

그녀는 욱신거리는 입술과 유두에서 느껴지는 찌릿한 고통 때문에 조금 전에 있었던 일이 꿈이 아니란 걸 알았다. 최 회장이 왜 자꾸 그녀에게 이러는 건지 알 수 없었지만, 그녀 또한 은밀한 이런 관계 행위를 즐기고 있었다.

아직도 그의 입술이 스친 부위가 후끈거렸다. 서울에선 지훈 오빠 때문에 정신을 차릴 수가 없었는데 숙소로 돌아와 보니 최 회장까지 그녀를 힘들게 했다.

"후⋯⋯."

그녀는 다리의 힘이 풀려 그대로 주저앉았다. 한참을 그렇게 있던 제니는 억지로 몸을 일으켜 집 안으로 들어섰다. 그리고 옷을 벗고 욕실로 향했다. 아무것도 하기 싫었지만, 최 회장과의 일을 지우고 싶은 마음에 그녀는 깨끗이 씻고 싶었다.

욕실에 들어가기 전에 전신 거울에 서서 그녀는 자신의 몸을 보았다. 온몸에 그의 키스 마크가 새겨져 있었다. 목 아래서부터 시작된 키스 마크는 온몸에 퍼져 있었고 따끔거리던 유두는 주변이 붉게 부풀어 있었다.

그가 얼마나 격정적으로 그녀의 몸을 탐했는지 알 수 있었다. 제니는 저도 모르게 아까의 일을 떠올리며 흥분했다.

"미쳤어."

그녀는 자신이 그를 생각하자 애액이 흐르는 걸 느낄 수 있었다. 남자 경험이라고는 키스가 고작인 그녀에게 최 회장은 엄청난 일을 한 것이었다.

"다음엔 침대⋯⋯."

쏴아악!

샤워기를 틀며 그녀는 저도 모르게 중얼거렸다. 다음은 침대에서 할 거라는 말도 했다. 그와 끝까지 간다면 어떤 기분일지 그녀는 기대하게 되었다.

"미쳤어……."

그녀는 미친 게 분명했다. 흐르는 물줄기에 그의 흔적을 지우는 게 아니라 차가운 물줄기에 흥분한 자신의 몸을 식히는 것 같았다.

샤워를 마치고 머리를 말리는데 핸드폰이 요란하게 울렸다. 수아였다.

"여보세요?"

[잘 들어갔어?]

수아는 친구지만 언니처럼 그녀를 챙기는 친구였다.

"잘 들어왔지."

[그런데 목소리는 왜 그래?]

"피곤해서 그래. 서울이 옆 동네도 아니고."

[그렇긴 하네. 그런데 너 여기서도 기분이 별로였잖아.]

"아니야."

[아니긴. 오빠도 그렇고 너도 그렇고, 왜 그러는 거야?]

수아가 눈치를 챈 모양이었다.

"아니라니까."

[혹시 너, 오빠랑 무슨 일 있었어?]

"아니, 아무 일도 없었어."

[아닌 것 같은데…….]

뭐라고 말할 수도 없었다.

"괜히 넘겨짚어서 오빠랑 나랑 이상하게 만들지 마."

[너 진짜 좋아하는 사람 있어?]

"관심 있는 사람이 있어. 하지만 오빠는 아니야. 지훈 오빠는 어릴 적의 첫사랑이자 짝사랑일 뿐이야. 그렇다고 첫사랑을 지금까지 하는 건 아니지 않아? 너도 태섭 오빠를 지금까지 좋아하는 건 아니잖아."

태섭 오빠는 지훈 오빠의 친구로, 보육원 출신은 아니었지만 어릴 때 그녀들과 종종 어울리던 오빠였다. 지금은 잘나가는 변호사라는 소리를 듣긴 했었다.

[그 남자가 누군지는 아직 말 안 했어.]

"누구?"

[네가 좋아하는 남자. 이렇게 우리 사이에 비밀이 생기는 거냐?]

"이번에도 짝사랑이라서 그런다."

[누군데?]

"이 집 주인."

속 시원하게 말해 버렸다. 이렇게 터놓고 말하고 나니 별거 아닌 것처럼 느껴졌다. 사실은 엄청난 일인데 말이다.

[뭐?]

"자꾸 마음이 가……. 나도 왜 이러는 건지 모르겠어."

순간 울컥했다.

[그랬구나……. 그럴 수도 있지. 사람이 좋은 데 이유가 있는 것도 아니고. 조금 놀라긴 했지만 그건 어쩔 수 없는 거지. 짝사랑 전문인 내가 봤을 때 이번은 최고 레벨이다. 짝사랑의 최고 레벨은 아주 아픈 법이지.]

"위로 고맙다."

[화내지 마. 짝사랑도 너무 거하게 하면 병난다. 그냥 가슴 아픈 정도가 아니라고.]

"알았어. 요령껏 할게."

그녀는 이렇게 말하고는 전화를 끊었다.

"어떻게 하면 요령껏 하지?"

아무리 생각해도 짝사랑엔 요령이 없었다. 제니는 침대에 그렇게 한참을 우두커니 앉아 있었다.

현대식 인테리어라고는 하지만 다소 차가워 보이는 서재엔 책보다는 첨단 장비들이 더 많았다. 컴퓨터와 화상 통화를 위한 화면들이 벽면을 장식했고 움직임이 불편한 서재의 주인을 위해 휠체어가 다닐 수 있는 통로가 잘 정비되어 있었다.

지이잉—

전동 휠체어가 기계들 사이로 움직였다.

"정연이 불러."

전동 휠체어의 주인이 허공에 대고 말하자 컴퓨터가 알아서 정연에게 화상 전화를 걸었다. 화면엔 집 안 소파에 앉아 있는 정연의 모습이 보였다.

"어디야? 집이야? 집이면 당장 내려와."

그는 그렇게 말하고는 전화를 끊었다. 몇 년 전 사고로 하반신을 못 쓰게 된 그는 자신의 모습을 보이는 게 싫어서 회사에도 출근하지 않고 집에서 회사 일을 보았다. 식품 업계의 대부인 그의 단 하나의 골칫거리는 정연이었다.

아름다운 모습에 야망도 있고 일에도 의욕을 보이기는 하는데, 뭔가 제대로 하는 게 하나도 없었다.

"아빠……."

그리고 가장 꼴 보기 싫은 건 그의 앞에선 언제나 저렇게 주눅 들어 있다는 것이었다.

"내가 왜 부른지 알아?"

"네?"

"최 회장의 파티에 갔다면서 왜 말이 없는 거야?"

"무슨……."

"최 회장과 어느 정도 진도가 나갔는지 말이야. 시간을 그렇게 줬으면 뭐라도 결과가 있어야지. 디딤돌 건설과 우리가 합병하는 게 얼마나 큰 이익이 되는지 몰라서 그래?"

정연의 얼굴과 몸에 들인 비용은 상상을 초월했다. 그런 비용을 지출하면서까지 그는 딸이 최 회장과 잘되기를 원했다.

"최 회장님과는 잘돼 가고 있어요. 조금만 더 시간을 주세요."

이 말은 몇 년 동안이나 들은 말이었다.

"최 회장, 여자 있어."

"네?"

"그 집의 가정 교사야."

"아니에요. 애들을 워낙 예뻐하니까. 그 가정 교사에게도 잘하는 거예요."

딸은 사태파악이 늦었다. 황 회장은 최 회장을 사위로 삼고자 했던 그때부터 그 집에 스파이를 심어 두었다. 경호원을 하면서 그 집의 CCTV를 담당하는 사람이었다.

"확실한 정보야."

"아버지, 아니에요."

"하긴 여자가 있건 없건 그건 중요하지 않아. 혼자서 지내는 게 쉽지만은 않은 일이니까. 하지만 아픈 전 부인과 입양한 아이들을 한 집에 두고 있는 건 이해가 쉽지 않은 부분이지."

"네?"

정연에겐 처음 말하는 내용이었다.

"전 부인? 입양……."

"그 아이들은 최 회장의 아이들이 아니야. 미쳐서 날뛰는 전 부인을 커버해 주기 위해 입양한 아이들이지."

"……."

"그러니 멍청하게 굴지 마. 남자 혼자서 여자 없이 지내는 건 쉬운 일이 아니야. 거기에 돈 많고 능력 있는 최 회장 같은 경우는 더 하겠지. 덤벼드는 여자들이 많을 거야. 그러니 이렇게 넋 놓고 있을 때가 아니다."

그는 자신이 죽고 나서 동화그룹을 정연에게 맡길 수 없다는 판단을 내렸다. 겉보기엔 똑똑해 보이는데 내실이 하나도 없었다.

"그렇게 가만히 있을 시간에 움직여. 최 회장의 눈에 자주 띄란 말이다. 특유의 그 뻔뻔함으로 집에 찾아가서 아이들과 놀아 줘. 비록 입양아들이긴 하지만 갓난아기 때부터 키운 아이들이다 보니 친자식 같을 거야."

"……네."

"나중에 그 집에서 다 내쫓더라도 지금은 성심을 다해. 네가 잘해야 할 아이들이다."

그는 딸이 어디로 튈지 모르기 때문에 경고의 말도 아끼지 않았다.

"아직은 늦지 않았어. 그러니 최후의 카드를 쓰기 전에 잡아."

"최후의 카드가 뭔가요?"

"최 회장의 미친 전처지."

"사실일까요?"

"맞아, 지난번에 파티가 있고 난 뒤에 불이 났어. 최 회장이 죽을 뻔했지. 그날 불은 최 회장의 전처가 지른 거야. 정신 분열로 완전히 망가져 버렸어."

정연은 놀란 얼굴로 그를 바라보았다.

"우리는 그의 약점을 가지고 있어. 그러니 너를 버리진 못할 거야. 하지만 그걸 빌미로 결혼을 한다는 건 아주 최악의 상황일 때지. 네가 마음에 들어 결혼하는 것과는 차원이 다르니까."

"알겠어요."

"알았으면 반드시 그의 마음을 사로잡아."

"그럼 가정 교사는요? 그 여자를 마음에 들어 한다면서요."

"마음에 드는 것과 결혼은 별개의 문제야. 넌 최 회장이 원하는 신붓감이니까. 가정 교사 따위는 신경 쓰지도 마. 가정 교사를 위협하면 너를 더 싫어하게 될 거다."

정연을 내보내고 그는 답답한 마음이었다. 하나서부터 열까지

다 말해 주어야 하는 딸이 그는 미덥지 못했다.

"김성훈!"

그가 이름을 부르자 컴퓨터가 알아서 최 회장의 경호원인 성훈에게 전화를 걸었다.

[여보세요?]

"그래."

[네, 아버지.]

"누가 옆에 있나?"

[네, 잠시만요.]

눈치가 빠른 녀석이었다.

[말씀하십시오, 회장님.]

"요즘은 어떤가?"

[어젯밤에 회장님과 가정 교사가 집 안에 있는 편백나무 미로에서 한참을 있다가 나왔습니다.]

"안에서 뭔 짓을 했는지 알 만하군."

[완전히 빠져 계신 것 같습니다.]

"알았으니까 쭉 지켜 봐. 그리고 여자 친구 통장으로 돈 넣었어."

[감사합니다. 잘 쓰겠습니다.]

황 회장은 휠체어에 기대 눈을 감았다. 왠지 최 회장의 지금 상황을 생각하자 본인의 젊은 시절이 자꾸만 떠올랐다. 젊은 시절 그는 진심으로 사랑하는 여자가 있었다. 그의 비서였던 연지였다.

아름답고 착한 연지는 단숨에 그의 마음을 빼앗았다. 하지만 황 회장의 아버진 그들의 관계를 허락하지 않으셨고 대신 아버지 친구의 딸인 미희를 그의 짝으로 점찍으셨다.

그는 철강회사의 막내딸인 미희와 결혼을 했고 결혼 중에도 연지와의 관계를 이어갔다. 정연을 낳고 4년 후에 연지에게서도 딸을 얻었다. 그의 그런 은밀한 이중생활은 한동안 계속되다가 어느 날 연지가 사라져 버림으로써 끝이 났다.

그가 마련해 준 아파트에서 아이와 함께 증발해 버린 것이었다. 연지와 그의 딸인 아현이 사라진 뒷배경에는 장인어른이 있다는 소문이 있었지만, 아무런 증거가 없었다. 백방으로 찾았지만 결국은 찾지 못했다.

그 죗값으로 다리가 이렇게 된 건지도 몰랐다. 지금 아현이가 살아 있다면 스물다섯 살이었다. 그는 매년 절에 연지와 아현이를 위한 초를 밝히고 있었다.

제니는 아이들과 함께 저녁 식사를 하기 위해 식당으로 향했다. 편백나무에서의 일이 있고 난 뒤부터는 최 회장을 마주치지 않기 위해 제니 나름의 노력은 하고 있었지만, 저녁 식사 자리를 피할 방법이 없었다.

유모가 돌아와야 하는데 수술이 잘 안 되는 바람에 시간이 길어지고 있었다.

"앉아."

그녀가 나리의 의자를 빼 주었다. 그리고 손을 씻는 걸 도와주고 식사를 하게 했다. 제니의 손길은 엄마보다 더 다정했다. 아이들이 입양아란 소리를 듣고 난 뒤부터는 더 잘해 주고 싶었다. 그녀는 파양당해서 보육원으로 다시 돌아온 많은 친구를 보았다.

차라리 입양이나 하지 말지 아이들은 평생 그 상처를 안고 살아갈 것 같았다. 그녀는 입양의 경험이 없었다. 세 살 때 보육원에 들어갔지만, 엄마와 보육원에서 10살까지 함께 지냈기 때문이었다.

엄마는 보육원에서 아이들의 밥을 챙겨 주는 사람이었다. 하지만 우울증과 심각한 불안 증세를 보이다가 그녀가 10살 되던 해에 강에 몸을 던졌다.

그런 그녀에게 위로가 되어 주었던 삼 남매가 없었다면 그녀도 엄마를 따라갔을 수도 있었다.

"회장님, 오셨습니다."

김 집사의 말에 아이들이 자리에서 일어나 아빠를 맞이했다.
하지만 오늘 최 회장은 혼자가 아니었다. 블랙으로 맞춰 입은 두
사람은 잘 어울리는 한 쌍이었다.

"애들아 안녕?"

"안녕하세요."

그의 옆에 꼭 붙어서 따라 들어온 정연은 안주인의 포스가 느
껴졌다.

"김 집사님 안녕하세요?"

"네, 오셨습니까? 식사 준비할까요?"

"감사해요."

정연은 제니를 완전히 그림자 취급하고 있었다. 괜한 느낌인
지 오늘따라 몰라도 정연이 그녀를 굉장히 의식한다는 느낌이
들었다.

"애들아, 밥 맛있니?"

"네."

"오늘은 뭐가 맛있어?"

"불고기요."

나리는 불고기를 좋아해서 그런지 불고기가 없으면 밥을 안
먹는 아이였다.

"그럼, 언니도 불고기에 먹어 볼까?"

"네."

아이와 공감하는 모습에서 사랑은 느껴지지 않았지만 잘하려는 노력은 가상해 보였다. 그 와중에 그녀는 최 회장과 눈이 마주쳤다. 그리고 너무 놀라 그 자리에 주저앉을 뻔한 그녀였다.

최 회장이 그녀를 너무나 강렬한 눈빛으로 바라보았기 때문이었다.

식사 시간 동안 그들은 아무런 말을 하지 않았지만, 서로를 강하게 의식했다. 제니는 호흡이 흐트러졌다. 그가 밥을 먹는 내내 그녀를 마주 보며 마치 반찬 삼은 듯이 보고 있었기 때문이었다. 그는 시선으로 그녀의 옷을 벗겨 내고 정자에서 그녀를 뜨겁게 탐했던 것처럼 시선으로 그녀를 어루만지는 느낌이었다. 정신을 차리지 않으면 아이들 앞에서 실수할 것 같았다.

"정말 불고기가 맛있네."

그 와중에 정연은 아이들에게 점수를 따기 위해 노력 중이었다.

힘든 저녁 시간이 끝이 나고 그녀는 아이들과 공부방으로 향했다. 저녁엔 수업이 없었지만, 책 읽는 것을 좋아하는 규원이 때문에 공부방에서 책을 한 권씩 읽고 일기를 쓴 후에 잠자리에 들 준비를 했다.

"선생님?"

"어?"

"다 읽었어요."

"그래? 그럼 일기 쓸까?"

"네."

규원이는 제법 장문의 일기를 썼고 나리는 아직 그림일기였다. 하지만 일기를 쓸 때 아이들은 오늘 하루를 진지하게 생각하고 쓰는 것 같았다. 아이들을 가르칠수록 보람이 느껴졌다.

"어디 보자."

"오늘의 주제는 선생님이에요."

"그래? 고마운데?"

규원은 그녀를 천사 같은 선생님이라고 했다. 아이가 그녀를 좋게 봐 준다는 게 고마웠다. 나리는 그녀를 동그란 찐빵같이 그렸지만, 서툰 글씨로 세상에서 가장 예쁜 선생님이라고 써 주었다.

"고마워."

나리의 머리를 쓰다듬으며 진심을 담아 말했다.

"선생님은 공주같이 예뻐요."

그녀가 칭찬에 약한 걸 아는 것 같아 제니는 미소 지었다.

"정말?"

"오늘 온 언니보다 선생님이 예뻐요."

"이렇게 고마울 수가……."

그녀가 과장되게 몸짓을 하며 기뻐했다.

"그 언니 말고 선생님이 우리 엄마 하면 안 돼요?"

"……."

나리의 폭탄 발언에 제니는 너무 놀라 한동안 말을 잊었다.

"저도 그랬으면 좋겠어요."

규원이까지 그런 생각을 할 줄은 몰랐다.

"고마운데 그건 아빠가 선택하실 문제야."

"아빠는 왜 선생님이 더 예쁜데 다른 사람을 만나는지 이해가
안 가요."

아이들의 선택 기준은 미모인 것 같았다. 이렇게 합격점을 주
니 기분은 좋았다.

"규원아, 나리야, 일기 다 썼으면 씻으러 갈까?"

"네."

그녀는 아이들의 말을 자르고 욕실로 아이들을 데리고 가서
씻긴 후에 잠을 재웠다. 잠든 아이들의 얼굴을 보며 그녀는 생각
이 많아졌다. 그는 왜 뜨거운 시선으로 그녀의 얼굴을 보면서도
다른 여자와 있는 것일까?

그건 아마도 섹스와 결혼을 다르게 생각하기 때문인 것 같았

다. 그녀는 그저 섹스 파트너에 불과했다. 하지만 그건 싫었다. 제니는 엄마와 같은 그림자 인생을 살고 싶지 않았다. 어린 시절, 엄마에게서 출생의 비밀을 들은 날 받았던 충격은 정말 대단했다.

누구인지는 말해 주지 않았지만, 엄마는 아빠의 비서였다고 했다. 둘은 뜨겁게 사랑했고 오랜 연애를 했지만, 집안의 반대로 아빠는 좋은 집안의 여자와 결혼을 했고 엄마는 졸지에 첩이 된 것이었다.

그렇게 오랫동안 아빠의 그림자처럼 산 엄마는 그녀를 낳았고 그 소식을 들은 아빠의 장인어른이 그녀를 죽이겠다는 협박에 못 이겨 엄마는 딸을 살리기 위해 집을 나왔다고 했다. 그녀의 성이 이씨인 건 엄마의 성을 물려받았기 때문이었다.

그녀는 엄마처럼 버려진 여자로 평생을 살고 싶진 않았다. 딸은 엄마의 인생을 닮는다고 하지마 그녀는 그렇게 하진 않을 것이다.

아이들을 재우고 방을 나와 1층으로 내려가던 그녀는 그의 방으로 들어가는 정연을 보았다. 그 순간 눈이 뒤집힌 제니였다. 그녀와 그렇게 뜨거운 시간을 보내고 꼭 그녀의 눈앞에서 다른 여자와 있어야 하는가, 라는 생각이 들었다.

순간 제니는 화가 나서 이성을 잃었다. 그녀가 1층에서 내려와 그의 방으로 가려는 순간 뒤에서 김 집사가 그녀를 불렀다.

"이 선생님?"

"네?"

"잠깐 나 좀 볼까요?"

"지금요?"

"네, 사무실로 오세요."

그녀는 어쩔 수 없이 김 집사의 사무실로 향했다. 별일이 아닌데 김 집사는 한참 동안 그녀를 앉혀 놓고는 아이들에 관한 이야기를 물었다. 그렇게 1시간 정도 그녀는 김 집사에게 잡혀 있었다.

지금 그의 방에서 무슨 일이 벌어지고 있을지 뻔했다. 하지만 이대로 물러설 수는 없었다.

그녀는 김 집사에게서 풀려나자마자 최 회장의 침실로 가서 문을 다짜고짜 열었다. 잠겼으면 어쩌나 하는 생각이 들었지만, 다행히 문은 열려 있었다.

그녀가 안으로 들어가자 침실은 그녀의 상상과는 다르게 고요했다.

"무슨 일이지?"

샤워를 했는지 촉촉하게 젖은 머리로 가운만 걸친 최 회장이 그녀를 의아한 눈으로 바라보았다.

"무슨 일이야?"

"저는 아무 일도 없어요."

그녀는 저도 모르게 목소리가 잠겼고 눈은 방 안을 살피느라 정신이 없었다. 하지만 그녀의 시선은 곧 그를 향했다. 이건 너무 섹시한 그의 모습 때문이었다.

"혼자 계셨어요?"

"응, 그럼 내가 누구와 있어야 하지? 정연이?"

그가 뭔가 생각 난 듯이 물었다.

"정연이와는 아무 일도……. 읍!"

그녀가 거의 뛰다시피 그에게로 다가가 그의 입술을 삼켜 버렸다.

"왜……. 읍!"

그는 아무런 말도 하지 못한 채 그녀의 키스 세례를 받고 있었다.

"제니야……. 읍!"

그는 무슨 말을 하고 싶은 것 같았지만 제니는 절대로 그를 놓아줄 마음이 없었다. 달려드는 그녀 때문에 그는 침대로 밀려가 침대 위로 쓰러졌다.

"아무 말도 하지 말아요. 미칠 것 같으니까."

그녀는 이렇게 말하고는 그의 입술에 자신의 혀를 밀어 넣었다. 온몸이 뜨거워졌다.

　오늘 그를 갖지 않으면 제니는 온몸이 욕망의 불꽃에 타 버릴 것 같았다.

6. 엇갈림

"연욱 씨……."

정연은 그의 침실에 들어오자마자 그에게 달려들었다. 솔직하게 정연과의 사업적인 결혼을 생각하는 그로서는 참을 수 있는 선까지 참고 있었다. 굳이 사이가 틀어져서 좋을 게 없기 때문이었다.

정연의 입술을 피하며 그가 한걸음 뒤로 물러섰다.

"왜 그래요?"

"아니야. 오늘은 이러고 싶은 기분이 아니야."

"연욱 씨."

"읍!"

순간적으로 정연이 그의 목을 끌어안고는 입을 맞추었다. 그의 입술에 끈적이는 립스틱이 묻었다. 키스에 이렇게 기분이 더러운 건 처음이었다. 그는 정연을 빠르게 떼어 냈다.

"연욱 씨……."

"오늘은 이럴 기분이 아니야."

"왜요?"

"요즘 몸이 안 좋아."

"불난 것 때문에요?"

그녀의 말에 연욱의 얼굴이 굳어졌다. 김 집사에게 말해서 집 안의 사람들 입단속부터 다시 시켜야겠다고 생각했다.

"어떻게 알았지?"

"집에서 탄 냄새가 나서 내가 물어봤죠."

"그랬더니?"

"전기 배선 문제로 집에서 화제가 있었다고……."

정연은 별거 아니란 듯이 말했지만 기분은 좋지 않다. 마치 감시당하는 것처럼 찝찝한 기분이었다.

"내용을 안다니까 할 수 없군. 난 피곤해."

"알았어요. 오늘은 제가 물러나죠."

마치 선전포고를 하고 가는 것 같았다. 다음엔 그와 섹스라도 하겠다는 투였다. 하지만 그는 정연과 섹스를 할 마음이 전혀 없었다.

정연을 보내고 그는 샤워하고 싶은 마음이 굴뚝같았다. 요즘 이상하게 다른 여자들에 대한 거부감이 강해지고 있었다.

그의 몸을 지배하고 있는 건 제니뿐이었다. 이런 느낌은 너무 어색하고 싫은데 웃기게도 그가 아니라고 생각하면 할수록 그의 몸은 제니를 원했다.

그는 차가운 물로 자신의 뜨거운 몸을 식히고는 가운을 걸치고 와인을 한 잔 마시려고 방 안의 와인 바에 서 있었다. 아직도 탄 냄새가 방 안에서 나고 있었다. 김 집사의 말로는 며칠만 견디면 괜찮아질 거라고 했다. 매일 그가 출근한 후에 탄 냄새를 제거하기 위해 공기 청정기를 돌리고 환기를 시키는 작업을 한다고 했다.

솔직히 냄새는 많이 빠졌지만, 언제 또 그런 일이 일어나지 않을까 하는 걱정이 더 했다. 그런데 그때 갑자기 문이 덜컹 열리더니 생각지도 않게 제니가 그의 방 안에 들어왔다. 이건 꿈인가 싶었다.

그런데 제니의 얼굴은 화가 단단히 난 얼굴이었다. 왜 그러는 건지 영문을 몰라 그가 제니에게 물었다.

"무슨 일이지?"

저녁 시간에 보았던 베이지색의 차분한 정장 차림의 제니는 분명 씩씩거리고 있었다.

"무슨 일이야?"

그녀의 모습에 솔직히 걱정되었다. 최연욱이 지금 여자의 기분을 걱정하고 있었다. 정말 웃기는 일이었다.

"저는 아무 일도 없어요."

아무 일도 없는 게 아니었다. 혹시 정연이 이 방에 들어온 걸 봤다면 지금, 이 상황이 말이 되었다.

"정연이와는 아무 일도……. 읍!"

그녀가 거의 뛰다시피 그에게로 다가가 그의 입술을 삼켜 버렸다. 너무 놀라서 할 말을 잃어버린 그였다. 제니가 왜 이렇게 흥분한 걸까? 지금 제니는 질투하고 있는 게 분명했다.

"왜……. 읍!"

그는 아무런 말도 하지 못한 채 그녀의 키스 세례를 받고 있었다.

"제니야……. 읍!"

"아무 말도 하지 말아요. 미칠 것 같으니까."

그녀가 달려들어 그는 지금 침대 위로 쓰러졌다. 그녀의 풍만한 가슴이 그의 가슴을 누르고 있었다.

"꿈일 거야."

"아니에요."

그가 피식 웃었다. 이렇게 적극적인 키스를 받으니 기분이 좋았다. 정연의 키스와는 달랐다. 왜 그러는 걸까? 그는 자꾸만 웃음이 나왔다.

"왜 웃는 건가요?"

"예뻐서……."

"난 장난감이 아니에요."

"그래서, 증명하기 위해 온 건가?"

"네."

그녀는 진지했고 그는 더는 웃지 않았다.

"내가 제니를 얼마나 원하는지 보여 주지."

그가 제니와 그의 위치를 바꾸어 제니를 침대 위에 눕혔다.

"내가 얼마나 짐승 같은 놈인지 보여 줄게."

"보여 줘요."

그녀의 한마디에 그는 이성의 끈을 놓아 버렸다. 그의 입술이 그녀의 입술을 거칠게 삼켰다. 그의 입술 안에서 파르르 떨고 있는 작은 입술을 그는 짐승처럼 삼켜 버렸다. 서로의 혀가 얽히고 타액이 섞이며 그들은 키스로 하나가 되었다.

그의 입술이 그녀의 뺨에서 귓불로 이동했다. 그의 촉촉한 혀가 그녀의 귓불을 쓸었다.

"오늘은 절대로 못 돌아가."

"헉헉……. 가고 싶지 않아요."

"하아, 하아……."

그는 거친 신음을 그녀의 귀에 대고 그대로 토해 냈다. 그리고
는 그녀의 아름다운 목선을 타고 내려갔다. 그녀의 원피스를 어
깨 아래로 내리니 그가 지난번에 새겨 놓은 키스 마크들이 아직
도 자리하고 있었다.

"훗!"

"왜요?"

"내 흔적을 아직도 가지고 있군……."

그는 또다시 그 자리에 자신의 자국들을 남기기 시작했다. 다
른 놈들은 절대로 보아서는 안 되는 은밀한 자국이었다.

북!

그녀의 블라우스가 힘없이 뜯어졌다. 그 안에 흰색 브래지어
에 감싸인 터질 것 같은 가슴이 보였다.

"헉!"

그는 저도 모르게 숨을 삼켰다. 그리고는 그녀의 브래지어를
풀고는 원피스를 허리 아래로 내렸다.

츄웁, 츄웁─

미친 듯이 그녀의 가슴을 빨기 시작했다. 부드러운 마시멜로
를 먹는 기분이었다. 그녀의 가슴은 그를 미치게 했다. 그는 가

슴을 손으로 주물러 일그러트렸다가 놓았다. 그녀의 가슴이 다시금 예쁜 모양으로 돌아왔다.

그는 욕망으로 단단해진 유두를 입안에 머금었다. 그리고는 혀로 유두를 건드리기 시작했다.

"하아, 하아……."

제니의 거친 숨이 그의 귀를 자극했다. 그의 욕망은 더 강해졌다. 그는 혀로 그녀의 배를 핥으며 내려왔다. 그리고 마지막 장애물인 팬티를 가볍게 찢어 버렸다.

"연욱 씨……."

"맞아."

그녀의 입에서 그의 이름이 나오자 너무 듣기 좋았다.

"다시 한 번 불러 봐."

"연욱 씨……."

그는 검은 숲에 얼굴을 묻고는 깊이 숨을 들이마시며 그녀의 향기를 맡았다. 그리고는 제니의 여성 전체를 입안에 담았다.

"아흐……."

제니가 허리를 활처럼 휘며 강하게 반응했다. 그는 그녀의 여성을 게걸스럽게 먹어 치우고 있었다. 축축하게 젖은 그녀의 검은 숲은 그를 기다리고 있는 게 분명했다.

그는 혀를 세워 그녀의 여성을 반으로 가르고 들어가 클리토리스를 자극하기 시작했다.

"흡, 그만……."

제니가 거의 숨이 넘어가는 소리를 내며 그의 머리카락을 손으로 잡았다.

"하아, 하아……. 제발……."

하지만 그는 멈추지 않았다. 제니가 진짜로 멈추라는 소리가 아니었기 때문이었다. 그의 혀는 점점 아래로 내려가 그녀의 젖은 질을 핥기 시작했다. 제니는 거의 숨을 쉬지 못하고 있었다. 그녀의 이런 반응이 너무 좋은 그였다.

그는 혀를 세워 그녀의 질 안으로 밀어 넣었다. 여자에게 이렇게 해 준 적은 단 한 번도 없었다. 그녀가 기절할 것 같은 소리를 내며 반응하면 그 역시도 뜨거워졌다. 그의 모든 피는 이미 아래로 몰려 있었다.

더는 참을 수 없는 상태까지 갔지만, 그는 꾹 참았다. 입술을 뗀 그는 그녀의 질 안으로 손가락을 밀어 넣었다. 질척이는 소리를 내며 들어간 손가락을 그는 질 안으로 깊이 넣었다. 그리고 그녀의 질벽을 긁어 대기 시작했다.

"아아악!"

그녀는 이물감에 소리를 질렀다. 그는 그녀의 반응에 손가락 하나를 더 넣었다.

"이상해……."

이런 느낌은 처음인 모양이었다. 하지만 그녀는 아름다운 여성이었다. 처녀일 리가 없었다. 그는 그녀의 다리를 벌리고는 자리를 잡았다. 그의 눈에 분홍빛의 아름다운 여성이 보였다.

"오늘은 끝까지 갈 거야."

"부드럽게 해 줘요……."

"아니, 그건 힘들 것 같아……."

"너무 커요……. 하아……."

그의 커다란 페니스를 본 제니는 놀란 얼굴이 되어 그에게 말했지만, 그가 페니스를 그녀의 여성에 대고 문지르자 신음했다. 그는 그녀의 좁은 질 안에 자기 페니스를 밀어 넣기 시작했다.

"윽!"

"아악!"

너무 빡빡했다. 이렇게 들어가기 힘든 적은 처음이었다.

"으으윽!"

"아파……."

그는 겨우 그녀 안에 들어갔다. 그리고는 동작을 멈추었다.

"처음이야?"

"아파요……."

그의 허리 아래에서 제니가 고통에 몸부림을 쳤다. 그녀가 빠져나가려 몸부림을 칠수록 그는 자극을 받아 미칠 것 같았다.

"제니, 처음이야?"

"그래요, 빼요……. 아파……."

그녀가 허리를 움직이자 그녀의 질이 그의 페니스를 조이기
시작했다.

"가만히 있어."

"아파……."

그녀는 고통스러운지 자꾸만 움직였다. 그녀가 움직일 때마다
그는 미칠 것 같은 조임을 느끼고 있었다.

"안 될 것 같아."

"……."

그는 허리를 움직이기 시작했다. 그는 여자가 싫다는데 억지
로 섹스를 하는 사람이 아니었다. 하지만 지금은 그녀의 미칠 것
같은 황홀한 몸에서 자신의 페니스를 뺄 수 없었다. 이성을 유지
할 수가 없었다. 그녀의 질이 그의 페니스를 점점 더 조이고 있
었다. 이런 경험은 그도 처음이었다.

"헉헉……."

그녀의 허리를 잡은 그의 팔에 힘줄이 튀어나와 있었다. 그리
고 그의 가슴으로 땀이 흘러내리는 게 보였다. 지금 그는 더 거
칠게 하지 않으려고 노력하는 중이었다. 처음인 그녀를 내일은

일어나지도 못하게 할 것 같았기 때문이었다.

"제니야⋯⋯. 윽!"

그의 눈가가 흐르는 땀으로 따끔거렸다. 이렇게 온 힘을 다해 섹스한 경험은 없었다. 미칠 것 같은 쾌감이 그를 지배했다. 이성은 다 날아가 버린 상황이었다.

그는 더는 참기 힘들었다. 그래서 마지막을 향해 달리기 시작했다.

"으으윽!"

그의 분신들을 그녀의 배 위에 쏟아냈다. 제니는 기절한 듯 눈을 감고 있었다. 하지만 그녀가 거친 숨을 내쉬는 걸 보며 기절한 건 아니란 걸 알았다.

"왜 얘기하지 않았지?"

"⋯⋯."

그녀의 눈에서 눈물이 주르르 흘러내려 그가 손으로 닦아 주었다.

"제니야⋯⋯."

"오늘은 끝까지 가고 싶었으니까요."

그녀는 솔직하게 말하고 있었다.

"왜?"

"나란 존재를 당신에게 남기고 싶었어요. 그리고 나 없는 당신의 밤을 괴롭게 하고 싶었어요."

제니의 말대로 그는 앞으로 밤마다 제니를 품지 않으면 미칠 것 같았다. 그녀가 그를 괴롭히고 싶다는 말은 이미 성공했다.

"그건 성공한 것 같군."

"그런가요?"

"맞아, 이제 제니 없는 나의 밤은 괴로울 거야."

그는 제니의 입술에 가벼운 입맞춤을 했다.

"씻고 싶어요."

그녀가 침대에서 일어나려다가 인상을 썼다.

"섹스가 고통스럽단 생각은 한 번도 못 했어요."

힘들게 일어나는 그녀의 모습에 또다시 그의 심장이 두근거렸다. 왜 이렇게 모든 게 예뻐 보이는 걸까?

"처음은 그래. 나중엔 안 하면 고통스럽고,"

"하!"

그녀의 반응이 너무 웃겼다.

"안 해도 고통스럽고 해도 고통스럽고⋯⋯."

"그게 섹스야. 절대로 뗄 수 없는 거지."

"그렇군요. 어머!"

그가 제니를 안아 들었다.

"뭐 하는 거예요?"

그가 안아 들자 제니는 화들짝 놀란 표정이 되어 그에게 물었다.

"씻고 싶다며."

"걸을 수 있어요."

"아니, 힘들 거야."

그가 제니를 안아 들고는 그 누구에게도 허락하지 않은 그의 욕실로 안고 들어갔다.

"아무도 안 들어온 곳이야."

"침실은요?"

"오늘 정연이가 들어왔었으니까."

"왜 그냥 갔어요?"

"내가 보냈어."

제니가 그를 올려다보았다.

"그런 눈으로 보지 마. 또 하고 싶어지니까."

제니가 눈을 얼른 돌렸다. 그 모습이 어찌나 귀여운지 웃음이 났다. 제니는 이상하게 그를 자꾸 웃게 했다.

그는 제니를 욕조에 넣고는 따뜻한 물을 틀었다. 그리고 그 안에 그가 좋아하는 입욕제를 넣었다.

"향이 좋네요."

"몸과 마음을 릴랙스시키는 데 좋은 향이야."

물이 차오르자 그도 욕조 안으로 들어와서 제니를 안았다.

"옷이 다 찢어졌어요."

"내일 내 옷을 입고 가. 내가 예쁜 옷 사 줄 테니까."

"아니에요. 지난번에 드레스도 너무 비싸서 그런 옷 받는 건 부담스러워요."

"왜? 남들은 선물도 잘 받던데⋯⋯."

그의 말에 제니가 한숨을 폭 하고 쉬었다.

"어릴 때 보육원에서 자랐어요. 세 살에 들어갔는데 엄마도 같이 보육원에 계셨어요. 거기서 일하셨거든요. 열 살 때 스스로 목숨을 버리긴 했지만요."

"⋯⋯그랬었군."

"엄마는 아빠와 열정적인 사랑을 하셨대요. 그런데 엄마는 아빠의 비서였고 집안의 반대로 아빠는 집안 좋은 여자와 결혼을 했죠. 하지만 아빠를 너무 사랑한 엄마는 첩 취급을 받더라도 아빠의 곁에 머물기로 하고 절 낳았죠."

"⋯⋯."

"그러다가 아빠의 장인이란 사람이 절 죽인다는 협박을 했고, 엄마는 모든 걸 다 놓고 도망을 치셨어요."

충격적인 이야기였다. 그녀의 과거를 듣는데 왜 이렇게 소름이 돋는 건지 알 수 없었다.

"난 죽어도 그런 삶을 살고 싶지 않아요. 만약에 내가 엄마랑 같은 상황이었다면 절대로 아이를 낳지 않았을 것 같아요. 그런 불행한 삶을 자식에게까지 물려주고 싶은 마음은 없으니까요."

그에게 하는 말인 것 같았다. 그녀의 말대로 이제 그는 제니 없는 밤이 괴로울 것 같았다. 하지만 그녀와 결혼을 생각할 수는 없었다.

마음이 복잡한 그였다. 아버지가 연씨 집안에 그를 판 순간부터 그는 사랑 같은 건 하지 않기로 맹세했다 그의 인생의 최고의 목표는 디딤돌을 세계 최고의 건설사로 만드는 것이었다. 그리고 건설만이 아닌 다른 사업으로 확대하는 게 그의 꿈이기도 했다.

이제 건설사로는 국내 최대의 규모를 자랑했다. 그건 그 누구도 부정할 수 없는 현실이었다. 10년 만에 이루어 낸 일이었다. 지금 사업을 확대하려면 다른 기업을 흡수해야 하는데 그게 동화그룹이었다. 그의 마음이 복잡해지기 시작했다.

"무슨 생각 해요?"

"아니야……"

연욱은 제니의 가슴을 만지기 시작했다.

"하아……"

그녀의 목에 입술을 묻고 깊게 빨아들였다. 또다시 그의 페니스가 미친 듯이 반응했다. 하지만 제니는 처음이었고 두 번의 섹스는 무리였다. 연욱은 자제력을 모두 끌어모아 끝까지 참았다.

그녀는 샤워하고는 그의 침실에 머물지 않고 자신의 숙소로 향했다. 아직 집안의 사람들에게 그들의 관계를 들키고 싶지 않다고 말한 그녀였다. 그렇게 그녀를 보내고 침대에 혼자 누워 있으니 외롭다는 생각이 들었다.

주말에 보육원에서 행사가 있었다. 아이들을 위한 봄맞이 체육대회였다. 오십 명의 아이는 며칠째 체육대회를 기다렸다. 그리고 지훈도 며칠 동안 체육대회를 기다리고 있었다. 오늘 제니가 오기 때문이었다.

그는 요즘 들어 이상하게 제니를 계속해서 떠올리고 있었다. 어릴 때부터 그를 유난히 따르던 제니였다.

그때는 수아와 마찬가지로 귀여운 동생이었다. 대학에 합격하고 그녀가 술에 잔뜩 취해서 그의 입술에 입을 맞추며 좋아한다고 고백을 했을 때도 그는 웃어 버렸다. 하지만 요즘 들어 제니를 볼 때마다 예쁘고 착한 그녀의 모습을 사랑하지 않을 수가 없었다.

제니는 점점 더 섹시한 여자로 변하고 있었다. 이런 불순한 생각을 하는 건 오빠로서가 아니라 한 남자로서 제니가 좋아졌기 때문이었다.

"제니야!"

수아가 소리를 지르며 제니를 격하게 환영했다. 검은색 아디다스 트레이닝복을 입은 제니는 오늘따라 볼륨 있는 몸을 그대로 드러내고 있었다.

얼굴은 귀여운데 몸은 그렇지 않았다. 몸은 완벽하게 섹시한 여자였다.

"와우, 제니 끝내주는데?"

태섭이 지훈의 옆에서 침을 흘리고 있었다.

"동생이다."

"다 큰 동생이지."

"미친놈."

"난 다 큰 동생 마중 간다."

태섭이 가려고 하자 지훈은 다리를 걸어 그를 넘어뜨렸다.

"앗! 뭐 하는 거야?"

태섭이 운동장 바닥에 넘어져 투덜거렸다.

"여기 있어."

지훈은 이렇게 말하며 제니에게로 향했다.

"왔어."

"네, 오빠."

"오늘 옷이 너무 야한 것 같아."

그는 제니의 옷이 마음에 들지 않았다.

"이거 입어."

오늘 아이들에게 맞춰 준 티셔츠를 그녀에게 던졌다. 그리고는 자리를 떴다. 아주 마음에 들지 않았다. 다행히 그의 말대로 제니는 펑퍼짐한 티셔츠로 굴곡 있는 몸매를 가렸다.

"저건 죄악이야."

태섭의 입이 삐죽 나와 있었다. 아주 불만 어린 표정이었다.

"뭐?"

"아름다운 몸매는 드러내라고 신이 주신 거야."

제니가 그가 준 펑퍼짐한 옷을 입은 게 불만인 것이다.

"미친놈."

"너는 너무 극단적이야. 동생을 아끼는 마음도 좋지만, 친구도 아껴야지."

"죽는다. 변태 같은 소리 그만해."

"알았다."

태섭은 장난이 심한 친구였다. 그게 다였다. 음흉한 놈은 아니었다.

"오빠……."

그가 태섭을 경계하는 이유는 제니 때문이 아닌 수아 때문이었다. 수아의 짝사랑 대상이 태섭이었기 때문이었다. 동생의 남자로 태섭은 완벽했지만, 문제는 태섭이 수아를 여자로 안 본다는 것이었다. 동생이 상처받는 건 싫었다.

"너, 수아 근처에는 가지도 마."

"수아는 또 왜?"

눈치가 그보다 더 없는 녀석이었다. 수아가 그렇게 티를 내는데도 몰랐다.

"그러라면 그러지 마."

"네 동생 근처에는 아예 가지도 말까?"

"응."

"내가 여기 온 게 누구 때문이라고 생각해? 다 예쁜 동생들 보려고……."

그가 자리를 피해 버렸다.

"알았다고. 나쁜 놈아."

태섭이 투덜거리며 그의 뒤를 따랐다.

"뭐 하면 돼?"

"저기 운동장에 줄 그어."

"알았다."

태섭에게 일을 시킨 그는 제니에게로 향했다.

"옷 입었으니 잔소리하지 말아요."

제니가 그를 보며 쏘아붙였다.

"예쁘다."

"거짓말."

제니가 입을 쭉 내밀었다. 그 입술을 보자 삼키고 싶다는 생각이 들었다. 지금 그의 정신은 제정신이 아니었다.

"이제 시작해도 될 것 같아."

정민이 그에게 와서 말했다. 이렇게 그들의 작은 체육대회가 시작되려 하는데 아주 커다란 트럭이 그들의 운동장 안으로 들어왔다. 딱 보기에도 밥차였다. 그리고 그 뒤를 이은 건 간식차였다.

"저게 뭐야?"

"몰라."

그는 태섭과 함께 차가 있는 쪽으로 향했다.

"뭐죠?"

"디딤돌 건설에서 보내신 겁니다."

그가 인상을 확 썼다.

"거기서 왜요? 우리 땅이나 뺏지 말지."

그가 몇 주간 1인 시위를 했던 곳에서 아이들을 위해 밥차를 보냈다니 실소가 나왔다. 지금은 보상을 받고 다른 곳으로 이주하게 되었지만 그래도 아직 앙금이 남아 있었다.

"이건 이제니 양에게 보내신 겁니다."

"네?"

"아이들과 함께 나누라고 회장님께서 직접 저희에게 전화를 걸어 주셨습니다."

"제니?"

태섭이 놀라 물었다. 그때 제니와 수아가 그들에게 왔다.

"뭔데요?"

"제니한테 보내는 거래? 디딤돌 그룹 최 회장이……."

태섭이 놀라서 말했다. 사실 가장 놀란 건 지훈이었다. 그가 왜 제니에게 이런 걸 보낸 걸까?

"제니야, 잠깐 나 좀 봐. 그리고 이건 애들을 위한 거니까 아이들 줘."

그가 제니의 손을 잡고 사람들이 안 보이는 곳으로 향했다.

"이 손 놓고 말해요."

"뭐야?"

"뭐가요? 제가 가르치는 아이들의 아버지가 보육원 아이들을 위해 보낸 거잖아요."

제니는 별거 아니란 듯이 말했지만, 그는 아니었다.

"그렇게만 생각해도 되는 거야?"

"그럼요?"

"그 남자하고 너의 관계는⋯⋯."

"오빠!"

제니가 버럭 소리를 질렀다. 아니라는 소리로 들려야 하는데 이상하게 그의 귀에는 둘의 관계가 깊다는 외침으로 들렸다.

"이건 지나친 간섭이에요."

"아니, 널 좋아하는 남자로서 당연히 궁금한 거야."

"오빠⋯⋯. 읍!"

그는 저도 모르게 제니를 안고는 입을 맞추었다. 이렇게 하려고 한 건 아닌데 저도 모르게 제니의 입술을 삼켜 버렸다. 그를 밀어내는 제니의 손길을 무시한 채 그는 제니의 입술을 빨아들이고 있었다.

"으으읍!"

그녀가 필사적으로 그를 밀어냈다.

짝!

그의 뺨이 얼얼했다.

"미안하다고는 하지 않을 거야. 이게 내 마음이니까."

"오빠⋯⋯."

"이제부터 난 오빠가 아닌 남자야. 너도 단단히 마음먹는 게 좋을 거야."

그는 제니를 그 자리에 두고는 나와 버렸다. 뺨이 욱신거리는
건지 마음이 욱신거리는 건지 알 수 없었다. 그렇게 자신의 자
리로 돌아온 그는 아무렇지 않은 듯이 체육대회를 치렀다. 아이
들은 체육대회보다는 밥차와 간식차에 마음을 빼앗겼지만 말이
다.

그는 제니도 아이들도 최 회장에게 다 빼앗긴 마음이 들었다.

사진을 쥐고 있는 연욱의 손이 가늘게 떨렸다. 그의 경호원 중
의 하나가 아이들이 체육대회를 치르는 사진이라며 그에게 전달
해 주었는데 그중에 제니가 원장과 키스하는 장면이 찍혀 있었
다.

그와 밤을 보낸 지 얼마 되지도 않아서 다른 놈과 키스를 하다
니 왠지 그는 이용당하는 것 같은 느낌이 들었다. 그의 돈 때문
에 제니가 접근한 것 같은 이상한 느낌이 들었다.

"돈인가?"

그런 생각이 들자 마음이 아팠다. 그때였다. 퇴근하자마자 받
은 선물치고는 좀 가혹한 것 같았다.

"식사 준비되었습니다."

그가 식당으로 가자 제니가 환하게 웃으며 그를 바라보았다.

이런 상황에서도 그는 제니의 미소에 떨리는 자신이 한심스러웠다. 절대로 믿을 여자가 아니었다. 그는 밥을 먹는 내내 그녀에게 눈길을 주지도 않았다.

그리고 식사를 마친 그는 자신의 방으로 가서 옷을 갈아입었다. 그리고 너무 답답한 마음에 샤워하고는 와인을 한잔했다. 그래도 답답해서 그는 정원으로 나가 담배를 피우고 있었다.

"회장님."

제니가 뒤에서 그를 불렀다. 그녀는 너무 화사한 미소를 지으며 그를 보고 있었다.

"밥차 정말 감사했단 말씀을 드리려고……."

"……."

그의 표정이 너무나 차가웠는지 제니가 말을 멈추었다.

"좋았다니 다행이야."

"……."

제니가 어쩔 줄을 몰라 하고 있었다. 이런 모습에 깜빡 속아 왔다니 속이 상했다.

"오늘 안 좋은 일 있으셨어요?"

"응."

"그러셨구나. 뭔지 몰라도……. 읍!"

그는 그녀를 뜨겁게 안고는 입술을 삼켰다. 이렇게 더러운 기분에서도 그녀의 입술은 너무나 달콤했다. 마치 따먹지 말아야 하는 선악과처럼 말이다. 그는 거칠게 그녀의 입술을 차지했다. 서로의 이빨이 부딪치며 피 맛이 느껴졌다.

"으으읍!"

사람들이 오가는 길이었다. 그는 그녀의 허리를 안은 채로 커다란 나무 뒤로 몸을 숨겼다. 정말 짜증이 나는 건 제니의 입술을 놓고 싶지 않다는 것이었다.

"연욱 씨, 왜……."

"원장의 키스가 좋아? 아니면 내 키스? 내가 키스를 좀 잘하기는 하지."

"그게……."

그녀도 그가 뭘 말하는지 아는 것 같았다.

"누가 친절하게 사진을 보내 줬더라고."

"오해예요."

"오해?"

그가 비웃었다.

"오해라고 쳐도 기분이 나빠."

"……."

그는 차갑게 말하고는 그녀를 그대로 세워 둔 채로 그대로 본관으로 들어와 버렸다. 기분이 너무 더러웠다. 제니의 상처

받은 표정을 보면 기분이 나아질 줄 알았는데 더 기분이 더러
워졌다.

　"젠장!"

7. 마음속의 그대

벌써 몇 번째 왔다 갔다를 반복하는지 몰랐다. 마음이 자꾸만
불안한 정연은 지금 방 안을 계속해서 서성이고 있었다. 아버지
의 첩보원인 경호원에게서 받은 사진을 본 정연은 자신에게 기
회가 왔다는 걸 알 수 있었다.

이런 기회는 과감하게 잡을 필요가 있었다. 어떻게 하면 연욱
의 마음이 그녀를 향할까? 매일같이 머리 터지게 생각했었다.

약속 시각이 10분이나 지났지만 약속한 남자는 오지 않고 있
었다.

"후……."

답답했다. 전화를 걸어야 하나 생각하는 순간 남자가 들어왔

다. 사진 속의 모습보다 잘생긴 사람이었다.

"복도 많지."

그녀는 정말 진심으로 제니가 부러웠다. 카페 안으로 들어온 남자는 정말 잘생긴 사람이었다. 연욱보다 부드럽게 생긴 남자였다.

"안녕하세요. 서지훈 씨?"

"네, 안녕하세요?"

"앉으세요."

그들은 자리에 앉았다.

"손님이 없네요."

"제가 통째로 빌렸어요."

"아……."

남자는 별다른 반응이 없었다. 이렇게 통 크게 하면 보통은 놀라기 마련인데 이상하게 남자는 그냥 그런 표정이었다.

"절 왜 부르셨는지……."

"부탁이 있어서요. 아니, 거래라고 해야 하나?"

"제가 거래를 할 형편은 아니라서요. 그것도 재벌과 거래는 별로 하고 싶지도 않고요."

남자의 단호함이 아주 마음에 들었다.

"말이라도 들어봐야 하는 거 아닌가요?"

"대충 짐작이 가는 곳이 있어서요. 요즘 제 주변에 재벌들이 속속 등장해서 아주 완벽히 거슬리거든요."

"그게 거슬리나요?"

재벌을 마다할 사람들은 없었다. 돈을 싫어하는 사람을 본 적은 단 한 번도 없었기 때문이었다.

"제니를 건드리지 말았으면 좋겠습니다."

"네?"

"그 아이는 당신보다 가진 것은 없지만 제가 아끼는 사람입니다."

"최 회장님의 잠깐의 흥미는 금방 지나갈 겁니다. 그동안 잠시 놔두는 것이 오히려 좋을 것 같습니다. 우리같이 고아 출신들은 강하게 자라서 자꾸 건드리면 오기가 생겨서 더 버티게 되거든요."

남자에게 정곡을 콕 찔린 기분이었다.

"서지훈 씨!"

"그게 이 자리에 나온 이유입니다."

"……사랑하는군요."

"제가 그런 것까지 말해야 합니까?"

"아니요."

그녀는 남자를 찬찬히 보았다. 보육원의 원장이었다. 어린 나이에 아이들을 책임지고 살아가는 사람이었다. 오늘 처음 본, 아무것도 가진 게 없는 남자가 이상하게 그녀의 마음을 건드리고 있었다.

"좀 이상하다고 생각할지 모르겠지만 당신에게 흥미가 생기네요."

"……."

그의 인상이 굳어졌다.

"우리 아버지 때문에 난 최 회장과 결혼을 해야 해요. 그가 미친 듯이 좋아서 선택한 일이 아니라고요."

"제가 알아야 합니까?"

하긴 그에게 이렇게 설명하는 자신도 웃겼다.

"차가운 사람이군요."

"전 제 사람들에게만 관심을 두죠."

"……."

갑자기 앞의 남자가 궁금해지기 시작했다. 잘생긴 얼굴에 한없이 부드러울 것만 같은 외모의 남자는 의외로 단호했다. 자기 것을 지킬 줄 아는 사람 같아 마음에 들었다.

"이 선생을 차지할 건가요?"

"아마도요."

"그럼 꼭 그렇게 하세요. 나도 최연욱을 차지하기 위해 노력할 테니까요."

그가 피식 웃더니 자리에서 일어났다.

"건투를 빌어요."

"당신도 성공하길 바랄게요."

그들은 그렇게 헤어졌지만, 그녀는 그를 다시 볼 거란 생각이
들었다.

어두운 실내조명도 그녀의 우울한 마음을 가리진 못하는 것
같았다. 잘 마시지도 못하는 소주를 지금 몇 잔째 마시는지 몰랐
다.

"그만 마셔."

수아가 그녀의 손에서 잔을 빼앗았다. 그녀의 부탁으로 수아
가 가평까지 왔다. 죽을 것 같다는 말에 한걸음에 달려온 수아가
정말 고마웠다. 내일 출근을 해야 해서 그녀는 새벽에 다시 서울
로 가야 했다. 그래서 술은 입도 대지 않았다.

"왜 그런지 빨리 말해."

제니는 술로 괴로움을 달래는 사람이 아니었다. 그런 제니가
이러고 있으니 수아가 더 속상한 것 같았다.

"아니야……."

"아니긴. 아닌 게 죽을 것 같다고 해?"

"그래야 네가 오니까."

"미친년……."

그들 사이에 금기시되는 말은 죽음이었다. 왜냐하면, 제니의 엄마도 수아의 엄마도 자살했기 때문이었다. 그래서 죽을 것 같다는 말도 잘 하지 않는 그들이었다.

"최 회장 때문이야?"

"……."

"그분은 왜 잊을 만하면 등장을 하시는지 모르겠다."

"그러게."

"왜 그러는데?"

"나랑 지훈 오빠의 관계를 오해하고 있어."

수아가 의아하다는 듯이 고개를 갸우뚱거렸다.

"너랑, 우리 오빠?"

"응."

"왜?"

"그런 일이 있다."

술을 한 잔 더 입에 털어 넣었다. 알딸딸한 것이 취기가 상당히 올라온 것 같았다.

"도대체 왜 그러는 건데? 오빠가 왜?"

"키스하는 게 사진에 찍혔어."

"누구랑? 오빠랑 너랑?"

지훈과 그녀가 키스했다는 이야기에 놀란 모양이었다.

"진짜야? 언제? 우리 오빠가 한 거야? 네가 한 거야?"

질문 폭탄이 쏟아지고 있었다.

"진짜야. 체육대회에서 했고 지훈 오빠가 갑자기 한 거야."

"우리 오빠 박력 있네."

이런 관계는 수아도 그녀도 싫었다. 하지만 수아는 그녀를 위해 애써 농담을 해 주었다. 그래서 더 수아에게 미안했다.

"팔은 안으로 굽는 거냐?"

"당근이지. 우리 오빠 너한테 관심 있어. 너도 우리 오빠 좋아했잖아."

"지금은 아니야. 난……."

"그래, 넌 최 회장이 좋지."

수아가 약간 떨떠름한 목소리로 말했다.

"넌 오늘 내 친구 자격으로 온 거니까 내 편을 들어 줘."

"……."

"서수아."

"알았어."

제니는 수아의 이런 면이 좋았다. 그녀는 늘 제니의 편이었다. 다만 이번은 온전히 그녀의 편만 들어 주기는 힘들 것 같았다.

"그래서 뭔데? 오빠를 설득해 달라는 거야? 아니면 최 회장을 설득하라는 거야?"

"둘 다 아니야."

"그럼?"

"내 얘기를 들어달라는 거야."

"복도 많지."

"뭐?"

"솔직하게 우리 오빠 정도면 완벽하지. 돈이 좀 없어서 그렇지. 성격 좋지, 비주얼 좋지. 안 그래?"

수아의 말에 반박할 수가 없었다.

"맞아."

솔직하게 지훈 오빠는 좋은 사람이었다.

"하지만 아무리 우리 오빠라도 최 회장은 좀 게임이 안 되기는 해. 다 갖춘 인간 아니냐."

"맞아."

"지랄. 다 맞다고 하면 어떻게?"

그녀는 술잔에 술을 부었다. 그리고 또 한 잔 마셨다.

"속상해."

"둘 중에 하나를 선택하지 못해서?"

"아니, 어차피 둘 다 선택할 순 없어. 다 나한테는 분에 넘치는 사람이니까."

진심으로 속상했다.

"그리고 더 속상한 건 이미 내 마음속에 들어와 버렸다는 거야. 나는 상대도 안 되는데 말이야."

최 회장은 이미 그녀의 마음속에 들어와 있었다.

"너……."

"그래, 나 그 사람 좋아해. 그런데 너무 높은 곳에 있어서 포기했어."

"제니야."

"그러니까 그냥 이렇게 술 마시고 잊을 거야."

"……."

그녀의 진심을 들은 수아는 아무 말도 못 하고 있었다.

"이제 가. 내일 출근해야 하잖아."

"그건 내가 알아서 할게."

그때였다. 그녀는 흐린 초점 사이로 연욱의 모습을 보았다.

"내가 취하기는 했나 봐."

"어?"

"최 회장님이 보여서……."

눈을 다시 한 번 크게 떠보았다. 그런데 그 자리에 최 회장님이 서 있었다.

"가자, 너무 취했나 봐."

"……."

그녀가 자리에서 비틀거리며 일어나자 누군가 그녀를 부축해 주었다.

"안녕하세요?"

수아가 인사를 했다.

"어? 정말이네."

혀는 완전히 꼬여 있는데 그가 그녀를 부축하고 있는 게 맞았다.

"와……."

그가 수아를 보내는 것 같았다. 자신이 집까지 데려다준다는 말을 했다. 그가 직접 운전하는 차에 탄 그녀는 머리가 무거웠다.

"왜 왔지?"

"……."

"싫다면서? 키스는 내가 한 거 아닌데……."

"……."

술김에 제니는 속에 있는 말을 막 쏟아냈다. 그가 듣든지 말든지 그녀는 계속해서 말을 이어갔다.

"오빠는 좋은 사람인데……. 남자는 아니고……."

저도 모르게 헛소리를 하고 있었다.

"회장님은 나쁜 사람인데……. 남자고……."

그는 확실히 그녀에겐 남자였다.

"남자는 아니라고……. 바보……."

"취했어."

그의 목소리가 차가웠다.

"취하라고 먹지."

"이제니!"

"난 이제니, 너는 최연욱……. 히힛!"

취한 김에 하고 싶은 말을 다 하고 있었다. 이때 아니면 할 수
도 없었다. 어차피 내일이면 이불을 차면서 후회할 일인데 하나
더 추가한다고 달라질 건 없었다.

"그만해."

그가 길가에 차를 세웠다. 차를 세우자 제니는 차에서 내리려
고 했다.

"내릴게요……. 안녕히 가세요."

"후……. 이제니, 그만 좀 해."

"네……."

"참는 데도 한계가 있어."

"누가 오라고 했어요? 왜 와서 난리지?"

그가 그녀의 얼굴을 양손으로 잡아 자기를 보게 했다.

"호호호……."

갑자기 웃음이 났다.

"예쁘죠? 예쁜데 왜 날 안 믿지?"

"예뻐. 그래서 더 못 믿겠어."

"지랄 맞은 세상! 읍!"

그다음 말은 그의 입속으로 사라져 버렸다. 그가 뜨겁게 그녀의 입술을 차지했다. 혀가 얼얼할 정도로 그는 제니에게 키스했다.

"으으읍!"

그러더니 갑자기 입술을 떼고는 운전을 하기 시작했다.

"바보예요."

"……."

"우리 인제 그만해요. 더했다가는 서로에게 상처만 줄 것 같아요."

"입 다물어."

"싫어요. 나도 괴롭지만 정말 우리는 아니에요. 난 엄마하고 달라요. 미래가 없는 짓은 절대로 안 할 거예요."

"……."

그녀는 절대로 엄마처럼 살지 않을 것이다.

그는 그녀를 숙소까지 데려다주고는 사라졌다. 그가 이럴수록 그녀는 흔들릴 수밖에 없었다. 괴로웠다.

수아는 한숨을 쉬며 집으로 향했다. 제니를 생각하니 마음이 좋지 않았다. 그래도 생각보다 보육원에 도착한 시간은 늦지 않았다. 새벽 한 시에 도착한 그녀는 조용히 그녀의 방으로 들어갔다.

그녀는 오빠와 함께 보육원에서 생활했다. 이게 아이들을 위해서 좋았다. 오빠에게 걸리면 제니를 만나고 온 이야기를 해야 할 것 같아서 그녀는 최대한 몸을 낮춰 방으로 들어갔다.

"고양이!"

"깜짝이야!"

태섭이 주방에서 물을 마시고 있었다.

"오빠, 깜짝 놀랐잖아. 우리 오빠는?"

"완전 취해서 자."

"오늘 다들 왜 이러는 거야?"

"뭐가?"

"아니야, 오빠도 자."

그녀가 방으로 들어가려 하자 태섭이 그녀의 손을 잡았다.

"이건 또 뭐 하는 짓이지?"

갑작스럽게 태섭이 그녀의 손을 잡자 저도 모르게 그에게서 손을 빼려 했다. 물론 태섭의 힘은 당하지 못해 여전히 잡혀 있지만.

"이거 놔."

"싫어."

"오늘 왜 이래?"

다들 이상한 날이었다.

"나랑 술 한잔하자. 지훈이 여기 데리고 오느라고 난 한 잔도 못 마셨어."

"집에 술도 없고 안주도 없어."

"내가 사 왔지."

오늘은 아무래도 잠자기는 그른 것 같았다.

"그래, 같이 죽자."

"넌 먹지 마."

"왜?"

"지훈이도 저런데 너까지 그러면 애들은 누가 챙겨?"

그녀는 포기하고 소파에 앉았다. 그러자 그가 어묵과 소주를 가져 왔다.

"내일은 출근 안 해?"

"해. 조금만 마실게."

그녀는 포기하고 소파에 머리를 기댔다.

"고민 있어?"

"오빠는 너무 차이 나는 사람 좋아해 봤어?"

"나? 아니."

"나는 너무 차이 나면 의욕 상실이거든. 도전 의식이 없어지는데 다들 안 그런 것 같아. 예를 들어 오빠는 나랑 너무 차이가 나잖아. 그래서 난 생각조차 안 한 거거든."

그녀는 솔직하게 변호사인 태섭을 포기한 지 오래였다. 좋아하는 것과 사귀는 건 다른 문제니까. 부담스러운 사람은 솔직하게 싫었다.

"너, 나 좋아했잖아."

"좋아하는 건 자유잖아. 그리고 예전에 포기했어."

그가 이상한 표정으로 수아를 보고 있었다.

"왜? 몰랐어? 안다며? 아니면 내가 좋아해서 기분 나쁜 거야?"

"아니야."

"그런데 그 표정은 대체 뭐지?"

그녀가 입술을 쭉 내밀었다.

"그런 거 하지 마."

"뭘 또 하지 말래? 오빠, 나 잡아 놓고 술이나 마시지 마. 싱숭

생숭하니까."

"왜?"

"포기는 했지만 좋아하기는 하니까. 어장 관리하는 거야?"

수아는 어장 관리당하는 것 같아서 기분이 좋지 않았다.

"아니, 그런 거 할 줄 몰라."

그가 술잔을 비웠다.

"지훈 오빠 많이 안 좋아?"

"지훈이 얘기는 지금 하지 말자."

"왜? 그럼 무슨 얘기해?"

"너와 내 얘기."

"오빠, 취했어?"

"아니, 그 어느 때보다 멀쩡해."

"그런데 왜 그래? 무섭게……."

갑자기 안 하던 행동을 하니까 이상했다.

"나 너한테 관심 있어."

"오빠……."

"진심이야."

"……."

그가 느끼한 목소리로 말하자 수아는 그에게서 조금 떨어져
앉았다.

"약했어?"

"뭐?"

"멀쩡한 정신에 그런 소리를 할 리가 없어."

"서수아!"

"난 약하지 않은 오태섭을 좋아하지 약하고 이상한 소리를 하는 오태섭은 싫어."

"야, 좋아한다고 고백하는 남자한테 그게 할 소리야?"

무슨 소리를 하는 건지 순간 멍한 수아였다. 오늘 많은 일이 있었고 저녁엔 가평까지 다녀오긴 했지만 지금 오태섭이 하는 소리보다 충격적이진 않았다.

"내가 널 좋아한다고 바보야."

"……물 줄까?"

아직 정확하게 사태파악이 안 된 그녀였다. 그녀가 일어나려 하자 그가 팔을 잡아서 앉혔다.

"왜?"

"너 진짜 바보야?"

"알아듣게 말해."

"나 너 좋아해. 그리고 지금은 키스하고 싶어."

"……."

그가 양손으로 수아의 얼굴을 잡았다. 그리고는 그녀의 입술에 조심스럽게 자신의 입술을 댔다. 너무 부드러운 키스라 간질 간질한 느낌이었다.

"오빠……."

"쉿!"

그는 또다시 입술을 삼켰다. 하지만 처음의 키스와는 다른 키스였다. 그의 혀가 그녀의 입안으로 들어와서 그녀의 영혼까지 휘젓고 있었다. 언제 지훈 오빠가 나올지 모르는 상황이 묘하게 자극적이었다.

그가 그녀의 입술을 놓고는 얼굴을 어루만졌다.

"오늘 왜 그래? 정말이야?"

"그래."

"난…… 잘 이해가 안 가."

"사실, 오래전부터 네가 좋았어. 그런데 사법고시도 봐야 했고 자리도 잡아야 해서 정신이 없었지."

"……지금은?"

"이제 전부 안정이 됐으니까. 너에게 편하게 말할 수 있어."

"무슨 결혼을 하자는 것도 아니고 안정까지……."

설마, 지금 이 사람이 뭐라고 하는 건지 갑자기 정신이 확 드는 수아였다.

"설마……."

"맞아, 결혼을 전제로 만나고 싶어. 다 준비됐으니까 넌 신경 쓸 거 없어."

"……오빠 부모님이 나 같은 고아를 좋아하시겠어?"

"너 좋아하셔."

"예뻐하시는 것하고 달라."

"내가 싫은 게 아니라서 다행인데?"

장난할 기분은 아니었다. 어떻게 이렇게 진지한 얘기를 하면서 농담을 하는 건지 알 수 없었다.

"나도 최대한 진지하게 말하고 있는 거야."

"오빠…… 읍!"

그가 다시금 그녀의 입술을 훔쳤다. 하지만 지금은 놀랍게도 키스만 하는 게 아니었다. 그의 손이 그녀의 가슴을 만지고 있었다. 지금 태섭이 아무도 만진 적이 없는 그녀의 가슴을 만졌다.

"하아……."

미칠 것 같은 느낌이었다. 그가 갑자기 그녀의 손을 잡았다. 그리고는 그녀의 방으로 들어갔다. 방에 들어서자마자 그는 수아의 윗옷을 머리 위로 벗겨냈다.

"오빠……. 난……."

"소중히 대할게."

그는 이렇게 말하며 그녀의 옷을 모두 벗겼다. 그리고는 그녀의 침대에 같이 누웠다. 수아는 정신을 차릴 수가 없었다. 그는 자신의 옷은 벗지 않고 수아의 몸에 키스를 퍼붓고 있었다.

"수아야……."

"으읍!"

수아는 손으로 입을 가렸다. 혹시나 오빠가 깰까 봐서였다. 그는 그런 수아를 보고는 매력적인 미소를 지었다.

"다른 데 가서 그렇게 웃지 마."

"알았어."

그가 몸을 일으키더니 옷을 벗었다. 오빠의 몸이 이렇게 좋을 줄 몰랐었다.

"오늘을 위해 운동을 좀 했지."

"난 아닌데……."

"아니야, 넌 너무 섹시해."

그녀의 몸을 보며 그가 말했다.

"이제 더는 힘들어."

뭐가 힘들다는 건지 알아차리기도 전에 그가 그녀의 다리를 벌렸다. 그리고는 곧바로 자신의 남성을 그녀 안으로 밀어 넣었다.

"읍!"

그리고 그녀의 비명을 자신의 입으로 막았다. 그리고 거칠게 허리를 흔들었다. 수아는 죽을 것 같았지만 그의 입술에 막혀서 소리조차 지를 수 없었다. 그렇게 수아는 태섭과 뜨거운 밤을 보냈다.

이렇게 될 거라고는 생각지도 못했는데 기분이 아주 묘했다. 새벽까지 그는 수아를 안고 자다가 집으로 갔다. 아무래도 지훈 오빠와 얼굴을 마주하는 건 아니라고 생각한 모양이었다. 실망했지만 그는 아침에 그녀에게 전화했다.

그리고 주말엔 그의 집에서 함께 보내자고 했다. 그렇게 그들의 아주 뜨거운 관계가 시작되었다.

제니는 정신없이 하루하루를 보냈다. 그래야 아픈 마음을 달랠 수 있을 것 같았다. 매일같이 지훈에게 문자가 왔지만, 제니는 답하지 않았다. 단호하게 해야 할 것 같았기 때문이었다.

"선생님?"

"어?"

"이렇게 하면 되는 건가요?"

"그래."

오늘은 찰흙으로 만들기를 하는 시간을 가졌다. 규원은 그릇을 만들고 있었고 나리는 토끼를 만들었다.

"선생님은 뭘 만드세요?"

"사람."

그녀는 저도 모르게 연욱의 얼굴을 만들고 있었다. 물론 잘 만든 건 아니지만 말이다. 연욱은 며칠째 집에 들어오지 않았다. 그녀가 술을 마시고 난리를 친 다음 날부터 그는 해외 출장이었다.

그녀가 술을 마시고 있는 장소를 어떻게 알았는지는 나중에 알게 되었다. 그녀가 데리러 오라고 그의 핸드폰에 문자를 보냈던 것이었다.

"미친……."

"네?"

"어, 아니야."

요즘 그 생각만 하면 자다가도 벌떡 일어났다. 부끄러웠다.

"아빠 얼굴 같아요."

"어?"

규원이 갑자기 그녀의 찰흙을 보고 말하는 바람에 그녀는 찰흙을 다시 뭉쳐 버렸다.

"왜요? 잘 만드셨는데……."

규원이 아쉽다는 듯 말했다.

"그냥 연습한 거야."

"나중에 제 얼굴도 만들어 주세요."

"알았어."

그녀는 이렇게 말을 하긴 했지만, 자신이 연욱을 그리워한다는 걸 알았다. 그가 언제 올지 그녀는 자꾸만 달력을 보게 되었다.

수업이 끝이 나고 그녀는 편백나무의 정자 안에 잠시 앉아 있었다. 그녀는 마음이 흔들렸다. 어머니와 같은 삶을 살기 싫었지만, 엄마가 얼마나 아빠를 사랑했는지 알 것 같았다. 모든 걸 포기할 만큼 아빠를 사랑한 것이었다.

그녀도 엄마가 아빠를 사랑한 것처럼 그를 사랑하고 있다는 걸 깨달았다.

"후……. 안 돼."

이러면 안 되는 것이었다. 그가 황정연과 결혼을 하더라도 그의 곁을 떠나지 못할 것 같았다.

"안 돼……."

그녀는 자신의 머리를 양손으로 감싸고는 무릎 사이에 끼웠다.

"정말 싫다고……."

진심이었다.

최첨단 장비를 한꺼번에 보는 기분이었다. 그의 사무실보다 더 현대적인 곳이었다. 예순이 넘은 황 회장이 쓰는 곳이라니 스스로 반성이 되었다. 그보다 나이가 많은 사람보다 뒤처진 기분이었다.

"이렇게 첨단 장비를 다루시다니 놀랍습니다."

"커피?"

"네."

"커피 부탁해."

그가 허공에 대고 말하자 커피를 든 비서가 들어왔다.

"하하하, 재미있군요."

"몸이 자유롭지 못하니 내가 편한 방향으로 자꾸 바꿔 나가는 중이야."

황 회장은 다리가 불편하긴 했지만, 생각이 유연한 사람이었다. 자기 딸을 그에게 시집보내려 하는 걸 제외한다면 아주 훌륭한 사람이었다.

"오늘 부르신 이유가……."

"성격이 급하구먼."

"그랬나요?"

"커피 마시고 천천히 있다가 가."

"네."

그에게 시간은 1시간뿐이었다. 1시간 후에는 비행기를 타야 했다. 집에 안 들어간 지 며칠째였지만, 사실 프랑스 출장은 내 일부터였다.

"우리 정연이와는 어떻게 돼 가나?"

"그게……."

"진전이 없어?"

"네."

"우리 딸아이가 문제인가?"

"아닙니다."

그는 차분하게 답했다. 그렇다고 아니라고 말하기엔 상황이 좋지 않았다.

"나도 사랑하는 여자가 있었네. 하지만 결혼은 다른 여자와 했지. 그건 실리를 위해서 결정한 일이었어."

"그래서 행복하셨습니까?"

"오너에겐 개인적인 희생이 따르지. 행복은 사치일 뿐이야."

그건 그의 말이 맞았다. 인생을 그보다 더 많이 산 사람이었다.

"우리에겐 합병이라는 중대한 이유가 있네."

"압니다."

"그럼, 이제 니를 멀리해야 하지 않겠나?"

황 회장이 알고 있을 거라는 생각은 했었다.

"혈연으로 맺어진 관계처럼 확실한 관계는 없지."

"……."

그는 과연 그럴까? 라는 생각이 들긴 했다.

"내가 이런 말은 안 하려고 했지만, 전처까지 같이 사는 곳에 우리 정연이를 시집보내야 하는 내 마음을 생각해 주게."

"지금 협박하시는 겁니까?"

"아니, 난 사실을 말하는 것뿐이야. 어떤 아버지가 딸을 그런 곳에 시집을 보내고 싶겠나?"

황 회장이 강력한 패를 꺼내 들었다.

"어떻게 아셨냐고 한다면 제가 어리석은 일이겠지요. 사연도 아십니까?"

"대충."

황 회장이 그를 부른 건 정연과 그를 결혼시키고 말겠다는 의지를 보여 주기 위함이었다.

"아이들에 대해서도 알고 계십니까?"

어디까지 알고 있는지 궁금했다.

"입양했다는 것도 알지."

"이 정도면 거의 국정원 수준이십니다."

농담처럼 말했지만 이쯤 되면 대단한 협박이었다. 전처에 관한 이야기도 아이들에 관한 이야기도 사업을 하는 그에게 불리하게 작용될 수 있는 이야기들이었다.

"어떻게 할 건가?"

"……정연이와 결혼하겠습니다."

답은 이미 정해져 있었다.

"고맙네. 그럼 우리 동화그룹은 합병 절차를 준비하겠네."

"네."

그는 더는 아무런 말을 하지 않았다. 그래 봐야 그만 손해였다. 이제는 정말 벼랑 끝에 몰린 상황이었다.

8. 방해

7월인데도 너무 더웠다. 운동장에서 아이들과 한참을 축구를 하고 있는데 누군가 그를 응원하고 있었다. 뭔가 싶어서 뒤를 돌아보다가 축구공으로 뒤통수를 맞았다.

"아! 누구야?"

아이들이 키득거리고, 난리였다.

"너희들끼리 하고 있어."

그는 보육원의 분위기와는 너무나 다른 세상의 의상을 입은 정연에게로 향했다. 프릴이 달린 블라우스와 초미니스커트가 아주 인상적이었지만 이곳과는 확실히 맞지 않았다.

"여기서 뭐 합니까?"

"그냥 왔어요."

정연은 당당하게 밀했다. 이렇게 그를 찾아올 정도로 둘은 친한 사이가 아니었다.

"왜요?"

"보육원에 왜 왔겠어요? 후원하려고 왔지."

그녀가 이제까지 한 말 중에 가장 마음에 드는 말이었다. 후원은 언제든 환영이었다. 아이들을 위한 거라면 그는 뭐든 좋았다.

"후원은 언제든지 환영입니다."

그는 이렇게 말을 하고는 그녀와 함께 사무실로 들어갔다.

"아이들의 표정이 아주 좋더군요. 좋은 원장 선생님인가 봐요."

"전 저 아이들의 부모입니다."

"아……."

그는 한 번도 자신을 원장이라고 생각한 적은 없었다. 그는 저 아이들의 아빠였다.

"얼마나 후원을 해 줄 겁니까?"

후원을 받으면서 후원자에게 이렇게 무례하게 물은 적은 한 번도 없었지만, 이상하게 정연에게는 이렇게 되었다.

"원래 그렇게 돈을 밝혀요?"

"보육원 원장 일을 오래 하면 그렇게 됩니다. 돈이 많이 들어가는 곳이니까."

"여기요."

그녀가 흰색 봉투를 내밀었다. 그는 봉투를 받아 책상 위에 그대로 두고는 커피를 탔다.

"봉투의 액수는 안 봐요?"

"보통 넣는 액수겠죠."

그녀가 몇 푼 안 되는 돈을 후원하면서 그를 무시하는 것같이 그러는 게 싫었다. 이상하게 그녀에게는 이기고 싶었다. 무슨 조홧속이었는지 알 수 없었다.

"열어 보면 나한테 커피만 안 줄 텐데?"

"그럼 저 액수를 알면 제가 뭘 줄 것 같죠?"

"영혼?"

그녀는 자신 있게 얘기했고 그는 믹스 커피를 그녀 앞에 내밀었다.

"나 이 커피 좋아해요."

그녀가 그렇게 말하며 자꾸 봉투를 보라고 눈짓을 했다. 천만 원 정도 넣은 것 같았다. 천만 원에 영혼이라니. 그의 통을 어떻게 보고하는 말인지 웃기지도 않았다. 봉투를 열어 본 그는 놀란 얼굴을 숨기지 않았다.

"영혼?"

"콜!"

일억 원이었다. 확실히 재벌이라서 기부하는 것도 남달랐다.

"거봐요. 내가 영혼 정도는 줄 거라고 했죠."

"내 영혼이 많이 탐났나 봐요."

그가 미소를 숨기지 않고 말했다.

"솔직하게 다른 게 더 탐나요."

"뭐가 탐이 나죠?"

그녀가 커피를 단숨에 마시더니 그를 물끄러미 보았다.

"나랑 잘래요?"

"······."

이 여자가 제정신으로 하는 말인지 지훈은 깜짝 놀란 눈으로 정연을 보았다.

"나 결혼해요. 최 회장이랑······."

"그런데 왜?"

그녀가 피식 웃었다. 지금 농담을 아주 진하게 하는 것 같았다. 지훈은 이런 농담을 받아들일 기분이 아니었다. 그를 묘하게 자극하는 정연이 싫지만은 않았는데 최 회장과 결혼을 하는 여자가 그와 잠자리를 하자고 하니 기가 막혔다.

"나 처녀예요. 그런데 그 자식한테 내 처음을 주고 싶진 않아요."

"……."

"어차피 당신이 좋아하는 그 여자는 벌써 그랑 잤어요."

이 여자가 지금 그의 염장을 지르는 소리를 아주 자연스럽게 하고 있었다.

"뭐라고 해야 할지 모르겠네요."

"그냥 하면 되는 거예요."

정신 나간 소리를 정연은 참 진지하게 했다. 진심인 것 같았다.

"……오늘?"

"내일 하려면 포기할 것 같아요."

"대낮에?"

"싫으면 말고."

그녀가 그에게 봉투를 내놓으라는 듯이 손을 내밀었다. 봉투를 건네는 대신 그녀의 손을 잡기는 했지만 그는 정연에게 더 호기심이 느껴졌다.

"내가 안 한다고 했습니까?"

"어서 준비해요. 아니, 그대로 가요."

"땀범벅인데?"

"가서 씻어요."

"어디로 갑니까?"

당황한 건 그뿐인 것 같았다. 그는 그녀와 함께 보육원을 나왔다. 물론 돈은 금고에 잘 넣어 둔 채로 말이다.

그녀의 차는 최신 벤틀리였다. 그는 불편한 마음으로 차에 앉았다.

"땀 때문에……."

"괜찮아요."

그녀는 시크했고 예뻤다. 솔직하게 그도 끌리는 건 사실이었다. 그는 제니를 좋아했다. 그런데 정말 이상하게 몇 번 보지도 않은 정연에게 끌렸다. 끌리지 않았다면 이렇게 쫓아 나오지도 않았을 것이다.

자신도 이해가 안 갔지만 지금 그는 정연에게 강한 끌림을 느꼈다.

"왜 나입니까?"

궁금했다. 왜 아무것도 없는 그인지 말이다. 그녀 정도의 재력에 그 아름다움이면 발에 차이는 게 멋진 남자들일 텐데.

"처음 봤을 때부터 자고 싶었으니까."

"사람을 당황하게 하는 게 취미입니까?"

"아니요, 난 사실을 말했을 뿐이에요."

그는 깜짝 놀랐지만 아무런 말도 하지 않았다. 기분이 아주 묘했다. 지훈은 지금 첫눈에 반한 여자와 섹스를 하러 가고 있었다. 그리고 그녀는 처녀라고 했다. 그도 처녀는 처음이었다.

"나도…… 당신 처음 봤을 때 같은 생각을 했습니다. 다만 미친 생각이라고 지워 버리긴 했지만."

"내가 섹시한 가요?"

"아주 많이……."

"그런데 왜 최 회장은 내가 그렇게 꼬리를 쳐도 안 넘어갔을까요?"

"이해가 안 가네요."

그는 솔직하게 말했다. 그녀는 너무나 매력이 있었다. 그가 본 여자 중에 가장 예뻤고 귀티가 흘렀다. 그렇게 그는 납치가 되듯이 그녀의 별장으로 향했다.

프랑스 출장을 다녀온 그는 무거운 마음으로 집으로 향했다. 집에 도착한 시간은 모두가 잠든 시간이었다. 그는 짐을 던져 놓고는 샤워를 했다. 내일은 주말이었다. 그는 젖은 머리를 털며 와인을 한잔 마셨다.

"제니……."

제니는 그에게 정부가 되지 않겠다고 분명하게 말했다. 그런 제니의 마음을 알기에 그는 제니를 놓아줄 수밖에 없었다. 그는 와인을 마시고는 처음으로 소정을 만나기 위해 작은 집으로 향했다.

이렇게 오려고 생각은 했지만 솔직하게 발걸음이 이리로 향하지 않았다. 그리고 소정과는 아주 가끔 만날 일이 있을 때는 그녀의 발작이 가장 심할 때로 약물을 투여할 때 의사가 그를 불렀기 때문이었다.

발작으로 눈이 뒤집히고 몸이 뒤틀리는 소정을 보는 건 그로서도 거부감이 들었다. 솔직히 꿈에 나올까 무서운 장면이었다.

정연이 집에 들어오면 그녀를 병원으로 보낸다고 약속했기 때문이었다. 그게 합병의 조건에 속할 줄은 몰랐었다. 그는 자신의 방에 있는 스페어 키로 문을 열고 안으로 들어갔다.

이 집의 설계는 그가 했다. 다른 사람의 눈에 띄지 않게 창문을 없앴지만, 위에 유리로 된 개폐형 창을 두어 하늘을 볼 수 있게 해 주었다. 그가 안으로 들어가자 별이 하늘에서 쏟아지고 있었다.

그가 보는 하늘이나 소정이 보는 하늘이나 같았다.

"소정아……."

소정은 침대 위에 쭈그리고 앉아 있었다.

"오빠……."

흰색 환자복을 입은 소정은 뼈밖에 없어 보였다.

"오빠다……. 밥 줘."

겉모습만 보면 얼마 살지 못할 것 같았다. 그래도 생각보다 내부는 청결했다. 말자 씨가 잘하고 있는 것 같았다.

"배고파?"

"응, 오빠 여기는 위험해."

"왜?"

"귀신들이 날 죽이려고 해. 그리고 하늘에서 매일 외계인들이 와서 날 데려가려고도 해."

지금은 안정제를 많이 맞아서 공격성을 보이진 않았다. 공격적으로 되고 싶어도 몸이 말을 안 듣는 것이었다.

"오빠가 막아 줄게."

"아니, 내가 오빠 옆에 있는 귀신을 불태운 거야."

그날의 일을 말하고 있는 것이었다.

"소정아, 내가 널 지키는 거지. 네가 날 지키는 거 아니야. 알겠지?"

"……."

불신의 눈빛이었다.

"여기가 싫으면 다른 곳으로 갈까?"

"아니."

"왜, 싫은데? 밥 많이 주는 데가 좋잖아."

"아니야."

소정은 완강했다. 뭔가를 아는 분위기였다.

"난 여기가 좋아."

그는 마음이 아팠다. 처음엔 이렇게 심하진 않았다. 1년 동안은 병원을 오가며 지냈지만 다른 사람들을 공격하기 시작하면서이 집에 가두게 되었다. 김 집사님을 때려서 전치 3주의 상처를입히기도 했다.

그때 김 집사님을 물어뜯은 상처는 지금까지도 있었다.

"나는 네가 죽을 때까지는 끝까지 책임질 거야. 어쨌든 너 때문에 내가 이 자리까지 온 거니까. 고마워."

이 말은 꼭 해 주고 싶었다. 그녀는 힘없이 앉아 있었다.

"자."

"언제 올 거야?"

"빨리 올게."

그가 들어오면 못 알아보고 달려들 줄 알았다. 하지만 아니었다. 그래서 속이 상했다. 그는 작은 집에서 나와 제니의 숙소를멍하게 보고 있었다. 마음이 좋지 않았다. 그녀가 원하는 답을못 주는 게 마음 아팠다.

황 회장은 마음이 바빴다. 정연이 최 회장과 결혼을 하기 전에방해가 되는 요소들을 최 회장 집에서 내쫓을 생각이었다. 첫 번째로 전처였고 두 번째로는 지금의 애인인 제니라는 여자였다. 그리고 마지막으로 아이들을 외국으로 유학을 보낼 계획이었다.

아니면 제니라는 여자와 아이들을 묶어서 해외로 보내도 좋을 것 같았다. 어떻게 해서든지 이번 결혼을 시켜야 했다.

이럴 때 아현이 있었으면 얼마나 좋았겠냐는 생각이 들었다. 어릴 때도 똑똑한 아현이었다. 정연이와는 많이 달았다. 유달리 똑똑하고 예쁜 아이였다.

그때 장인어른이 그런 일을 벌이지 않았다면 지금도 연지와 아현이 그의 곁에 있었을 것이다. 장인어른은 그보다 훨씬 영악한 노인이었다.

"회장님……."

"말해."

그의 비서가 급한 목소리를 하며 사무실로 들어왔다. 머리가 복잡한데 비서까지 어수선하니 정신이 없었다.

"왜?"

"아현 양이 자란 보육원을 확인했습니다."

그는 아현이란 이름보다 보육원이 먼저 들렸다.

"보육원?"

"네, 작은 사모님과 아현 양은 보육원에서 함께 생활하셨다고 합니다."

왜 하필 보육원을 선택한 건지 의아했다.

"연지는?"

"그게……."

"어서 말해."

"작은 사모님은 오래전에 세상을 떠나셨다고 합니다."

연지가 죽다니 믿어지지 않았다.

"뭐? 어떻게?"

"힘든 생활을 못 견디시다가 자살을 하셨다고……."

너무나 충격적이었다. 증발하듯이 사라졌지만, 반드시 찾아내리란 마음이었다. 그렇게 겨우 찾았는데 한발 늦은 것이었다. 너무 안타까웠다. 미안한 마음을 보상해 주고 싶었는데 이제 그럴 수도 없었다.

"아현이는……."

"지금 소재를 찾는 중입니다."

"찾았다며?"

"이분이십니다."

아현이는 그가 바라는 대로 아주 예쁘게 자라 있었다. 그는 너무나 기뻤다. 이렇게라도 아현을 보다니. 조금 더 일찍 찾지 못한 게 마음에 걸렸다. 그동안은 흥신소에 맡기고 그는 관여하지 않았었다.

진작 이렇게 했었어야 했다. 그랬다면 조금이라도 더 일찍 연지와 아현을 찾았을지도 몰랐다. 그는 기쁜 마음과 함께 미안한 마음이 동시에 들었다.

"지금은 아이들을 가르치고 계십니다. 정확한 주소는 이른 시일 내에 찾을 수 있을 겁니다. 보육원은 어릴 때 지내던 곳이고 성인이 돼서는 나왔기 때문에 주소지를 확인하는 데 약간의 시간이 걸릴 것 같습니다."

"알았어. 고생했어."

"감사합니다."

드디어 아현을 찾았지만, 그는 죽은 연지를 생각하지 않을 수가 없었다. 다 그의 잘못이었다. 그냥 결혼할 때 연지를 놔주었어야 했다.

"연지야, 미안하다……."

그는 잠시 정연의 일을 머릿속에서 지우고 슬프게 울었다. 나이가 든 모양이었다. 이렇게 슬프다고 마음 놓고 우는 걸 보면 말이다. 연지와 아현을 생각하며 그는 울고 또 울었다.

"아현아, 반드시 널 찾아서 그동안의 일들을 보상해 줄게."

그는 이렇게 말하며 눈물을 닦아 냈다. 그가 이렇게 지독하게 산 건 다 연지와 아현을 찾아서 그의 품으로 데려오기 위함이었다. 돈이 있어야 힘이 있는 것이니까.

제니는 토요일에 아이들을 데리고 모처럼 집에서 가까운 냇가에 소풍을 왔다. 물론 그녀 뒤로 경호원이 붙어 있었지만, 그녀와 아이들은 즐거운 한때를 보내고 있었다. 이건 그녀의 이별 선물이었다.

"선생님 들어오세요. 물고기가 많아요."

"그래."

그녀는 반바지를 조금 더 위로 걷어 올렸다. 그리고는 무릎 정도 깊이의 냇가로 들어갔다.

"재미있어?"

"네."

"이거 다 잡아갈 거예요!"

규원이와 나리는 물고기 잡기에 초집중이었다.

그녀는 어제 김 집사에게 사직서를 제출했다. 유모가 돌아왔으니 이번 주까지만 하기로 했다. 정연과 최 회장이 결혼한다는 소식을 듣고 나서부터 이미 생각한 일이었다.

같은 공간에 있을 수는 없었다. 거기다가 그는 전처까지 정신병원으로 보낸 상황이었다. 이렇게 빨리 주변을 정리하고 있는 그였다. 그에게 정리되기 전에 그녀가 먼저 움직이는 것이었다.

"잡았다!"

"어디?"

규원이 작은 물고기 한 마리를 잡아 자랑스럽게 흔들었다. 제니는 규원의 옆으로 가서 칭찬을 해 주었다. 아이들과 오전 내내 고기를 잡고 오후에는 가평 시내에 오락실에 갔다. 총도 쏘게 해 주고 두더지도 잡게 해 주고 공도 던지게 해 주었다.

이런 놀이는 처음인 아이들은 너무나 좋아했다. 돈이 많아서 풍족한 아이들이었지만 이런 놀이는 한 번도 해 본 적이 없는 아이들이었다.

"너무 재밌어요."

"너희들이 좋으면 됐어."

그녀는 신나게 아이들을 데리고 놀다가 저녁때쯤 돼서 집으로 들어갔다. 유모가 와서 그녀는 이제 더는 저녁 식사 자리에 끼지 않아도 되었다. 집에 들어온 그녀는 너무 피곤해서 그대로 잠이 들었다.

일요일은 아이들을 데리고 근처로 피크닉 겸 그림을 그리러 나갔다. 아름다운 풍경을 보면서 크레파스로 그림을 그렸다. 점심은 그녀가 준비한 김밥을 먹었다. 이제야 겨우 야외수업에 익숙해진 아이들인데 걱정이 되긴 했다.

이렇게 그녀는 아이들과 작은 작별을 했다.

그는 텅 빈 숙소를 멍하게 바라보고 있었다. 제니가 떠났다.

"어떻게 된 일입니까?"

"사직서를 제출했습니다."

"저한테는 말씀하셔야 하는 거 아닙니까?"

제니를 반대하던 김 집사를 그가 무섭게 쳐다보았다.

"회장님께서는 결혼 준비 중이십니다."

"집사님!"

그는 처음으로 김 집사에게 소리를 버럭 질렀다. 그리고는 집을 빠져나왔다. 그녀가 있을 곳을 알았다. 보육원이었다. 그는 차를 정신없이 몰아 보육원으로 향했다.

"제발⋯⋯."

아직 그는 마음의 준비가 되지 않았다. 아이들도 오늘 온종일 선생님을 찾고 난리였다고 했다. 이대로 보낼 수는 없었다.

그가 보육원에 도착한 시간은 8시쯤이었다.

"여기가 행복 보육원이야?"

중학생으로 보이는 아이가 고개를 끄덕였다. 그의 벤츠를 힐끔거리고 보는 게 차에 대해 아는 것 같았다.

"원장실이 어디지?"

"저기요."

그는 아이가 가르쳐 준 곳으로 향했다.

벌컥!

문을 열고 들어가자 제니의 친구인 수아가 앉아서 그를 놀란 눈으로 보고 있었다.

"어쩐 일이시죠?"

아무렇지 않은 표정인 걸 보니 제니가 사라진 걸 모르는 모양이었다.

"제니 어디 있습니까?"

"제니요?"

마치 처음 듣는 것처럼 놀란 얼굴로 그를 쳐다보았다. 그의 예상이 맞았다. 제니는 아무에게도 말하지 않고 홀로 사라진 것이었다.

"여기 없어요?"

"네, 제니는 여기 있어야 하는 게 아니라 회장님 집에 있어야죠."

그건 수아의 말이 맞았다. 상황을 보니 정말 제니의 행방을 모른 것 같았다.

"연락은요?"

"없었어요."

"정말입니까?"

"무슨 소린지 제가 알고 싶네요. 왜 제니를 여기서 찾으시는지……."

정말 모르는 눈치였다.

"연락이 오면 저에게 말씀해 주세요. 갈 만한 곳은 없나요?"

"없어요. 아니, 언니에게 전화해 볼게요."

그녀는 어디론가 전화를 걸었다.

"언니, 제니 거기 있어? 없어? 아니야, 제니 오면 연락해 줘."

"혹시 연락 오면 전화 주세요."

그는 개인 번호를 적어 주었다.

"꼭 부탁드립니다."

"어디 가시게요? 제니는 여기밖에 올 곳이 없어요."

"……."

"우리가 제니의 가족이에요."

그는 미칠 것 같았다. 제니가 없다는 건 감당하기 힘들었다.
제니가 사라지니 알 것 같았다. 정연과 결혼할 수 없음을 그는
알았다.

그는 보육원 앞으로 나와 황 회장에게 전화를 걸었다.

"회장님, 전, 이 결혼 포기하겠습니다."

[뭐?]

"전 사랑하는 사람이 있습니다."

[말도 안 되는 소리를 하는군.]

"그러니까요. 제가 제 입으로 이런 말을 하다니 기분이 아주 이상합니다. 하지만 회장님께서는 돈을 택하셨지만 전 사랑을 택하겠습니다. 그래야 평생 후회하지 않을 것 같습니다."

[각오는 돼 있나?]

"네, 어떤 일을 하실지 알기 때문에 전 덜 아플 것 같습니다. 제가 다 잘못한 일이니까 제가 수습하는 게 맞는 거지요."

[마음을 바꿔. 결혼만 하면 되는 거지. 그 여자는 첩으로 데리고 있어도 되는 것 아닌가?]

"아닙니다. 그건 서로를 위해 좋지 않습니다. 정연이한테도 불행한 일이고요. 안녕히 계십시오."

[후회할 거야.]

황 회장은 그렇게 말하고 전화를 끊었다. 이제 전쟁은 시작되었다. 아군이 적군이 될 때가 가장 아픈 법이었다.

하지만 지금 가장 아픈 건 제니의 행방이 묘연하다는 것이었다.

제니는 고속도로 휴게실에 차를 세우고 핫도그와 커피를 샀다. 하루 온종일 아무것도 먹지 않았기 때문이었다. 어디로 가야 할지 아직 정하지 않았다. 고속도로를 탈 때까지 그녀는 수아에게 갈 생각이었다.

하지만 수아에게 간다면 연욱이 그녀를 데리러 올 게 불 보듯 이 뻔했다. 그래서 그녀는 고속도로를 타고 무작정 아래로 내려 왔다.

이제 조금만 가면 부산이었다.

"후……."

7월이라서 그런지 몹시 더웠다.

"어디서 자지?"

가진 돈은 모두 현금으로 찾아 차에 실어 두었다. 그래 봐야 전 재산은 1억 조금 넘었다. 이 돈이면 전세는 얻기 힘들 텐니 작은 아파트를 얻는 것보다는 조금 큰 평수의 투 룸을 얻는 게 나을 것 같았다.

일단 집을 구하기 전까지는 호텔에서 묵을 생각이었다. 집이 구해질 때까지는 조용히 있고 싶었다. 그렇게 부산에 도착한 제 니는 해운대의 파라다이스 호텔에 짐을 풀었다. 이곳에 짐을 푼 이유는 예전에 수아와 정민 언니와 함께 처음으로 여행을 왔던 곳이기 때문이었다. 추억은 무시할 수가 없었다.

"이제 자유다."

집이 구해질 때까지 그녀는 수아에게 연락하지 않을 생각이었 다. 그래도 불안한 마음이 들어서 '교차로'를 집어 왔다. 그리고 는 침대에 누워 '교차로'를 살폈다. 제일 먼저 본 건 '구인 구직'

이었다.

그래도 할 일들이 생각보다 많았다.

"일단은 천천히 생각하자."

그녀는 침대에 누워 천장을 바라보았다.

"잘한 거야. 이게 서로를 위한 가장 최상의 방법이야."

말은 이렇게 했지만, 그녀의 눈에서 뜨거운 것이 흘러내렸다. 솔직한 마음은 그가 다른 여자와 결혼을 한다는 게 견딜 수가 없었던 것이었다.

"어떻게 그래? 그렇게 뜨겁게 날 안았으면서……."

그녀는 베개를 꼭 끌어안고 그렇게 한참을 울다 잠이 들었다.

황 회장의 안색이 창백하게 변했다. 그건 그의 손에 들린 한 장의 사진 때문이었다. 그의 곁에 서 있던 비서는 어쩔 줄을 모르고 있었다.

"회장님, 일이 이렇게 될 줄은……."

"……."

지난번 그의 딸 아현의 사진이라며 보여 주었던 사진과 지금 최 회장의 숨겨진 여자라며 가져온 사진의 얼굴이 같았다.

"같은…… 사람이야?"

아니길 바랐다. 이게 맞다면 아현과 그의 인연이 풀 수 없을 정도로 꼬여 버린 상황이었다.

"네, 사진의 인물은 같은 사람이 맞습니다."

"후, 정확한 사실 확인이 필요해. 가서 데려와."

"하지만 지금 최 회장과 정연 아가씨의 결혼 때문에 집을 나갔다는 소식입니다."

"찾아, 당장 찾아서 데려와."

"네, 회장님."

"이런 기막힌 일이 있나……."

그는 또다시 아현을 불행하게 만들었다. 이렇게 하려고 한 것이 아닌데 자꾸만 그는 아현의 삶에 불행을 던져 주고 있었다.

"미안하다……."

아무리 미안하다고 해도 용서받지 못하리란 걸 알지만 그래도 그는 딸을 향해 용서를 빌었다.

벌컥!

"아가씨!"

비서의 만류에도 정연이 그의 사무실로 들어왔다.

"아빠, 전 최 회장이랑 결혼 못 해요."

"뭐?"

이제는 정연까지 난리니 머리가 아팠다. 정연의 이런 점이 그는 싫었다. 정연은 정말 눈치가 없었다. 그의 상태가 어떤지 전혀 모르는 것 같았다.

"저 좋아하는 사람이 생겼어요."

"정연아……."

"그 사람이랑 결혼할 거예요."

그동안 정연에게 남자가 있다는 보고는 받지 못했었다.

"나중에……."

지금 머리가 복잡한데 정연까지 가세하니 머리가 터져 버릴 지경이었다.

"아빠……."

"나가, 나가라고!"

"아뇨."

정연이 고집을 부렸다. 확실하게 정연은 타이밍을 못 맞추는 것 같았다. 자기 엄마처럼 말이다. 그와 살 동안 정연 엄마는 언제나 그의 심기를 건드렸다. 특별히 뭘 잘못하는 건 아닌데 타이밍을 항상 잘 못 맞추는 것 같았다.

그가 조용히 있으라고 말하면 지금의 정연처럼 대들었고 그가 말해 보라고 하면 입을 꾹 다물었다. 무슨 조화인지 정연도 그랬다.

"보육원 원장이고 가진 건 아무것도 없어요."

"……."

"그런데 정말 사람은 최고예요."

"……."

정연이 이렇게 자신 있게 말한 적은 처음이었다. 그는 처음으로 정연의 얼굴을 보았다. 정연은 지금 행복해하고 있었다. 명품을 사거나 성형수술을 해서 예뻐지거나, 아니면 회사에서 주요 직책을 맡아도 보이지 않던 미소가 지금 정연의 얼굴에 떠올랐다.

"전 그 사람하고 살 거예요."

"후……."

한숨이 나오긴 했지만, 그는 안 된다는 말도 하지 않았다. 그는 지금 뭐가 옳은 일인지를 생각했다. 평생을 살아오면서 지금처럼 머리가 복잡한 적은 처음이었다.

정연은 캐리어 하나를 차에 싣고는 보육원으로 향했다. 그녀는 지금 프라다의 하늘거리는 원피스와 지미추의 킬 힐을 신고 있었다. 선글라스를 끼고 붉은색 페라리를 몰고 가는 그녀는 누가 봐도 영화 속의 주인공이었다.

"다 왔다."

그녀는 차에서 손수 캐리어를 꺼내 운동장을 가로질러 지훈의 사무실로 향했다. 킬 힐 때문에 걷기 불편했지만 그녀는 최대한 아무렇지 않은 척을 하며 지훈에게 향했다.

"안녕하세요."

사무실 직원들의 표정이 가관이었다.

"나왔어요."

그녀는 아주 당당한 표정으로 지훈을 바라보며 미소 지었다.
하지만 지훈은 당황하는 것 같았다.

"정연 씨……."

"네?"

"오빠? 누구야?"

"안녕하세요? 지훈 씨와 결혼할 사람이에요."

"……."

모두 충격받은 얼굴이었다.

"정연 씨, 잠깐만요."

그가 정연의 손을 잡고는 자신의 방으로 데리고 갔다.

"여긴 어떻게 왔어요?"

"당신 때문에 집 나왔어요."

"네?"

"그러니까 당신이 나 책임져야 해요."

그녀의 갑작스러운 말에 그가 당황했는지 아무런 말도 하지
않았다.

"왜 싫은 건가요? 나는 그저 잠자리 파트너였을 뿐인가요?"

그녀의 눈에 눈물이 고이기 시작했다.

"아니에요."

그는 분명 당황하고 있었다. 다 버리고 온 그녀는 싫은 모양이었다. 그녀가 들고 있는 캐리어 안에 뭐가 들었는지 안다면 그는 이렇게 하지는 못할 것이다

"내 집은 이곳이에요. 내가 쓰는 방은 작고 좁아요. 거기에 밥도 해서 먹어야 하고 아이들도 돌봐야 해요. 난 그렇게 나의 일을 도울 사람이 필요한 거지. 아이들을 불쌍한 눈으로 바라보고 있을 사람과 함께하고 싶지는 않아요."

"……."

"그러니 처음부터 안 되는 일은 시작하는 게 아니에요. 내가 당신의 처음이라서 너무 기쁘고, 당신을 좋아하니까 하는 말이에요. 있던 곳으로 가요."

"싫어요."

"……."

"노력할게요. 그래서 안 된다면 나 스스로 갈게요. 날 지켜봐 줘요."

정연의 말에 그는 가만히 있었다.

"뭐부터 하면 되는 건가요?"

정연의 말에 지훈이 그녀를 품에 안았다. 남자의 품이 이렇게 따뜻한지 예전엔 몰랐었다. 최 회장의 품도 이렇게 따뜻하진 않았다. 솔직하게 그는 그녀를 밀어내기에 바빴다.

"아무것도 안 해도 돼요."

"아니, 절 내보내지 말아요."

"안 내보내요. 같이 있어요."

"정말요?"

"그럼요."

그녀는 저도 모르게 그의 목에 팔을 감고는 입을 맞추었다. 쉬운 일은 아니라고 생각한다. 하지만 왠지 지훈과 함께라면 몸이 힘든 것쯤은 얼마든지 참을 수 있을 것 같았다.

"그거 알아요?"

"……."

"나 전공이 유아교육이에요."

"정말요?"

"네, 물론 나중에 경영학으로 편입하긴 했지만, 아이들을 가르치는 게 솔직한 나의 꿈이었어요."

그가 피식 웃었다.

"그럼 전공을 살려 볼까요?"

"좋아요."

그가 그녀의 입술을 강하게 삼켰다. 이렇게 지독하게 끌리기는 처음이었다. 그에 대해 하나도 아는 게 없었지만, 그와 평생을 함께할 것 같은 느낌이 들었다. 지훈이 그녀의 입술을 강하게 받아들였다.

똑똑똑!

"방해해서 미안한데, 전화 왔어."

"어?"

"전화 왔다고."

문밖에서 어떤 여자가 시큰둥한 목소리로 말했다.

"누구예요?"

"여동생이요."

"여동생?"

"조금 있다가 소개해 줄 테니까 잠깐 여기 있어요."

"네."

그는 그녀를 자신의 방에 혼자 두고 나갔다. 이곳은 폐교를 개조해서 만든 곳이었다. 그런 데다가 이번에 대규모의 아파트가 들어서는 바람에 여기서는 쫓겨나서 경기도의 한 폐교로 옮긴다고 했다.

그녀는 눈으로 그의 방을 쓱 살펴보았다.

탁!

사진마다 제니가 들어 있었다. 그녀는 사진을 죄다 엎어 버렸다. 짜증이 나서 볼 수가 없었다.

"뭐야……."

남자 방치고는 깨끗하게 정리된 곳이었다. 지훈은 뭐가 바쁜지 한참을 기다려도 오지 않고 있었다. 정연은 그의 방을 나와서 원장실로 향했다. 그리고 그곳에서 아버지의 비서와 마주쳤다.

"김 비서님……."

"아가씨!"

그의 눈이 아주 커다랗게 변했다.

"여긴 무슨 일로 오셨어요?"

솔직히 김 비서가 그녀를 쫓아온 게 아닌가 하는 생각이 들었다. 하지만 아니었다.

"우리 제니의 뒷조사를 하고 계시는 거예요."

"우리 제니?"

"제니는 내 친구예요."

정연은 지훈의 여동생을 보았다. 지훈과 닮아 예쁘게 생긴 아가씨였다.

"김 비서님, 저 좀 볼까요?"

"……."

김 비서가 그녀의 뒤를 따라나섰다. 아버지가 아직도 최 회장을 포기 못 한 것 같았다. 그래서 제니를 찾는 모양이었다.

"얘기해 보세요."

"……."

"김 비서님!"

"그냥…… 제니 씨를 찾고 있습니다."

김 비서의 얼굴은 아주 난감한 표정이었다.

"그러니까 왜 찾아요? 최 회장 때문이라면 찾지 마세요. 전 이미 최 회장을 포기했고 사랑하는 사람을 찾았어요."

"그게 아닙니다."

그게 아니라니. 그 이유가 아니면 제니를 찾을 이유가 없었다.

"하여튼 여기 사람들을 괴롭히지 마세요."

정연은 김 비서가 자신 때문에 이곳에 온 게 마음에 들지 않았다. 지훈에게 이런 모습을 보이는 것도 싫었다. 그녀는 이미 최 회장은 포기했고 지훈을 선택했다.

"아니 꼭 알아야 합니다. 그리고 제니 씨의 소식은 이곳 분들밖에 모를 겁니다."

"왜요? 제니는 지금 최 회장 집에 잘 있어요."

김 비서는 일을 너무 열심히 하는 것 같았다.

"집을 나갔습니다."

"그럼 잘된 거 아니에요?"

영문을 모르는 그녀의 입장으로선 최 회장의 마음이 아픈 게 솔직하게 좋았다.

"그게⋯⋯."

"도대체 뭔데 그래요? 내용을 알면 제가 저 사람한테 도와 달라고 말할게요."

"⋯⋯."

"그럼 아빠에게 직접 물어볼게요."

"안 됩니다."

김 비서가 이렇게 답답하게 군 적은 단 한 번도 없었다.

"왜 그러세요? 이상하게⋯⋯."

"그럼, 여기 말고 좀 더 차분한 곳에 가서서 얘기하시죠."

아이들이 신나게 뛰어다니고 있었다.

"이쪽으로 오세요."

그녀는 지훈의 방으로 그를 안내했다.

"말씀하세요."

그녀가 커피를 직접 타서 그에게 주자 김 비서가 아주 당황해 했다.

"괜찮으니까 빨리 말해요."

"사실, 제니 양이 아현 양입니다."

"⋯⋯."

정연은 그 자리에 그대로 서 있었다. 아현의 존재는 어릴 때부터 알고 있었다. 엄마는 늘 그 문제로 스트레스를 받았다. 자궁암으로 돌아가실 때까지 엄마의 가슴엔 이연지란 여자와 그 여자의 딸인 아현이 자리 잡고 있었다.

아현은 그녀의 이복동생이었다.

"제니가…… 아현이?"

헛웃음만 나왔다. 무슨 거미줄도 아니고 이렇게 인연의 끈이 기가 막히게 얽혀 있는지 정말 정신을 차릴 수가 없었다.

"그런데 아버진 왜 아현이를 찾는 거예요?"

"핏줄이니까요."

"하, 핏줄?"

그녀는 엄마의 영향 때문인지 몰라도 이 연지라는 여자와 아현이를 받아들일 수가 없었다.

"세 살에 엄마와 같이 보육원에 들어와서 살다가 열 살이 되던 해에 엄마마저 자살했으니까요."

"……."

솔직히 충격적이라서 말을 할 수가 없었다. 이연지가 죽다니, 그것도 자살로. 기분이 이상했다.

"그 후로 아현 양은 어렵게 자라셨습니다."

"그거야, 남의 집에 평지풍파를 일으켰으니 당연한 거 아니에요?"

그녀는 일부러 냉소적으로 말했다.

"이연지 씨가 회장님과 먼저 동거를 하셨습니다."

"뭐라고요?"

이건 처음 안 사실이었다.

"그 후에 집안끼리 혼담이 오가서 뒤로 밀려난 거죠."

"……제가 더 나이가 많아요."

"아이는 갖지 않으려다가 우연히 생겨서 낳은 거니까요."

"그러니까, 우리 엄마가 사랑하는 사람들을 갈라놓았단 뜻인가요?"

"아닙니다. 사모님도 희생양이셨던 거죠. 이건 다 어른들의 욕심 때문입니다. 외할아버지를 원망하셔야 할 겁니다."

김 비서는 아버지와 오랜 시간을 함께한 분이었다. 그래서 그녀의 집안일을 누구보다 잘 알았다.

"그래서 지금 꼭 찾겠다는 말입니까?"

"네, 찾아드리고 싶습니다. 회장님께서도 원하시고 아가씨에게도 하나뿐인 동생이십니다."

"김 비서님!"

"아가씨의 동생입니다. 아가씨의 대에서는 달라졌으면 하는 바람입니다. 전 정연 아가씨의 바른 심성을 믿습니다."

"……난 그런 사람이 아니에요."

"아뇨, 아가씨는 아주 심성이 고우신 분입니다."

김 비서의 말에 그녀는 아무런 대꾸도 할 수가 없었다.

7월의 해운대는 사람들로 인산인해였다. 이른 휴가를 즐기러 온 사람들이 많았기 때문이었다. 그녀는 아침 일찍 일어나 바닷가의 대형 커피숍에 앉아서 모처럼의 여유를 즐겼다. 이렇게 혼자서 어딘 가를 가 본 적이 없는 제니였다.

어릴 때부터 제니는 혼자 있는 걸 극도로 싫어했다. 버려진 아이들 틈에서 자라다 보니 엄마가 있어도 그 아이들처럼 되는 건 아닐까 해서 항상 엄마의 뒤를 쫓아다니던 그녀였다. 단 하루 엄마를 놓친 날이 엄마가 자살하던 날이었다.

그날도 엄마에게 야단을 맞더라도 엄마 곁에 있었어야 했다. 그녀는 시원한 아이스커피와 샌드위치로 아침을 해결했다. 그리고 이어폰으로 음악을 들으며 바다를 보며 시간을 보냈다. 전화기도 꺼 버려서 지금 그녀는 오래전 사 두었던 MP3를 듣고 있었다.

잔잔한 팝송이 바다와 잘 어울렸다.

이런 여유는 오랜만이었다. 수아와 같이 왔을 때와는 또 다른 분위기였다. 혼자여서 쓸쓸하기는 했지만 나름의 편안함이 있었다.

창밖의 광경은 마치 영화를 보는 것 같았다. 아름다운 경치였다. 그녀는 손가락을 까딱거리며 음악을 즐겼다. 아니, 복잡한 마음을 떨치기 위해 노력 중이었다.

"저기……."

모르는 남자가 그녀에게 말을 걸었다. 다시 한 번 봐도 처음 보는 사람이었다.

"네?"

그녀는 이어폰을 빼며 남자를 보았다.

"혼자 오셨어요?"

젊은 남자가 그녀에게 물었다. 작업을 거는 것 같았다.

"아뇨, 일행이 있습니다."

"한참 혼자 계시길래……."

남자가 얼굴까지 빨개지며 말했다.

"제가 약속 장소로 갈 거라서요."

그녀는 자리에서 일어났다. 놀러 온 게 아니었기 때문에 괜한 시간을 낭비하고 싶지 않았다. 실망한 표정의 남자를 뒤로하고 그녀는 밖으로 나왔다.

"당장 집을 구해야 하는데……."

말은 쉬워도 그게 아주 난감했다. 그녀는 근처의 부동산을 찾았다. 집을 구한 뒤에 편의점 아르바이트라도 할 생각이었다.

오전엔 원룸을 보았다. 딱히 마음에 드는 곳이 없어서 그녀는 실망한 마음으로 호텔에 들어왔다. 저녁이 다 되어 호텔의 레스토랑에서 간단히 저녁을 먹을 생각이었다.

"내 인생의 처음이자 마지막 사치네."

그래서 한껏 꾸미고 나갈 생각이었다. 메이크업도 신경 쓰고 머리도 빗으로 정성스럽게 빗어서 그런지 찰랑거렸다.

그녀는 그가 사 준 프라다 드레스를 입고는 레스토랑에 들어갔다. 모두의 시선이 그녀에게 쏠렸다. 그도 그럴 것이 자기가 생각해도 오늘은 상당히 고혹적인 여자였다.

음식을 주문하는 내내 웨이터의 시선은 그녀의 가슴에 쏠려 있었다.

음식을 주문한 그녀는 창밖을 보았다. 밤바다의 느낌은 낮과는 달랐다. 좀 더 차분한 느낌이었다. 사랑하는 사람이 있다면 손을 잡고 걸어 보고 싶은 바다였다.

그녀는 턱을 괴고 앉아서 넋을 놓고 바다를 보았다.

"혼자 오셨습니까?"

낮은 저음의 남자가 그녀에게 다가와 물었다. 남자는 점잖은 슈트 차림은 아니었지만 세미 정장을 입은 멋쟁이였다.

"일행이 있어요."

그녀는 혼자 있고 싶었다.

"음식 주문은 1인으로 하셔서……."

예리한 남자지만 지금은 그와 말을 섞고 싶진 않았다.

"먹고 약속 장소로 가려고요."

"그럼, 여기서는 합석해도 되겠네요."

"아니요."

그녀가 딱 잘라 말했음에도 남자는 그녀의 앞에 앉았다. 그와 같이 온 일행들이 휘파람까지 불며 난리였다. 정말 뺀질거리게 생긴 남자였다. 여자 경험이 많은 듯 그가 하는 행동은 아주 자연스러웠다.

여자 혼자 오니 별 경험을 다 한다고 생각한 제니는 자신이 이런 옷을 입고 온 게 실수라는 생각이 들었다.

"연예인?"

"……."

"이렇게 예쁜데 연예인이 아닐 리가 없고, 아직 무명인가?"

"……."

"내가 확실하게 키워 줄 수 있는데……."

음식이 나왔는데 남자 때문에 입으로 들어가는지 코로 들어가는지도 모르고 먹었다. 어쨌든 비싼 돈을 주고 먹는 건데, 오기로라도 끝까지 먹는 제니였다.

"남자친구가 있다는 건 뻥이지?"

"……."

"이렇게 예쁜데 왜 남자가 없을까? 이 오빠가 오늘 화끈하게 놀아 줄게."

그는 이제 노골적으로 그녀에게 치근덕거렸다. 도저히 참을 수가 없어 그녀는 자리에서 일어났다.

"그만하시죠. 전 약속이 있어서 이만."

"잠깐……."

그가 그녀의 손목을 아프게 잡았다.

"소란 피우고 싶어? 옷도 이렇게 섹시하게 입고 남자 꾀러 온 거 아니야? 난 그래도 너랑 놀아 줄 만큼 돈도 있고……."

"그 돈은 다른 데 써."

"야!"

끝까지 그녀의 손목을 놓지 않은 남자였다.

"아주 앙칼져. 여자가 이 정도는 돼야지."

"이거 놔!"

"야, 얘 하는 거 봤어? 예쁘지? 난 오늘 얘하고 자려고."

친구들과 노골적으로 그녀를 희롱하고 있었지만, 레스토랑의 그 누구도 와서 말리지 않았다.

"지배인 없어요?"

"……."

그녀가 부르는 대도 누구 하나 오지 않았다.

"읍!"

갑자기 남자가 그녀의 입술에 입을 맞추었다. 그리고 턱을 아프게 잡고는 그녀의 입을 벌렸다.

"씨발, 완전히 끝내주는데?"

"으으읍!"

그녀가 고개를 저었다. 그런데 그때 고통스럽게 그녀의 볼을 쥐고 있던 남자의 손이 턱에서 사라졌다.

퍽!

멍하게 자리에 서 있는 그녀 앞에 화가 난 연욱이 있었다.

"넌, 뭐야?"

바닥에 뒹굴고 있는 남자가 연욱을 보더니 물었다.

"너 우리 아버지가 누군지 알아?"

자신의 아버지가 누군지부터 말하는 거 보니 연욱이 누군지 모르는 것 같았다.

"말해, 누군지."

"우리 아버진 동성건설의 사장이야."

그가 갑자기 전화를 걸었다.

"사장님 안녕하십니까? 여기 아드님이 제 여자를 추행했는데 어쩌죠? 당장 이리로 오시죠. 여기는 파라다이스 호텔입니다."

"……."

그가 씩씩거리며 핸드폰을 신경질적으로 주머니에 넣었다.

"어디서 구라야?"

"그건 네 아버지가 오면 알겠지. 동성건설, 이건수 사장 맞지?"

"……."

정확하게 남자 아버지의 이름을 말한 모양이었다.

"우리 아버지가 유명하니까 이름은 알겠지. 안 그래?"

남자가 친구들을 보며 말했다.

"회장님, 저희가 처리할까요?"

경호원이 그에게 다가와 말하자 남자가 연욱이 보통 사람이 아니란 걸 아는지 멍하게 그를 보았다.

"내가 알아서 해."

"네."

그의 친구들이 슬금슬금 자리를 빠져나가려고 하자 그의 경호원들이 못 가게 저지했다.

"자, 아버지 오기 전에 할 일은 해야지?"

"네?"

퍽! 퍽!

그가 주먹으로 놈의 얼굴을 쳤다. 두 대쯤 치자 녀석의 이가 부러져 피와 함께 바닥에 떨어졌다.

"이건 내 여자의 입술을 건드린 값."

퍽!

"욱!"

그가 이번엔 배를 사정없이 내리쳤다.

"이건 날 열받게 한 값!"

"……."

녀석은 완전히 뻗어 바닥에 드러누웠다.

"여기 내 호텔이야. 바닥 더러워져."

"……."

이곳이 그의 호텔이라니 놀라운 일이었다.

"이 사장 그렇게 안 봤는데 자식 농사를 잘못 지었어. 너는 오늘 운 좋은 줄 알아. 내가 이 여자랑 할 말이 있어서 말이야."

경호원들을 그 자리에 둔 채 그는 제니의 손을 잡고는 그녀의 방으로 향했다.

쾅!

커다란 소리를 내며 그녀의 뒤로 문이 닫혔다. 제니는 소리에 놀라 몸을 움츠렸다. 그의 얼굴을 차마 보지도 못한 제니는 그의 오른손에 시선이 갔다.

"피……."

그가 다친 것 같았다. 제니는 저도 모르게 그의 손을 잡았지만, 그가 그녀를 벽으로 밀어붙이는 바람에 그의 손을 제대로 보지 못했다.

"치료를……."

"왜 도망쳤지?"

그가 화난 목소리로 물었다.

"정연 씨와 결혼을 한다고 해서 떠날 수밖에 없었어요."

"내가 한다고 말했나?"

"안 한다고도 안 했잖아요."

그녀도 그에게 지지 않고 말했다. 질 이유가 없었다.

"김 집사님이 준비하고 계시니까 당연히 하는 줄 알았죠."

그가 그녀를 뚫어지게 보았다.

"왜 이래요? 화가 난 건 난데……."

"내가 화가 안 나게 생겼어?"

그가 으르렁거리며 거리를 좁혀 왔다. 제니는 뒤로 물러날 공간이 없음을 알았지만, 자꾸 벽으로 뒷걸음치게 되었다.

"규원이는 밥도 안 먹고 나리는 병이 났어."

"왜요?"

갑작스럽게 아이들 이야기를 하는 그가 원망스러웠다. 아이들만 생각하면 그녀는 죄책감이 들었다. 같이 있겠다고 했는데 그녀가 약속을 어긴 것이었다.

"원인을 몰라. 계속해서 제니만 찾아."

"비열해요. 아이들을 이용하지 말아요."

그는 아이들을 이용해서 그녀의 마음을 흔들고 있었다.

"난 첩으로 살아갈 자신이 없어요. 난 싫다고요."

"제니야……."

제니가 펑펑 울기 시작했다. 아무도 그녀를 말릴 수 없을 만큼 큰 소리로 울었다.

"나한테 그런 삶을 강요하지 말아요. 싫단 말이야. 그래서 다 버리고 왔는데. 왜 나타난 거냐고요!"

"너한테 첩이 되라고 한 적 없어. 난 정연이와 결혼하지 않을 거야."

"거짓말……."

"맞아, 절대로 정연이와 결혼하지 않아. 그리고 할 수도 없어."

"……."

할 수가 없다니 이건 또 무슨 말인지 알 수 없었다.

"정연이 서지훈하고 동거하기 시작했어."

망치로 머리를 한 대 얻어맞은 기분이었다. 일의 전개가 왜 이렇게 됐는지 알 수가 없었다.

"그러니까…… 지훈 오빠요?"

"맞아."

"그렇게 갑자기?"

"남녀 간의 관계는 모르는 거지."

그건 그의 말이 맞았지만, 지훈이 그런 결정을 내렸다는 게 신기했다.

"오빠 스타일은 아닌데……."

"내 스타일도 아니야."

그가 위험스럽게 한 걸음 더 다가왔다.

"내가 지금 화가 나는 건 집에서 내 허락도 없이 나온 것 때문에 그러는 게 아니야. 이렇게 섹시한 옷을 사 준 나 자신을 원망하고 있는 거지."

"그냥…… 혼자서 청승맞아 보일까 봐 힘줘서 입고 나간 건데, 바로 후회했어요."

그에게 가라고 해야 하는데 자꾸만 그의 말에 휩쓸리고 있었다.

"그러니까 똥파리들이 꼬이지."

그것까지는 생각하지 못한 일이었다.

"미안해요. 하지만 난 이미 마음을 먹었어요. 그러니까 이만……."

"이만 뭐? 그렇게까지 설명을 했는데도 못 알아듣는 거야? 난 널 놓지 않을 거야."

"아뇨, 정연 씨와 결혼을 하지 않는다고 해도 우리의 관계는 달라지지 않아요. 그러니……."

그녀는 진심으로 말했다.

"읍!"

그가 미친 듯이 그녀의 입술을 삼킴과 동시에 혀로 밀고 들어 왔다. 그는 마치 벌을 주듯이 거친 키스를 했다. 입술 전체가 아 릿하게 아팠다. 그리운 그의 혀를 제니도 격하게 빨아 들이고 있 었다.

그의 손이 허벅지 위로 천천히 올라왔다. 그리고는 가슴까지 오더니 그녀의 드레스를 양쪽으로 찢어 버렸다.

부욱!

그녀의 아름다운 드레스는 양쪽으로 찢겨 그녀의 허리에 걸렸 다.

"헉헉, 아무것도 입지 않았군."

"입을 수 있는 디자인이 아니에요……."

"내가 저런 걸 고르다니 단단히 미쳤어."

"……."

그가 다시 그녀의 입술을 삼키며 드러난 가슴을 손으로 주물렀다. 부드러운 가슴을 그는 거친 손으로 사정없이 만졌다.

"하아……."

그리고는 분홍색 유두를 삼켰다. 그의 혀는 마치 주인에게 복종하라는 것처럼 그녀의 유두를 혀로 자극했다. 미칠 것 같은 쾌감이 몰려왔다.

"하아앙……."

츄웁, 츄웁——

그는 가슴을 그의 타액으로 물들이며 그녀를 함락시키고 있었다. 그의 입술에 그녀는 다리의 힘이 풀리고 있었다. 제니는 주저앉지 않기 위해서 벽을 잡고 버티고 있었다.

"이런 모습은 다시는 안 돼."

"네……."

어느새 그녀는 그에게 또다시 휩쓸렸다. 그만큼 그는 그녀에게 막대한 영향력을 행사했다. 그는 그녀가 사랑하는 사람이었다.

부욱!

그가 무릎을 꿇고 앉아서 그녀의 허리에 걸쳐진 나머지 드레스를 찢어 버렸다. 지금 제니가 입은 거리고는 팬티 한 장이 전부였다.

그가 그녀의 여성을 입에 물었다. 그리고는 쪽쪽 소리를 내며 빨기 시작했다. 맨살이 아닌 팬티가 그의 타액으로 젖어 들었다. 그가 입술로 그녀의 팬티 끝을 물었다.

"하아……."

그가 이빨로 팬티를 물어 골반까지 팬티를 내렸다. 그리고 그 위로 드러난 검은 숲을 혀로 핥기 시작했다. 정신이 아찔했다. 굉장한 자극을 받았는지 그녀의 몸이 파르르 떨렸다.

"제발……."

그가 그녀의 팬티를 눈 깜짝할 사이에 찢어 버렸다. 그리고는 그녀의 다리 사이에 얼굴을 묻고는 그녀의 여성을 핥기 시작했다.

"아아악!"

신음이 절로 터졌다. 찌릿한 전기가 그녀의 여성 전체에 퍼졌다. 이러다가 미치는 건 아니겠냐는 생각이 들기 시작했다. 그가 그녀의 한쪽 다리를 들고는 입을 맞추었다. 그리고는 그의 어깨에 다리를 걸치고는 다시 그녀의 여성을 빨기 시작했다.

처음보다 더 강하게 여성을 빨아대는 바람에 제니는 그의 어깨에 거의 주저앉고 있었다.

"그만……."

츄읍, 츄읍—

미칠 것 같았다.

"아아……. 침대로 가요."

그가 제니를 안아 들었다. 그리고는 침대로 향했다. 침대로 향할 때까지 그들의 입술은 떨어질 줄 몰랐다.

9. 제니의 남자

"하아……."

침대 위에 누워 있는 제니의 모습은 명화에 나오는 아름다운 누드모델 같았다. 여자의 선이 이렇게 아름다울 수 있다는 걸 그는 온몸으로 느끼며 거친 숨을 몰아쉬었다. 몸에 미열이 있는 것처럼 그가 숨을 내쉴 때마다 열기가 그대로 느껴졌다.

거칠게 하고 싶진 않은데 오늘도 짐승 한 마리가 그의 안에서 그와 함께 숨을 쉬었다. 제니는 그의 숨은 욕망을 자극하는 능력을 갖췄다. 작은 마녀처럼…….

스윽!

넥타이를 손가락 끝에 걸고 아래로 당기며 풀었다. 그의 시선은 두려움과 기대감을 가득 담은 눈으로 그를 올려다보고 있는 제니에게 향했다.

휙!

넥타이를 바닥에 아무렇지 않게 던져 버린 그는 와이셔츠의 단추를 하나씩 풀었다. 부산까지 내려오는 동안 그의 생각은 단 하나였다.

'제발, 무사하길……'

제니의 차적 조회를 하고 그녀의 차가 해운대에 있다는 소리를 듣고는 그의 생각이 복잡했었다. 혹시 안 좋은 선택을 하는 건 아닌지 걱정이었다. 그는 중요한 회의 중에 뒤도 돌아보지 않고 회의실을 나와 헬기에 몸을 실었다.

회사 일은 나중이었다. 그의 인생보다 중요하지 않았다. 제니는 그의 인생을 쥐고 있는 여자였다. 재벌가의 딸도 아닌 보통 평범한 제니였다. 그는 있는 그대로의 제니를 사랑하고 있었다.

스윽!

그의 와이셔츠도 바닥에 떨어졌다. 그의 눈은 여전히 제니를 향해 있었고 손은 버클에 가 있었다.

"연욱 씨, 난……."

"아무 말도 하지 마."

그녀가 그에게 뭔가 말을 하려 했지만, 그는 표정 하나, 변하지 않고 그녀를 바라보며 바지와 속옷을 한꺼번에 내렸다. 그녀와 같이 나체인 그가 성큼성큼 다가가 침대 위로 올랐다.

"왜 날 떠났지?"

"……."

"내가 다른 여자와 결혼할 거라 생각했다는 이유 말고 다른 이유는?"

"……."

"네가 떠나고 내가 어땠을 것 같아?"

"미, 미안해요."

"오늘 밤은 각오하는 게 좋을 거야."

"연욱 씨, 나도 떠나고 싶진 않았어요. 하지만 정연 씨와 결혼하는 당신을 보고 있을 순 없었다고요. 다른 여자 뒤에 숨어 밤마다 당신을 기다리는 그런 짓은 정말 하고 싶지 않았단 말이에요."

그녀의 볼에 눈물이 흘러내렸다. 마음고생이 심했는지 그녀의 눈물은 한동안 멈추지 않았다.

"읍!"

그는 제니의 뒤통수를 거머쥐고는 강하게 입을 빨아들였다. 한 번도 키스란 걸 해 본 적이 없는 사람처럼 그는 거칠고 강하게 그녀의 입술을 차지했다.

"네가 떠날 날부터 난 지옥에서 살았다고……."

"미안……. 읍!"

연욱은 뜨거운 숨을 내뱉으며 벌어진 제니의 입술 사이로 그의 혀를 밀어 넣었다. 그 안에 그를 기다리고 있는 촉촉하고 부드러운 혀를 그는 빠르게 삼켰다가 놓았다. 그리고는 부드러운 입안을 구석구석 탐하기 시작했다.

제니의 치열을 따라 혀를 움직이며 그녀를 맛보았다. 마치 사탕을 녹이듯이 구석구석 핥았다.

"으읍!"

키스하며 그의 손이 그녀의 풍만한 가슴을 만지자 제니가 신음을 흘렸다. 너무 흥분한 나머지 그는 손의 힘을 조절하지 못했다. 그러자 제니가 이번엔 몸을 활처럼 휘었다. 그들의 혀가 또다시 강하게 얽혀들었다.

서로의 타액이 섞이며 그들은 수많은 말을 나누는 것보다 더 많은 걸 느끼고 있었다. 그녀를 더 느끼고 싶은 연욱은 그녀의 뒤통수를 손으로 감싸 더 가까이 얼굴을 당겼다. 제니는 그의 깊은 키스를 받아들이려 그의 얼굴을 양손으로 감쌌다.

깊고 진한 키스는 섹스보다 더 자극적이었다. 그는 키스만으로 갈 것 같았다. 정신이 몽롱해졌다. 너무 좋았다. 부산에 올 때까지 그리고 부산에서 남자와 실랑이를 벌이고 있는 그녀를 보고 화가 났던 게 봄눈 녹듯이 녹아내렸다.

"하아……."

숨을 쉬기 위한 신음이었다. 연욱이 제니의 모든 숨조차도 빨아들였기 때문이었다.

"연욱 씨……. 미안……. 읍!"

사과하려는 제니의 입술을 또다시 삼킨 그였다. 제니만 있으면 됐다. 사과 따위는 아무래도 상관없었다. 아니, 사과는 그가 해야 했다. 온몸에 열기가 훅 하고 올라왔다. 이 여자를 지금 당장에 갖지 않는다면 죽을 것 같았다.

그는 제니의 가는 허리를 손으로 받치고는 입술을 그녀의 목으로 옮겼다.

"하아, 하아, 미안해요."

"……."

제니는 입술이 자유로울 때마다 그에게 사과했다. 부산에서 그가 사 준 섹시한 드레스를 입은 제니를 본 순간 그는 미칠 것 같은 소유욕을 느꼈다. 거기에 다른 남자의 키스까지…….

"읍!"

그녀의 입술을 다시 삼킨 연욱은 입술 전체를 구석구석 핥고 빨았다. 녀석의 흔적을 모두 지우고 싶은 마음이었다.

"헉헉……. 앞으로 이런 옷은 내 앞에서만 입어."

"……."

"헉헉……. 아니, 다른 놈들의 눈에 띄지도 마."

그가 거칠게 말했다.

"하아……. 알았어요."

제니가 거친 숨을 몰아쉬며 그의 말에 답했다.

"제니야……."

"연욱 씨……."

제니가 그의 목에 팔을 두르고 매달렸다.

"내 곁에만 있어."

"네."

제니가 헐떡이는 숨을 참으며 그에게 답했다. 그가 제니를 뜨
거운 시선으로 바라보았다.

"앞으론 어떤 일이 있어도 당신 곁을 떠나지 않을 거예요."

"제니야……."

"당신이 곁에 없다는 게 얼마나 힘들고 괴로운지 알게 됐어요.
다시는 그런 일 없을 거예요."

"……."

그가 제니의 뒤통수를 감싸 자신의 품에 안았다. 제니의 어깨
가 가늘게 떨렸다.

"알아, 그러니까 다시는 내 곁을 떠나지 마."

"……네."

그의 입술이 제니의 얼굴에 흐르는 눈물을 닦기 시작했다. 혀 끝에서 제니의 눈물의 맛이 그대로 느껴졌다. 그는 제니의 뺨을 양손으로 잡고는 부드러운 입맞춤을 했다. 이 방에 들어올 때의 분노는 많이 가라앉았다.

지금은 그저 제니만을 원했다. 제니가 그의 머리카락 사이에 손을 넣고는 그의 머리를 강하게 당기더니 입을 맞추었다. 이번 엔 제니가 흥분한 것 같았다. 제니의 뜨거운 입김이 마주한 입술 사이로 그대로 느껴졌다.

"하아, 하아……."

처음으로 키스만으로 갈 것 같았다. 그는 제니의 입술에서 목 으로 입술을 내렸다. 그리고 쇄골을 지나 가슴까지 거침없이 그 녀의 모든 걸 빨아들였다. 제니의 몸은 남자들의 로망 그 자체였 다.

그의 손이 제니의 가슴을 잡고 입술은 분홍빛이 도는 유두를 삼켰다. 얼마나 그리워하던 맛인가? 그는 거칠게 그녀의 유두를 빨아들였다.

"아흣!"

제니가 신음하며 몸을 휘었다. 헐떡이는 신음이 호텔 방 안을 울렸다. 제니의 모든 반응이 그를 흥분하게 만들었다.

"연욱 씨……."

그녀의 부름이 신호가 되었다. 그는 유두를 강하게 빨아들이고는 입술을 점점 더 아래로 내렸다. 그의 입술에 그녀의 검은 숲의 가장 높은 곳이 닿았다. 그는 손을 아래로 내려 그녀의 젖은 질을 어루만졌다.

"아흐……."

그는 제니의 다리를 자신의 어깨에 걸쳤다. 그리고는 그녀의 다리 사이에 얼굴을 묻었다. 그리운 그녀의 향이 그를 자극했다.

"헉!"

놀란 제니가 엉덩이를 뒤로 뺐지만, 그가 그녀의 엉덩이를 손으로 잡고는 꼼작하지 못하게 했다.

"거기는……."

제니가 더는 말을 잇지 못했다.

츄읍, 츄읍…….

그는 제니의 여성을 빨아들이기 시작했다. 그녀의 몸 전체를 빨 듯이 강하게 빨아들였다.

"아흐……. 제발……."

제니는 흥분해서 자신이 무슨 말을 하는지 알지 못하는 것 같았다. 그녀는 흥분으로 애액을 쏟아내고 있었다. 그는 혀로 그녀의 여성 구석구석을 핥았다.

"연욱 씨……."

제니가 정신 차리지 못하게 하고 싶었다. 참았던 욕망이 자꾸만 그를 짐승이 되게 했다. 방 안은 그들의 뜨거운 열기로 가득했다. 그녀의 부푼 여성을 핥다가 빨아들이자 제니는 숨이 넘어갈 것 같은 신음을 흘렸다.

그도 더는 참기 힘들었다. 그가 몸을 일으키며 그녀를 내려다보았다. 흥분으로 그녀의 눈이 풀려 있었다. 그는 자신의 커다란 페니스를 한 손으로 움켜쥐었다. 그리고 다른 한 손으로는 제니의 클리토리스를 자극했다.

연욱이 자신의 페니스를 그녀의 여성에 대고 문지르자 제니가 숨을 헐떡였다.

"으윽!"

그녀의 여성은 너무나 좁았다.

"아아악!"

그의 커다란 페니스는 그녀의 좁은 질 안으로 겨우 들어갔고 제니는 비명에 가까운 신음을 토해 냈다. 그녀의 몸이 부르르 떨렸다.

"하아……."

그의 페니스를 강하게 조이는 제니의 질 때문에 그는 거친 숨을 토해 냈다. 너무 좋았다. 그는 자신의 아래에서 뜨거운 숨을 헐떡이고 있는 제니를 내려다보았다. 너무나 섹시한 여자였다. 그의 영혼까지 차지한 여자는 제니가 처음이었다.

그는 몽롱한 눈으로 그를 바라보는 제니의 입술에 살짝 입을 맞추었다. 그리고 본격적으로 허리를 움직이기 시작했다. 그는 제니의 가는 허리를 붙들고는 자신의 허리를 격하게 움직였다.

"아아앙……."

제니가 그의 허리 짓에 맞추어 신음을 토해 냈다. 그들의 질퍽한 소리가 방 안을 울렸다. 이렇게 흥분해 본 건 처음이었다. 제니와 섹스를 하면 이상하게 그는 이성의 끈을 놓고는 한 마리 짐승이 되었다.

그의 밑에서 흥분해 있는 제니의 모습이 너무나 야릇했다. 그는 허리를 움직이며 제니의 흔들리는 가슴을 손으로 움켜쥐었다. 제니는 그의 것이었다. 그 누구도 제니를 가질 수 없었다. 그는 자신도 제니에 대한 소유욕에 놀라고 있었다.

그는 이런 남자가 아니었다. 하지만 지금 그는 제니의 남자가 되고 싶은 마음뿐이었다. 제니가 그의 유일한 여자인 것처럼 말이다.

"더는 힘들어……."

그는 점차 속도를 높였다. 그의 페니스를 조이는 제니의 여성 때문에 더는 참을 수가 없었다.

"으읏!"

신음이 터져 나옴과 동시에 그의 분신들이 제니의 안을 채웠다.

"헉……."

거친 숨을 몰아쉬는 그였다. 제니는 그와 같이 몸을 부르르 떨며 절정을 함께했다.

"제니야……."

그는 제니의 몸 위로 무너져 내렸다. 그들의 거친 숨소리만이 침실을 가득 채웠다. 연욱은 몸을 돌려 천장을 바라보고 있는 제니의 얼굴을 그에게로 돌렸다. 그리고는 살짝 입을 맞추었다.

"미안해요."

"아니야, 내가 너무 흥분했었어. 너무 걱정했거든."

"집에 있을 수가 없었어요. 아이들에게는 너무 미안했지만 제가 죽을 것 같았어요. 난 엄마처럼 살기 싫었거든요."

"알아."

"하지만 아무도 없는 이곳에 도착해서 알았어요. 난 당신과 함께여야 한다고. 혼자 있으니 이 남자 저 남자가 자꾸 찝쩍거리고……."

"제니야……."

"그래서 생각했어요. 난 당신 없이는 안 되겠구나. 엄마의 마음을 알 것 같았어요. 그래서 아마 일주일쯤 이곳에 있다가 다시 당신의 곁으로 돌아갔을 거예요."

제니가 부산에서 마음 적으로 많이 힘이 들었던 것 같았다.

"엄마도 그랬을까요? 너무 사랑하니까…… 그의 곁에 있었던 걸까요?"

"제니야, 난……."

"이제 괜찮아요. 그냥 나만 당신을 사랑해도 괜찮을 것 같아요. 하지만 나 같은 아이는 낳고 싶진 않아요. 아이 없이 당신 곁에서 그림자처럼 있을게요."

"그렇게 하지 않아도 돼. 난 절대 널 그림자로 만들진 않을 거니까."

"……고마워요."

그의 말이 입에 발린 말인 줄 알았는지 제니는 그냥 웃어넘기는 것 같았다.

제니는 그를 사랑한다고 했다. 하지만 정확하게 말하진 않았다. 그를 사랑하는 게 조심스러운 것이다. 그녀의 엄마처럼 버려질까 봐. 그래서 그도 제니를 어떻게 생각하는지 말하지 않았다. 그는 제니를 위해 준비하는 것이 있었다.

그것이 준비되면 그때 그가 얼마나 제니를 사랑하는지 말할 것이다.

눈을 떠 보니 세상이 밝았다. 몸을 일으켜야 하는데 손끝조차 움직일 힘이 없었다. 이건 지금 제니의 몸 위에 팔을 올리고 깊은 잠에 빠진 남자 덕분이었다.

"으으음……."

그가 그녀를 자신의 품에 가두었다. 그의 가슴에 뺨을 댄 채로 제니는 가만히 있었다. 이렇게 있는 게 왠지 꿈만 같았기 때문이었다. 어제저녁까지는 절망의 연속이었는데 오늘은 아니었다.

하루 사이에 천국과 지옥을 오간 느낌이었다. 그는 어제 그녀를 끝없이 차지했었다. 처음엔 침대에서, 그다음은 욕실에서, 그다음은 다시 침대에서. 미친 듯이 그녀를 탐하는 그는 짐승이었다. 하지만 제니는 그런 짐승 같은 그가 좋았다.

꼬르륵!

노동과 같은 섹스였다. 체력 소모가 너무 강했다.

"하하하, 배고파?"

"……네."

언제 일어났는지 그녀의 꼬르륵 소리를 들은 그가 웃었다.

"밥 먹으러 나가요."

제니가 몸을 일으키자 그가 다시 제니를 자신의 품에 가두었다.

"난 다른 걸 먹고 싶어."

연욱이 그녀의 가슴을 혀로 핥았다.

"밥부터요."

그녀가 그의 머리를 살짝 밀어냈다.

"난 여기서 먹고 싶은데?"

"안 돼요."

"알았어, 어디로 갈까?"

그가 몸을 일으키고는 다시 그녀를 안았다. 떨어질 생각이 없는 사람 같았다.

"바다도 보고 샌드위치도 맛있는 곳이 있어요."

"하루 사이에 많은 걸 알아냈어."

"네, 그리고 병원은 안 가도 약국은 가야 할 것 같아요."

그의 손을 보니 완전히 엉망이었다.

"다시는 그러지 말아요."

"다시는 다른 남자의 품에 있는 건 보이지 마. 내가 어제 그 자식을 죽이지 않은 게 다행이야."

"알았어요."

겨우 몸을 일으켜 샤워한 후에 다시 그녀를 침대로 끌고 들어가려는 그를 끌고는 밖으로 나오기까지 제니는 너무나 힘이 들었다.

"창백해."

어제 아침에 브런치를 먹은 자리에 앉은 그녀에게 그가 꺼낸 첫마디였다.

"누구 때문에요."

밤새 그렇게 많은 섹스를 했으니 몸이 정상일 리가 없었다. 그는 짐승이었다.

"약국에 좀 다녀올게."

"네."

주문해 놓고 그는 약국에 갔다. 생각보다 손의 상태가 좋지 않았다. 주문한 커피와 샌드위치가 나오고 그녀는 어제의 자리에 앉아서 해운대의 전경을 즐겼다. 어제와는 달리 너무나 좋았다.

이렇게 사랑하는 사람과 여행을 즐기는 게 좋다는 걸 깨달았다.

"어?"

그때였다. 달갑지 않은 목소리가 들렸다.

"안녕하세요?"

"……."

어제 그 남자였다.

"오늘도 혼자시네요."

"일행이 있어요."

그녀는 자랑스럽게 2인분의 음식들을 보라고 손짓했다. 하지만 그가 피식 웃었다.

"오늘은 많이 드시네요. 하긴 마르셨으니 잘 드시면 되죠."

"……."

이건 또 무슨 시추에이션인지.

"이거 제 명함입니다. 이 건물 뒤에 있는 이비인후과 의사입니다."

"아, 네……."

"이 근처 계시면 점심이라도 같이……."

"아니, 왜 내 여자 친구가 당신이랑 점심을 먹지?"

어제보다 더 무서운 얼굴을 한 영욱이 의사의 뒤에서 나타났다.

"자리를 비울 수가 없구먼."

그가 그녀의 앞에 앉았다. 그의 손이 붕대로 감긴 걸 보더니 남자가 멍한 얼굴로 서 있었다.

"의사 양반 그만 가지. 어제도 찝쩍거리는 놈의 강냉이를 좀 털었더니 오늘은 좀 아프거든."

남자가 뒷걸음을 치더니 커피숍을 나가 버렸다.

"호텔에서 먹자니까……."

"죄송해요. 서울에선 인기가 없었는데 부산에 오니 인기가 많아졌네요."

솔직하게 그녀도 놀란 일이었다. 이렇게 인기가 많을 줄은 생각도 못 했었다.

"서울에서야 가정 교사하느라 집에만 있으니까 그렇지."

그에게서 의외의 답이 나왔다.

"그런가?"

그녀가 웃으며 커피를 마셨다. 둘은 바다를 보며 커피와 샌드위치를 먹었다.

"손은 괜찮아요?"

"응."

"오늘이 금요일인데 출근은 안 해요?"

"이번 주는 쉴 거야."

"저 때문에 이러는 거라면 싫어요."

그가 제니의 손을 잡았다.

"제니 때문에 이러는 거야. 다시는 놓치는 실수 따위는 안 할 거니까."

"연욱 씨……."

"그리고 이렇게 둘이 시간을 보내는 건 앞으로는 많지 않을 테니까. 이렇게 시간이 생겼을 때 즐기자고."

연욱은 그녀를 위해 최대한 배려를 하고 있었다.

"왜 이렇게 잘해 주는 건가요?"

제니는 내심 속으로 그가 '좋아하니까.' 아니면 정말 기대는 안 하지만 '사랑하니까.'라는 말을 해 주길 바랐다.

"그냥, 그러고 싶으니까."

"……."

하지만 그건 무리한 바람이었다. 그러고 싶다는 말은 제니가 기대한 말이 아니었다. 그는 정말 그녀를 어떻게 생각하고 있는 걸까?

뜨거운 섹스 상대 이상의 감정이란 건 알지만 도대체 얼마나 그녀를 생각하고 있는지 알고 싶었다.

"안 먹어?"

"먹어요."

"화났어?"

그가 가만히 있는 그녀를 보며 물었다.

"아뇨, 화 안 났어요."

그가 제니의 손을 다정하게 잡아 주었다. 하지만 여전히 그에게선 어떤 고백도 듣지 못했다. 샌드위치를 먹고 그들은 손을 잡고 바닷가를 거닐었다. 사람들이 많고 너무 더웠지만 제니는 그와 함께라서 행복했다.

바닷가를 거닐고 나서 그들은 해운대의 맛집을 찾았다. 꼼장어 구이집도 가고 시장에 있는 떡볶이집도 갔다. 다리가 아프면 작은 커피숍에서 쉬기도 했다. 경호원도 없이 다녔는데도 사람들의 시선은 그들을 향했다.

종종 그에게 사인을 요구하는 사람들도 있었다. 얼굴이 익으니 연예인인 줄 알고 있었다.

"이참에 작은 엔터테인먼트 회사를 하나 할까 봐요."

"하고 싶어?"

하나 차려 줄 기세였다. 그에겐 농담이 통하지 않았다.

"차리면 연욱 씨를 영입 1순위로 할 거예요."

"뭐?"

"이렇게 인기가 많으니 영화라도 출현하면 대박 날 것 같아서요."

비주얼로 보면 인기 배우 감이었다.

"망해."

"왜요?"

"연기를 못하거든."

그들은 서로의 얼굴을 바라보며 웃었다.

"다 잘하니까 연기도 잘할 줄 알았죠."

"예전에 광고를 찍는다고 했는데 나한테 회사 대표로 나가라는 거야. 하루 만에 감독한테 잘렸어.”

“호호호, 정말이요?”

“응, 그래서 연기가 안 되는 걸 알았지.”

늦은 저녁이 돼서 둘은 호텔로 돌아왔다. 그가 호텔에 들어서자 직원들이 그를 알아보고는 일렬로 서서 그들을 맞이했다. 어제와는 사뭇 다른 대접이었다. 그리고 낯익은 얼굴이 끝에 서 있었다.

“회장님.”

“이 사장님.”

“죄송합니다. 제가 자식이 하나다 보니 잘못 가르쳤습니다.”

그러더니 아들의 머리를 손으로 눌렀다.

“죄송합니다.”

“제가 아니라 제 여자 친구에게 사과를 시키셔야죠.”

“죄송합니다.”

“…….”

아버지가 남자의 머리를 다시 한 번 세게 눌렀다. 너무 어이가 없는 사과지만 그래도 안 받는 것보다는 나았다.

“정말 죄송합니다.”

아버지가 다시 한 번 그녀에게 머리 숙여 사과했다. 그래도 마음이 풀리진 않았지만, 사과를 하러 일부러 온 것에 만족하기로 했다.

"괜찮습니다."

영욱은 제니의 허리에 손을 감고 말했다.

"앞으론 절대로 이런 불미스러운 일이 없어야 할 겁니다."

"네, 회장님."

그들은 사람들을 뒤로하고 엘리베이터에 올랐다. 이 상황을 본 사람들이 엘리베이터에 같이 탔다. 사람들은 그가 누군지 아는 것 같았다.

괜한 일로 스캔들에 휘말리는 건 원치 않았지만, 다행히 엘리베이터에 탄 사람들은 나이가 지긋한 어른들이었다.

핸드폰으로 그들의 이야기를 올릴 것 같지는 않았다.

"감사합니다."

다른 사람들이 듣지 않게 작은 소리로 말했다. 그가 그녀를 코너에 넣고는 자신의 몸으로 가려 주었다.

"뭐가?"

"이렇게 사과도 받게 해 주시고 억울한 마음도 달래 주고 온종일 함께 있어 주시고 오늘은 저에게 완벽한 하루인 것 같아요."

"다행이군."

그가 그녀를 향해 매력적인 미소를 지었다. 저런 미소는 밖에서 절대로 허락해서는 안 되는, 심장에 정말 안 좋은 미소였다.

"잠깐만 숙여 볼래요?"

"응?"

그가 그녀 쪽으로 얼굴을 가까이 가져 왔다.

쪽!

"감사해요."

정말 감사한 마음에 볼에 뽀뽀했지만 바로 후회했다. 그는 볼에 하는 입맞춤으로 절대로 만족할 사람이 아니란 것을 말이다.

"읍!"

엘리베이터 안은 그들만 있는 게 아니었다. 물론 코너에 있기는 했지만, 이 정도의 딥 키스를 사람들이 몰라볼 리가 없었다.

"음음!"

헛기침 소리가 들렸다. 어른들도 민망한 게 분명했다. 그녀는 몸을 빼려고 했지만, 그의 힘을 당할 수는 없었다. 그래서 포기하고 그의 키스를 받아들였다. 어차피 이 안에 있는 사람들을 다시 볼 일은 없었다.

"왜 그래요? 부럽기만 한데……."

노부인 말소리가 들렸다.

"해 줘?"

"이 양반이 주책이네."

엘리베이터에서 사람들이 하나둘씩 내렸지만, 그들은 내리지 않았다.

"어? 우리 내릴 곳을 지나쳤어요."

정신을 차린 그녀가 말했다.

"방을 바꿨어. 일요일까지 묵을 건데 그 방은 좁거든."

그로서 작은 거지 그녀는 딱 좋은 크기였다.

"짐은?"

"다 옮겼을 거야."

그들이 도착한 곳은 호텔의 가장 꼭대기에 있는 스위트룸이었다.

"와아……."

절로 탄성이 나왔다. 전망도 좋고 인테리어도 너무 고급스러웠다.

"마음에 들어?"

"마음에 드는 게 아니라 굉장해요. 같은 호텔인데 여기는 딴 세상이네요."

그녀가 창가로 가서 바다를 보았다. 그리고 연욱이 뒤에서 그녀를 안았다.

"멋지네요."

"바다가?"

"바다도, 내 뒤에 있는 사람도."

그가 그녀의 정수리에 입을 맞추었다.

"제주도에 있는 별장에 가면 더 놀라겠어."

"제주도는 아이들하고 가요."

"좋아."

"솔직하게 아이들에게 미안해요. 그냥 끝까지 지켜 줬어야 하는 건데……."

"아이들은 제니가 돌아가는 것만으로도 행복해할 거야."

"제발 그랬으면 좋겠어요."

연욱이 그녀를 돌려세워 깊은 키스를 했다. 그의 입술이 그녀의 도톰함 입술을 삼켰다. 어제와 같이 오늘도 잠을 잘 수 없을 것 같았다. 그들의 호흡이 조금씩 거칠어졌다.

보육원을 서성이는 정연은 정신을 놓은 상황이었다. 제니를 그렇게 빨리 찾을 줄은 몰랐다. 김 비서는 아직 연욱이 제니를 찾은 줄 모르는 것 같았다. 그는 어제 수아와 제니가 통화를 했다는 소식을 들었다.

일요일인 오늘 그들은 헬기를 타고 서울로 복귀할 예정이라고 들었다. 지금은 지훈과 그녀의 문제를 걱정할 때가 아니었다. 자칫하다가는 그녀는 자신의 모든 것을 제니에게 뺏길 위기에 처하게 생겼다.

　돈은 괜찮았다. 아버지의 사랑과 관심이 이제는 제니에게 가는 것 같아 불안했다. 그것만은 빼앗기고 싶지 않았다. 그녀는 여태까지 황창수 회장의 하나뿐인 딸이었다. 그런데 마음의 준비도 안 된 이때 동생을 맞이하고 싶진 않았다.

　Rrrrrrr—

　아버지의 전화였다.

　"여보세요?"

　며칠 동안 아버지의 전화를 받지 않았었다. 하지만 오늘은 그녀도 아버지와 대화란 것을 나누어야 할 것 같았다.

　[어디야?]

　"보육원이요. 아시잖아요?"

　[들어와.]

　아버지의 음성이 많이 누그러진 상황이었다.

　"싫어요."

　[싫어?]

　"네, 아빠는 아현이를 찾아서 기분이 좋으실지 모르지만, 전 이제 아무것도 남지 않았어요. 언제나 절 무시하셨는데 이제 잃어버렸던 딸까지 찾으셨으니, 제가 더 필요 없으실 것 아니에요?"

아버진 화가 나셨는지 깊은 한숨을 쉬었다.

[너희 둘이 서로 도우면 되지.]

그건 말도 안 되는 일이었다. 어느 날 갑자기 튀어나온 동생을 그녀가 어떻게 받아들이라는 건지 거기다 뭘 믿고 힘을 합치라는 건지 이해가 되지 않았다.

"왜 제 것을 그 아이와 나누어야 하나요?"

[네가 포기하고 나갔잖아.]

아버지의 말에 정연은 너무 실망이었다.

"이제는 더 들어갈 이유가 없어졌네요."

그녀는 전화기를 끊어 버렸다. 아버지에게 이렇게 대든 건 처음이었다.

"정연 씨……."

지훈이 정연이 있는 방으로 들어오자마자 그녀는 지훈을 끌어안았다.

"왜 그래요?"

"아니에요."

"아닌 게 아닌데……."

그가 그녀의 등을 손으로 다정하게 쓸어 주었다.

"왜 그러는지 말해 줄래요?"

"아버지에게…… 딸이 있어요. 저한테는 이복동생이 생긴 거죠."

"……."

"그런데 난 받아들일 수가 없어요."

"그런 일이 있었군요……. 괜찮아요."

그가 팔에 힘을 주어 그녀를 위로했다.

"난……."

"시간이 필요한 거죠? 그런 거라면 누구라도 놀랄 일이죠. 그
러니까 시간을 가지고 천천히 생각해 봐요."

그녀에게 이런 사람이 있다는 게 너무 좋았다. 완벽하게 그녀
의 편이 되어 줄 사람이었다. 그런데 그 상대가 제니라도 그녀의
편이 되어 줄까? 궁금하다는 생각이 든 그녀였다.

"만약에 제 이복동생이 제니 씨라면 어떨 것 같아요?"

"뭐가요?"

"그때도 제 편이 되어 주시겠어요?"

"당연하죠."

그의 말은 한 치의 망설임도 없었다.

"난 정연 씨가 경우에서 벗어나지 않는다면 언제나 당신 편일
겁니다."

"제가 경우에 어긋난다면요?"

"당신은 그럴 사람이 아니에요."

그는 그녀를 믿어 주었다.

"하지만 우리 제니는 착한 아이예요. 만약에 그 아이가 나쁜 아이라면 한 치의 망설임도 없겠지만, 제니가 너무 착하니까. 정연 씨도 제니를 예뻐해 주길 바라는 마음은 있죠. 그래도 전 어느 순간에도 정연 씨의 편일 겁니다."

"지훈 씨……."

그녀가 지훈을 꼭 끌어안았다.

"당신을 더 안고 싶지만 지금 운동장에서 아이들이 창가 달라붙어서 우리를 보고 있네요."

"어머!"

그의 방의 창으로 아이들이 참새처럼 몰려들어 그들을 구경하고 있었다.

"옷 갈아입고 아이들이랑 축구하고 올게요. 우리 이야기는 저녁에 해요."

"네."

그는 옷을 갈아입고는 운동장으로 나갔다. 그녀는 방 안에서 계속해서 서성였다. 어떻게 해야 할지 정신을 차릴 수가 없었다.

제니는 정신없이 하루를 보내고 있었다. 부산에서 돌아와 아이들과 다시 만났을 때 그들은 눈물 없이 볼 수 없는 영화 한 편을 찍었다. 그리고 제니는 아이들에게 맹세했다. 다시는 그들을 떠나지 않기로 말이다.

그리고 일주일이 흐른 평일이었다. 아이들과 야외수업을 했다. 오늘은 잔디밭에 돗자리를 깔고 엎드린 자세로 책을 읽었다. 그녀는 아이들에게 학교 수업 같은 교육을 하지 않았다. 책을 많이 읽히고 일기를 쓰게 했다.

스스로 생각하고 말하게 했다. 그렇게 하는 토론 수업이 아이들의 두뇌 발달에 더 좋다고 믿는 그녀였다.

위잉—

뭔가 오토바이 같은 소리가 들렸다.

"어?"

규원이 벌떡 일어나 소리가 나는 쪽을 보았다.

"이상한 할아버지가 와요."

뒤를 돌아보니 어떤 노신사가 전동 휠체어를 타고 들어왔다. 그리고 그의 뒤에는 검은 양복을 입은 사람도 따라 들어왔다. 손님이 오신 모양이었다. 그녀는 아이들과 책 읽기를 계속했다.

그런데 그 사람은 그 자리에 서서 그들을 보고 있었다. 제니는 아이들에게 책을 계속해서 읽으라고 말하고는 노신사의 곁으로 다가갔다.

"어떻게 오셨어요?"

노신사는 그녀를 그윽하게 쳐다볼 뿐 아무런 말도 하지 않았다.

"본관은 안쪽으로 더 들어가셔야 해요. 집이 너무 넓지요?"

"그렇군요."

휠체어에 앉아 있어서 그렇지 노신사는 기품이 넘쳐 보였다. 풍채도 좋아 보이는데 어쩌다가 그렇게 됐는지 안쓰럽다는 생각이 들었다.

"오늘은 안에 들어갈 필요가 없어요. 제니를 만나러 왔으니까."

"저를요?"

처음 보는 사람이었다.

"잠깐 이야기를 할 수 있을까? 최 회장에게는 이미 양해를 구했네."

"무슨 말씀이신지 몰라도, 지금 아이들과 수업 중이라서요. 허락을 받으셨다니 아이들을 유모에게 잠깐 맡기고 올게요."

그녀의 말이 떨어지기가 무섭게 어떻게 알았는지 유모가 와서 아이들을 데려가는 게 보였다. 그렇다면 김 집사도 알고 있다는 말이었다.

"이쪽으로 오세요. 여기는 더워요."

"다정하군."

"……"

그녀는 노신사가 주는 인상이 나쁘지 않았다. 처음 본 느낌이었다. 연세를 따지면 혹시 엄마와 아는 사람인 걸가?

그녀는 그를 그늘이 있는 곳으로 안내했다. 노신사 비서로 보이는 남자에게 좀 떨어져 있어 달라고 했다. 둘만 이야기를 하고 싶다고 말이다.

"절 아세요?"

"잘 알지."

"그래요?"

"아가씨도 잘 알고…… 이연지 씨도 잘 알지."

"우리 엄마를 아세요?"

그녀는 문득 이상한 생각이 들었다. 혹시 이 사람이? 그러나 입 밖으로 내지는 않았다.

"연지와는 아주 가까운 사이였지."

"……"

그렇게 생각을 하고 노신사를 보니 엄마가 어릴 때 가지고 있던 사진 속에 아빠의 모습과 비슷했다. 온몸에 소름이 돋았지만, 제니는 최대한 아무렇지 않은 척했다.

"내가 연지의 소식을 들은 건 얼마 되지 않아. 그동안 그렇

게 찾았는데 찾지 못했어. 사람이 하루아침에 그렇게 증발할 수
도 있다는 걸 처음 알았지."

"……"

지금 그는 엄마와 그녀를 찾았다는 소리를 하는 것이었다. 엄
마가 하루아침에 사라져서 찾을 수도 없었다는 말을 하는 것이
었다.

"이제 이렇게 제니라도 찾아서 다행이야."

"……"

"잘…… 지냈나?"

"잘 지내지는 못했죠. 엄마는 자살하시고 어린 저 혼자서 잘
지낼 리가 있었겠어요?"

"……미안하네. 일찍 찾았어야 했는데……."

"그걸 왜 미안해하시는지 이해가 안 가네요."

"……"

이렇게 얼굴을 봤으니 된 것이었다. 이렇게 서로를 모른 채 계
속해서 살아가면 그만이었다. 제니는 그렇게 하고 싶었다.

그런데 그때 연욱이 퇴근 시간도 아닌데 집으로 왔다.

"최 회장님……."

집에선 아직 최 회장님이라고 불렀다. 집안사람들 때문이 아
니라 아이들 때문에 그러는 것이었다.

"안으로 들어가시죠."

"아닙니다. 이렇게 봤으니 됐습니다."

"그래도 안에 들어가셔서 차라도 하시죠. 이렇게 오시기도 힘드셨을 텐데 말입니다."

그는 한사코 노신사를 안으로 들게 했다. 노신사가 탄 전동 휠체어는 그녀가 본 휠체어 중에서 가장 비싸 보였고 비서까지 둘 정도면 상당한 재력가라는 걸 보여 주고 있었다. 하지만 만약에 그가 그녀의 생각처럼 아버지라면 그는 이렇게 집 안에 들어갈 게 아니라 돌아갔어야 했다.

"김 집사님 차 좀 주세요."

"네."

휠체어의 등장에 김 집사가 당황한 표정을 짓더니 주방으로 향했다. 아마도 대리석 바닥이 걱정된 모양이었다.

"이렇게 최 회장님의 집에 오게 될 줄은 생각도 못 했습니다."

"밖엘 잘 안 나오시는데 이렇게 오신다고 하셔서 저도 좀 놀라긴 했습니다."

"제가 좀 다니기에 불편한 상황이라서요. 오늘은 너무 중요한 날이라서 이것저것 신경 쓰지 않고 그냥 나왔습니다."

"이야기는 좀 나누셨습니까?"

"네, 좀……."

그녀는 굳은 얼굴로 서 있었다.

"우리 제니는 잘 있습니다. 이야기가 아주 이상한 방향으로 흐르고 있어서 당황스럽긴 하지만 괜찮습니다."

"이렇게 가까이 두고 있었다니…… 저도 놀랐습니다."

그녀는 이 자리에 있고 싶지 않았다. 아버지를 용서할 마음이 없었다.

"제니야……."

연욱이 중간에서 중재하는 분위기라서 더 싫었다. 그녀가 분명하게 말을 해야 할 것 같았다.

"제가 한마디 해도 될까요?"

"……."

"제가 많은 나이는 아니지만, 제 인생이 워낙 굴곡져서 그런지 상처가 깊습니다. 그 상처라는 건 돈으로 해결된다거나 어느 날 갑자기 친절함으로 중무장을 하고 나타나서 달래 준다고 나아지는 게 아닙니다."

"……."

"이제껏 그렇게 살아왔듯이 그냥 그대로 묻고 살아가면 되는 것입니다. 서로의 삶으로 들어가기엔 세월이 너무 많이 흘렀습니다. 그냥 모른 척 살아가는 것이 가장 좋은 방법인 것 같습니다."

그녀는 이렇게 말을 마무리한 뒤 그들을 뒤로하고 방을 나와 아이들의 공부방으로 갔다.

아직은 그녀의 근무시간이었다. 공부방에 그녀가 들어가자 유모가 궁금한 표정으로 그녀를 보았다.

"이 선생이 아는 사람이야?"

"예전에 알았던 사람이에요."

"지금은 몰라?"

"지금은 알고 싶지 않은 사람이에요."

"왜?"

"그냥 그렇네요. 하지만 떼어 버릴 수도 없는 사람이죠."

그녀는 이렇게 말을 하며 아이들과의 수업을 이어갔다. 아무 일도 일어나지 않은 것처럼 행동하고 싶었지만 그건 쉽지 않았다.

자꾸만 울컥 올라오는 감정을 추스르느라 수업이 어떻게 끝이 났는지 알 수 없었다.

이렇게 갑작스럽게 아버지란 사람을 만날 줄은 몰랐었다. 하지만 이미 때는 늦은 것이다. 후회해도 시간은 돌릴 수가 없었다. 엄마와 그녀에게서 행복을 빼앗아 간 사람이었다. 핏줄이란 걸로 용서될 수 있는 상황이 아니었다.

"엄마……."

그녀는 지금 엄마가 보고 싶었다.

"그냥 살아 있지. 그러면 사과라도 받았을 텐데……."

엄마가 너무 불쌍했다.

10. 행복은 가까이

거실의 분위기가 얼음판보다도 더 차가웠다. 제니의 반응을 보니 그녀는 아버지가 어떤 사람이든 받아들일 마음이 없는 것 같았다. 하지만 묘한 건 황 회장은 제니를 보더니 그녀에게 완전히 마음을 빼앗긴 것 같았다. 핏줄이 당기는 것이었다.

"죄송하지만 오늘은 여기서 끝내는 게 나을 것 같습니다."

"상황이 아주 복잡하게 됐습니다."

"그러게요."

아직 할 말이 있는 것 같았다. 정연과 끝이 났는데 또 다른 딸과 그가 인연이 되었으니 황 회장의 입장에선 묘한 인연이라고 생각할 수 있었다.

"제니의 이름은 아현입니다."

"……."

"아이에게 아무런 도움을 주지 못한 건 내가 너무 사업에 욕심이 많아서……."

울컥했는지 황 회장은 말을 잇지 못했다.

"전 그렇게 하지 않았을 겁니다."

"……."

"사랑에 대한 확신이 있었다면 즐기는 관계로 남겨 두진 않았겠지요. 그깟 돈이나 쥐여 주면서 말입니다. 회장님께서 진정으로 그분을 사랑했다면 곁에 두지 않았을 겁니다."

진정 사랑하는 사람이라면 그런 고통을 주기 싫었을 것이다.

"사업을 하는 사람이라서 어쩔 수 없이 사업을 위해 짝을 찾아야 했다면, 그렇게 보냈을 겁니다. 하지만 제니는 제가 사랑하는 사람입니다. 그리고 전 누구의 도움 없이도 사업을 해 나갈 수 있는 사람입니다. 사업 확장을 못 하는 건 아쉽지만 그건 죽고 싶을 만큼 원하는 건 아니니까요."

"……."

"하지만 제니는 다른 걸 다 잃게 되더라도 포기할 수 있는 것이 아닙니다."

황 회장이 그를 뚫어지게 보았다.

"젊었을 때의 전 용기가 없는 비겁한 사람이었습니다……. 아현이와 이야기할 수 있도록 다시 한 번 자리를 부탁드립니다."

"아뇨, 제니의 말처럼 그냥 지금처럼 아무것도 모른 척 그렇게 살아가는 게 좋겠습니다. 그게 그렇게 어려운 건 아닙니다."

"……."

그가 자리에서 일어났다.

"정연이는 잘 지내고 있습니다. 정연이가 그렇게 행복한 얼굴인 건 처음 보았습니다. 지금의 딸에게 더 잘해 주시는 게 좋을 것 같습니다. 제니의 곁은 제가 지키겠습니다."

"……최 회장이 제니가 내 딸인 걸 알고 잘해 주는 건 줄 알았습니다. 아니란 걸 알았으니 안심하고 가겠습니다."

돌아서는 황 회장의 뒷모습이 너무나 쓸쓸해 보였다.

연욱이 제니를 그의 딸로 알고 좋아하는 척하는 줄 아는 모양이었다. 하지만 그건 황 회장의 오해였다. 연욱은 온 마음을 다해 제니를 사랑했다.

그는 제니가 있는 아이들의 공부방으로 향했다. 반쯤 넋이 나가 있었지만, 제니는 아이들의 수업을 끝까지 진행했다.

수업이 끝이 나고 터덜터덜 걸어가는 제니를 연욱이 뒤에서 안아 주었다. 오늘따라 제니의 어깨가 너무 처져 있었다.

"왜 이제 와서 나타난 걸까요?"

"계속해서 찾으셨던 모양이야."

"그게 중요한가요? 결론은 자신의 이익 때문에 사랑하는 여자를 죽음으로 몰았는데. 그냥 찾았다고 하면 감사해야 하는 건가요?"

"……."

그는 제니를 품에 꼭 끌어안았다.

"아무리 돈이 많고 부자라고 해도 그 사람을 아버지로 받아들이고 싶은 마음은 없어요. 그건 세월이 흘러도 마찬가지예요."

"제니야……."

"쉬고 싶어요."

그가 제니를 돌려세웠다

"나한테 기대."

"……."

"왜 그렇게 혼자서만 삭이는 거지?"

"……."

"제니야, 힘들 땐 기대도 좋아."

"아뇨, 어차피 당신도 아버지와 같은 선택을 할 거잖아요."

"……."

그녀는 연욱을 그대로 두고 숙소로 걸어갔다. 그녀는 그가 정연이 아니더라도 다른 좋은 가문의 여자를 다시 고를 거라 생각한 모양이었다. 이대로는 안 될 분위기였다.

모처럼 다 같이 모인 날인데 분위기가 뒤숭숭했다. 수아는 정연의 눈치를 살피고 있었다. 시누이가 올케의 눈치를 보다니 웃기는 일이었다. 정연은 제니를 뚫어지게 보고 있었고 무슨 이유인지 제니도 정연을 좋지 않은 얼굴로 보고 있었다.

참다못한 수아가 그에게 나오라고 고갯짓을 했다.

"무슨 일이야?"

갑작스럽게 수아가 불러내자 지훈은 짜증 섞인 목소리로 물었다. 아마 방 안이 걱정이 되는 모양이었다.

"오빠 때문이야."

지훈을 밖으로 끌고 나온 수아가 소리를 질렀다.

"왜?"

"정연 언니하고 제니 사이에 오빠가 끼어 있잖아."

"내가?"

오빠는 바보였다. 그러니 저 난리지. 여자끼리 도끼눈을 뜨고 서로를 못 잡아먹어서 안달일 경우는 흔하지 않았다. 보통 남자가 문제였다.

"맞아, 숨 막혀 돌아가시겠어."

정민까지 밖으로 나와 버렸다.

"그렇다고 둘만 놔두고 나오면 어떻게 해?"

수아가 이번엔 정민에게도 뭐라고 했다.

"그럼 어떻게 해?"

"최 회장이 부탁했어. 2시간만 잡고 있으라고."

"후……."

삼 남매의 머리가 터져 버릴 지경이었다. 왜 2시간만 잡고 있으라고 했는지 모르지만, 분위기는 너무 안 좋았다.

"오빠가 원흉이니까 빨리 들어가서 중간에 앉아 있어."

"나도 좀……."

지훈도 고개를 흔들었다.

"오빠!"

수아가 도끼눈을 뜨며 소리쳤다.

"알았다."

오빠도 한숨을 쉬며 안으로 들어갔다. 그때 태섭의 차가 보육원 안으로 들어왔다.

"오빠."

태섭과 그녀는 지금 몰래 만나는 중이었다. 오빠도 언니도 결혼을 안 한 상황에서 그들이 먼저 결혼을 할 수는 없었다. 수아는 태섭을 보니 저절로 입이 귀에 걸렸다. 사랑하는 마음은 숨길 수가 없는 것이었다.

"인사해."

그가 남자 하나를 데리고 왔다. 짙은 네이비 정장을 입은 그는 참 반듯하게 생긴 사람이었다. 태섭 오빠와는 비슷한 듯 다른 분위기를 내고 있었다.

"안녕하세요? 김시현입니다."

"우리 사무실 동료."

변호사란 이야기였다. 생긴 것도 정말 잘생긴 사람이었다.

"여기 마치고 다들 식사나 하자고."

"알았어."

오늘 태섭의 생일이었다.

"그런데 분위기가 왜 이래?"

"아니야."

"뭔데?"

"우리는 들어가지 말고 여기서 기다리자. 손님도 계시는데……."

정민은 아무 소리 없이 옆에 서 있었다. 사실 오늘 태섭이 정민에게 시현을 소개시켜 주려고 일부러 데려온 것이었다.

"그럴까?"

"그럼 난 먼저 들어가 볼게. 저렇게 셋만 놔둘 수도 없고."

하여간 눈치라고는 전혀 없는 언니가 안으로 들어가겠다고 난리였다.

"내가 들어갈 테니까 언니가 오빠들이랑 있어."

"알았어."

졸지에 사지로 내몰린 수아는 조금 있다가 들어오라고 태섭에게 문자를 보냈다. 하여튼 오늘 이상하게 분위기가 안 좋아 정민의 소개팅도 제대로 될 것 같지 않았다.

갑자기 제니가 사무실로 들어오는 바람에 기분이 나빠진 정연이었다. 온다는 소식을 들었다면 외출이라도 했을 것이다. 김 비서의 말로는 아버지에게 남처럼 지내자고 했다는데, 정연은 그게 가식일 거라고 생각했다.

막대한 재산을 그렇게 쉽게 포기할 사람들은 많지 않았다.

"부처도 아니고……."

저도 모르게 말이 툭 튀어 나왔다. 무소유도 아니고 일반인이할 수 있는 결정이 아니었다. 그래서 더 짜증이 난 정연이었다. 김 비서의 말로는 아버지가 다녀간 지 일주일이 지났는데 아무런 연락이 없다고 했다.

웃기는 일이었다. 하긴 여유를 가지고 접근하려고 머리를 쓰는 걸지도 몰랐다. 거기다가 제니의 뒤에는 최 회장이 있었다.

"우리 아빠가 다녀갔다고요?"

그녀의 앞에 앉아 있는 제니에게 정연이 먼저 말을 걸었다.

"네, 그러셨어요."

"우리 아빠가 어떤 사람인지 알아요?"

"제가 알아야 하나요?"

"우리나라 재계 순위 몇 위인 사람인지 아냐고요."

"전 그런 순위 하나도 몰라요. 관심도 없고."

어이가 없었다. 그런 사람은 없었다. 차라리 돈이라도 밝힌다면 좀 인간적으로 느껴질 것 같았다. 제니는 생각보다 가식 덩어리였다.

"무소유, 뭐 그런 건가요?"

정연은 연속해서 제니를 비꼬았다.

"전 무교예요. 돈도 좋아하고요."

아주 당찬 여자였다. 그러니 최연욱을 잡았겠지.

"우리 아빠가 뭐라고 해요?"

"정연 씨 아버지가 뭐라고 하시든 전 관심 없어요. 이제까지 서로 모르고 살았던 것처럼 살면 되는 거예요. 그리고 더는 이런 식의 말은 하지 말아요. 기분 나쁘니까."

할 말이 없게 만드는 여자였다.

"우리 아빠는 그쪽 엄마를 내쫓지 않았어요. 알아요? 그리고 계속해서 찾아 다녔다고요."

"그래서 감사해야 하나요?"

"뭐요?"

"엄마와 전 보육원에서 살았어요. 엄마는 자살했고 전 그곳에서 어린 시절을 홀로 보냈죠. 그런데 어느 날 부자 아빠가 나타나면 반가워해야 하나요? 그 사람을 용서해야 하냐고요."

잘은 모르지만, 제니의 한이 그대로 느껴졌다.

"그럼 어떻게 해야겠어요?"

"그냥 모른 척 지금처럼 살면 된 거예요. 난 바라는 거 없어요."

정연은 그녀의 이야기를 들으면 들을수록 제니를 이해하고 싶어졌다.

"하지만 핏줄인데……."

"언제부터……."

"야! 아무리 아빠가 잘못을 했어도 네 아빠가 아닌 건 아니잖아."

"왜 반말이에요?"

"내가 너보다 나이가 많으니까."

"뭐라고요?"

"그럼 나보다 어린 동생한테 존대해?"

그때 지훈이 안으로 들어왔다.

"커피 마실래?"

"앞에 있는 게 커피야."

"아하…… 그렇구나."

지훈도 지금의 상황이 난감한 모양이었다. 두 여자의 눈치를 보느라 정신이 없었다.

"지훈 씨, 제니랑 단둘이 이야기하고 싶은데."

"어, 그래요?"

"오빠, 난 할 얘기 없으니까 앉아 있어. 안 그러면 갈 거야."

지훈이 중간에서 난처해하는 건 싫었다.

"좋아, 내가 입 다물게. 지훈 씨는 이리 와서 앉아요."

지훈이 그녀의 옆에 앉았지만, 좌불안석인 게 그대로 느껴졌다.

"지훈 오빠랑 정말 사귀는 건가요?"

"그래."

"당신 아버지가 싫어하실 텐데 어떻게 하실 거죠? 쉽게 헤어질 생각이면 안 만나는 게 좋지 않을까요? 난 오빠가 상처받는 거 싫으니까."

"지금 충고하는 거야?"

"지훈 오빠는 내 친오빠나 마찬가지니까요."

할 말이 없었다. 상황이 지훈으로 인해서 역전이 되어 버렸다. 제니는 그녀가 생각하는 것만큼 만만한 여자가 아니었다.

"여기 왜 온 거지?"

"볼일이 있어서요. 그런 것까지 말해야 하나요?"

"제니야!"

이번엔 지훈이 발끈했다.

"언니한테 무슨 말버릇이야?"

"미안해. 내가 지금 기분이 좀 그래서. 그리고 언니는 무슨 언니야?"

제니가 민감하게 반응했다.

"그럼, 내가 언니지 동생이야?"

"유치하게 그러지 마세요."

그녀가 생각해도 점점 자신이 유치해지는 게 느껴졌다. 마치 친자매가 사소한 일로 다투는 것처럼 말이다. 제니와 말을 섞을 수록 그녀의 상황이 이해가 가서 심한 말을 할 수가 없었다. 애석하게도 제니의 경우는 아니지만 말이다. 그래서 서운한 마음에 자꾸 툴툴거리게 되었다.

"최 회장이 곧 올 거야."

지훈이 끼어들었다. 둘이 싸울 것 같다는 생각에 끼어든 것 같았다.

"어?"

"오늘 너 여기다가 2시간 붙잡아 두라고 했어."

"왜?"

"모르지, 이렇게 둘이 싸우라고 그랬을지도……."

지훈은 지금 상황을 모르지만, 연욱은 알고 있으니 머리를 쓴 게 분명했다.

"최 회장님이 노력하셨네."

"원하지도 않았는데 그렇게 했네요."

제니는 자세히 설명하지 않아도 그녀의 말을 다 알아들었다. 아빠의 머리를 닮은 것 같았다.

"아직도 숨 막히는 분위기인 거예요?"

"아니야. 끝났어."

"너는 왜 안 부리던 심술을 부리고 그래?"

수아가 제니를 나무랐다. 지훈의 식구들은 다 따뜻한 사람이었다. 그래서 자신은 시누이 복도 있다고 생각했는데 복병이 있었다. 그것도 그녀의 이복동생이 복병이었다.

"커피 마실래?"

"네가 타 주고 나갔어."

다들 아주 난리였다.

"그러니까 이런 분위기로 있지 말라고. 답답해서 미칠 것 같으

니까. 언니도 그러지 마시구요. 우리 제니가 얼마나 착한
데……."

"저도 착해요."

"네, 그렇다고 치고요."

지훈과 수아 때문에 웃음이 나와 버렸다.

"왜 웃어요?"

제니가 톡 쏘아붙였다. 하지만 제니의 눈에도 웃음기가 보였
다.

"웃겨서."

"네?"

"넌 지금 이 상황이 안 웃겨?"

"……."

"맞잖아?"

그녀는 웃음이 터져 버렸다. 이 어이없는 상황이 그녀를 웃게
만들었다.

"뭐야?"

"그냥 웃어. 너의 잘못도 내 잘못도 아니니까."

"……."

두 사람을 번갈아 보는 수아와 지훈 때문에 정연은 또다시 웃
음이 터져 버렸다.

"그만들 해요. 이제 이럴 일 없으니까."

그녀가 먼저 일어나 밖으로 나왔다. 지훈과 그녀가 만나는 한은 보기 싫어도 계속해서 볼 얼굴이었다. 그리고 이렇게 보니 제니는 그녀가 좋아하는 당돌한 스타일이었다.

"두고 보지 뭐."

정연은 자신의 방으로 들어가며 이렇게 중얼거렸다.

제니는 뾰로통한 표정으로 앉아 있었다. 혼자 멋진 척은 다 하고 가는 정연이었다.

"괜찮아? 정연 언니가 원래 저렇지는 않아. 좋은 사람이야."

"누가 뭐라고 했어?"

이번엔 제니가 웃음이 터졌다.

"둘 다 왜 이래? 미친 거야?"

"아마도."

수아는 얼떨떨한 표정을 지었다.

"근데 왜 여기서 기다리라는 거야?"

제니가 지훈을 보면서 물었다.

"모르지. 근처에 볼일이 있나 봐."

"그런가?"

약속 시각이 다가오자 보육원의 운동장에 갑자기 차들이 들어왔다.

"뭐야?"

"야, 잠깐. 수아야 제니한테 운동장 보여 주면 안 된대……."

"왜?"

오빠가 블라인드를 내렸다.

"뭔데?"

제니는 궁금함에 고개를 쭉 빼면서 밖을 보았다. 하지만 동작 빠른 지훈이 이미 블라인드를 다 내린 상황이었다.

"넌 왜 그렇게 눈치가 없냐? 이벤트 하는 거지 뭐."

"너 알면 안 된다고 난리더라."

지훈이 핸드폰을 보며 말했다.

"잠시 후에 내보내래."

"중계 방송해?"

"나도 이런 거 하는 거 안 좋아해. 그리고 재벌이 이벤트 하는 데 정연 씨가 보는 것도 싫고."

그건 지훈의 말이 맞았다. 그런데 이벤트라니 솔직하게 기분이 좋았다.

"부산에 다녀온 지도 얼마 안 됐는데……."

"좋냐?"

그녀가 고개를 끄덕였다.

"부럽다. 누구는 이벤트도 받고."

"너도……."

수아가 조용히 하라는 표시를 했다. 태섭과 수아가 사귀는 건 그녀만 알았다.

"나오시란다."

생각보다 준비가 빨랐다. 그녀가 밖으로 나가자 운동장에 조명이 켜지더니 사람들이 커다란 하트를 만들고 서 있었다. 손에 각각 장미 한 송이가 들려 있는 사람들이었다. 그녀가 등장하자 가장 앞에 서 있던 사람이 그녀에게 다가와 장미 한 송이를 건네주며 말했다.

"이렇게 내 앞에 나타나 줘서 고마워."

그녀가 미소를 지었다. 그다음 사람이 장미 한 송이를 그녀에게 내밀었다.

"널 처음 본 순간부터 반했어."

휘이익!

지훈 오빠와 태섭 오빠가 뒤에서 아주 난리였다. 그렇게 그녀는 스물네 송이의 장미를 받았다. 하지만 그는 어디에도 보이지 않았다.

"뭐지?"

그때였다. 그녀에게 장미를 준 사람들이 그녀를 데리고 하트

가운데 있는 커다란 상자 앞으로 데리고 갔다.

"하나, 둘, 셋!"

그들의 구령에 맞춰서 상자가 열리더니 그 안에 한쪽 무릎을 세우고 앉아 반지를 들고 있는 그가 보였다. 그리고 조금 전까지 그녀에게 장미를 준 사람들이 결혼에 관한 노래를 잔잔하게 불러 주었다. 아름다운 곳이었다. 지금 그녀의 기분으로는 천상의 노래 같았다.

"나와 결혼해 줄래?"

"네."

주저할 필요가 없는 말이었다. 이렇게 갑작스럽게 청혼을 받을 거라고는 생각도 못 한 그녀였다. 그가 그녀의 손에 반지를 끼워 주고 많은 사람 앞에서 그녀의 입술에 진한 입맞춤을 했다.

휘이익!

지훈 오빠 쪽은 완전히 축제의 분위기였다. 소리를 지르며 그들의 결혼을 축하해 주었다. 집 안에 있던 아이들까지 나와서 그녀의 결혼을 축하한다고 보육원이 떠나가게 소리를 질렀다.

"고마워. 그리고…… 사랑해."

그가 처음으로 사랑한다는 말을 해 주었다.

"널 처음 본 순간부터 사랑했어. 그걸 인정하기 싫었을 뿐이야. 이제 이렇게 고백하고 나니까 좋다."

"연욱 씨……."

그들은 한동안 그렇게 서로를 끌어안았다.

정민과 시현은 태섭의 생일 케이크를 사러 근처 제과점으로 향했다. 처음 보는 남자와 단둘이서 가는 게 좀 그랬지만 어두운 밤거리를 혼자 가는 것보다는 나은 것 같았다.

"……."

그 둘은 가는 길에 한마디도 하지 않았다.

"제가 들게요."

케이크를 사서 오는 길엔 이 말이 전부였다. 어색해도 이렇게 어색할 수가 없었다.

"성함이……."

그녀가 삼겹살집에 거의 도착할 무렵에 그의 이름을 물었다.

"김시현입니다."

"아, 네……."

차분한 인상의 남자는 말수가 적었다. 케이크를 사서 삼겹살집에 들어가서부터는 서로 말을 할 기회가 없었다. 물론 대화를 하고 싶은 건 아니었다. 하지만 커플들 사이에서 있자니 그와 아무 말이라도 해야 할 것 같았다.

하지만 그들은 대화를 나누지 않았다. 가끔 시현이 그녀를 바라보기는 했지만, 정민이 눈길을 피했다.

"우리도 한잔할까요?"

"네?"

갑작스럽게 그가 그녀의 옆에 앉더니 술을 따라 주었다.

"마셔요, 멋진 커플들을 위하여!"

그가 원샷을 했다. 그를 의식하다 보니 그동안 주변의 상황을 못 보고 있었다. 지금 보니 아주 가관이었다. 최 회장은 취했는지 테이블에 엎드려 있었고 정연과 지훈은 취해서 부둥켜안고는 키스를 하고 있었다. 거기에 수아와 태섭도 취하긴 마찬가지였다.

정민도 소주를 단번에 마셨다.

"술을 잘 마십니까?"

"아뇨."

"천천히 마셔요."

"오늘 같은 날엔 술을 마셔야죠."

정민은 그가 주는 대로 술을 계속해서 마셨다. 그가 그녀를 뚫어지게 바라보았다.

"왜요?"

"예뻐서요."

"시현 씨도 잘생겼어요."

그녀가 술을 또 한 잔 마셨다.

"그만 마셔요. 다들 일어나는 분위긴데 우리도 일어날까요?"

"네."

그가 비틀거리는 그녀를 부축해 주었다.

"고마워요."

"……."

그녀는 그의 부축을 받고 밖으로 나왔다. 수아와 태섭도 밖으로 나왔다.

"우리 정민이 예쁘지?"

"어."

"어때, 마음에 들어?"

"그래."

남자들끼리 뭐라고 말했지만, 정민은 어지러웠다. 머리 위로 인공위성이 도는 것 같았다.

"고마워요."

시현이 그녀를 잡아 주었다.

"오늘 고마워요. 이렇게 친절하니까 여자들이 좋아하겠어요."

"아무한테나 친절하지 않습니다."

"어머, 거짓말도."

"정말입니다."

그녀가 그를 올려다보았다. 수아와 태섭은 구석에서 둘만의 대화를 나누느라 그들을 신경도 안 쓰고 있었다.

"키스해도 됩니까?"

"……."

이 남자가 뭐라는 건지 이해하기도 전에 시현의 입술이 그녀의 입술을 덮었다. 삼겹살집 담벼락 아래서 그녀는 오늘 처음으로 만난 남자와 키스를 했다. 그의 혀가 그녀의 입안 구석구석을 핥았다.

갑자기 정신이 번쩍 들었다.

퍽!

"악!"

시현이 자신의 정강이를 잡고 펄쩍 뛰었다.

"언니!"

수아가 그녀를 향해 달려왔고 정민은 자꾸 눈이 감겼다. 술에 취한 정민은 정신 줄을 산뜻하게 놓았다.

어이가 없어도 이렇게 없을 수는 없었다. 연욱이 쏜다고 뒤풀이를 왔는데 태섭의 생일잔치가 열리고 있었다. 거기다가 정민 언니의 소개팅까지 이어졌다. 오늘 축하를 받아야 할 그녀에게 정연은 독설을 날렸고 지금 그녀의 아군은 술에 취해 깊은 숙면

중이셨다.

"오늘 찍은 사진이 없다면 프러포즈를 받았는지 아무도 모를 거야."

그녀는 수아가 찍은 핸드폰의 사진을 넘기며 중얼거렸다.

"전송했어?"

"당연하지."

그녀의 핸드폰은 지금 차 안에 있었다.

"어떻게 집에 데리고 갈래?"

"내가 모셔다드리지 뭐."

"아니야, 기사 아저씨 있어."

"오……. 역시 레벨이 다르구나."

다들 놀리느라 정신들이 없었다.

"한잔해."

정연이 그녀의 잔에 술을 채워 주었다.

"난 어색한 거 싫어요."

"나도 마찬가지야. 그리고 네 생각과 달리 아빠가 뭐라고 하든 난 지훈 씨랑 결혼할 거야."

그녀의 말에 모두가 정연을 보았다.

"우리가 결혼해?"

술에 약한 지훈이 혀가 꼬부라진 소리로 물었다.

"우린 결혼할 거예요."

정연의 선언에 지훈이 갑자기 일어나 정연에게 진한 키스를 했다.

"아, 정신없어."

그녀는 자리에서 일어났다.

"나, 갈래."

삼겹살집이 아주 난장판이었다. 각자 서로의 사연들로 정신이 없었다. 그녀는 중간에 식당에서 연욱을 데리고 나왔다. 물론 술에 취한 연욱이 기분 좋게 카드를 긁고 나왔다.

"기분 좋아요?"

"응."

"그럼 됐어요."

그녀는 운전기사의 도움을 받아 그를 롤스로이스에 태웠다. 회장님 차인 롤스로이스였다. 아무에게나 팔지 않는 차라 더욱 유명한 그 차를 연욱은 가지고 있었다.

리무진에 오르자마자 그녀는 차를 출발시켰다.

"도대체 술을 얼마나 마신 거예요?"

그는 제니의 다리에 얼굴을 묻고 잠이 들어 있었다. 제니는 운전석과의 차단막을 올리고는 자신도 눈을 감았다. 오늘은 정말 피곤한 하루였다. 그리고 행복한 하루이기도 했다.

"사랑해."

꿈을 꾸는 줄 알았다. 눈을 번쩍 뜬 제니는 그의 무릎에 누워 그녀를 올려다보고 있는 연욱을 보았다.

"안 취했군요?"

"빨리 나오고 싶었어. 이렇게 단둘이 있고 싶었거든."

"정말 못 말려요."

그녀가 고개를 내려 그의 입술에 입을 맞추었다.

"오늘 감동받았어요."

"다행이야."

"……사랑해요."

"나도 사랑해."

그들의 입술이 다시 한 번 뜨겁게 부딪쳤다.

"왜 진작 사랑한다고 말해 주지 않았어요?"

"알고 있다고 믿었어. 그런데 부산에서 나에게 고백한 걸 보니까 모른다는 걸 알았지."

그래서 준비가 필요하다고 한 거였다.

"고마워요. 오늘이 내 생애에서 가장 행복한 날이에요."

"아니 이제부터는 매일매일 행복하게 해 줄게."

그들의 입술이 다시 한 번 뜨겁게 부딪쳤다. 이렇게 행복한 날이 올 줄은 제니는 전혀 몰랐었다. 그를 알게 되고 제니의 불행

은 행복으로 변했다. 이제 그녀의 삶은 행복한 나날이 될 것이
다.

그가 그렇게 약속했으니까. 제니의 입가에 행복한 미소가 걸
렸다.

에필로그

핸드폰의 시간을 보니 약속 시간보다 30분이 늦어지고 있었다. 주말이라서 혹시나 해 그녀는 20분이나 먼저 도착했으니 거의 1시간 정도를 기다린 것이다.

늦으면 늦는다고 말을 해야지. 하긴 그날 그렇게 고주망태가 됐으니 그녀와의 약속을 기억할 리조차 없었다.

종로의 '로망스'는 연인들로 붐볐는데 주말에 그녀 혼자 앉아 있으려니 민망할 지경이었다. 이곳은 서울의 3대 맛집으로 특히 매운 해물 파스타가 유명했다.

그래서 평일에도 도전 의식이 강한 친구들로 붐비는 곳이었다.

"주문 도와드릴까요?"

벌써 3번째였다.

"매콤한 파스타 2배로 맵게 해서 하나 주세요."

"마니아 맵기로 해 드릴까요?"

"네."

"많이 매우실 겁니다."

"괜찮아요."

속이 터지는 정민은 기분을 풀기 위해 매운 파스타를 시키고 죽음의 매운맛을 보았다. 오늘은 되는 일이 없었다. 정도껏 매워야지 무슨 파스타가 몸의 이동 경로를 알 정도로 따끔거렸고 입술은 홍두깨 부인처럼 부풀어 올라 있었다.

눈물이 주르르 흘렀다. 그래도 기분은 더러웠다. 바람을 맞은 건 처음이었다.

"아악!"

주변의 손님들이 그녀를 미친 여자 보듯 바라봤다. 자리에서 벌떡 일어난 그녀는 계산을 마치고 밖으로 나왔다.

Rrrrrrr—

그때였다. 휴대폰이 요란하게 울렸다. 시현이었다.

"여보세요?"

안 받을까 하다가 욕이나 실컷 하려고 전화를 받았다.

[어딥니까?]

"왜요? 너무 늦게 전화해서 미안하시다고 사과하는 거라면……."

[1시간째 기다리고 있습니다.]

그녀를 1시간이나 기다리고 있다고 말했다. 거짓말을 하려면 제대로 하든지 속에서 천불이 올라왔다.

"거짓말……."

[어디냐고요.]

기가 막히게도 오히려 그가 화를 냈다.

"어디긴 어디예요? 로망스지?"

[몇 가 로망스요?]

"여기는 종로3가요. 왜요?"

[기다려요. 바로 갈 테니까.]

아차 싶어서 그녀는 문자를 확인했다. 종각이라고 쓰여 있는데 종로3가라고 오해한 건 그녀였다. 예전에 와 본 경험이 있어서 아무 생각 없이 이곳으로 온 것이었다.

"어쩌지?"

10분쯤 기다리자 그가 왔다. 정장 차림이 아닌 청바지 차림의 그는 남친 룩의 정석을 보여 주고 있었다.

"파스타는 맛있었어요?"

"네?"

"아닙니다. 갑시다."

그는 자신의 차에 그녀를 태우고는 어디론가로 향했다.

"어디 가는 거예요?"

"배고파서 밥 먹으려고요."

"……미안해요. 제가 착각했어요."

"그래서 안 온다고 화나서 그런 만행을 저지른 겁니까?"

"네……."

속이 쓰려서 미칠 것 같았다. 위장에 구멍이 난 것 같았다. 그
들이 간 곳은 강남의 아파트였다.

"여기가 어디예요?"

"일단 들어와요."

"네."

아주 커다란 평수의 세련된 집이었다.

"혹시……."

"맞아요. 우리 집."

"아……."

그런데 왜 자신의 집에 데리고 왔을까?

"욕실은 안쪽에 있어요."

"욕실?"

그녀는 저도 모르게 가방으로 가슴을 가렸다.

"후……. 가서 거울 좀 봐요."

"……."

그녀는 그의 말대로 욕실로 가서 거울을 보니 접싯물에 코를 박고 싶은 심정이었다. 매운 걸 먹으면서 울기는 했지만 검은 눈물을 흘리고 있을 줄은 몰랐었다. 그리고 입술도 보통 부은 게 아니었다.

다행히 가방에 클렌징크림이 있어서 얼굴의 화장을 꼼꼼하게 지운 정민은 완벽한 맨얼굴로 욕실을 나왔다. 어차피 이 상태면 완전히 작별을 고하는 것이었다.

"감사해요. 대중교통을 이용했으면 검색어에 나올 뻔했어요. '검은 눈물녀'로 말이죠."

"하하하, 그럴 수도 있었겠네요."

그가 마음 놓고 비웃었다.

"그럼 전……."

"속 안 쓰립니까? 금방 전복죽 만들어 줄게요."

"제가 만들게요."

"모르긴 해도 제 요리 실력이 나을 것 같습니다. 자취 경력 10년 차니까요."

"……네."

그녀는 더는 말을 할 수가 없어서 그의 뒤에 있는 식탁에 앉아 요리하는 시현을 바라보았다. 집은 40평은 넘어 보였고 가구도 다 고급스러웠다.

거기다가 요리하는 남자라니. 완전히 매력 있는 남자를 못 알아본 것이었다.

굴러들어 온 복을 사정없이 걷어 찬 것이었다.

"아깝다⋯⋯."

그는 정신없이 요리했고 금방 먹음직스러운 전복죽을 만들어 왔다.

"어때요?"

"맛있어요."

그리고 속이 편안해지는 기분이었다.

"원래 그렇게 욱하는 성격입니까?"

"네?"

"오늘은 매운 걸 그렇게 먹고, 그날은 내 정강이를 발로 차고. 아직도 멍 자국이 있습니다."

"제가요? 전 그렇게 폭력적이지⋯⋯."

순간 다음 날 수아가 성질 좀 죽이라며 그녀에게 말했던 기억이 떠올랐다.

"제가 키스한 게 그렇게 싫었습니까?"

이건 또 무슨 소리인가.

"싫으면 싫다고 하면 될 것이지 정강이를 그렇게 차 버리면 되겠습니까?"

"죄송합니다. 술에 취해서……."

"요즘 주폭도 단속 대상인 거 아시죠?"

"제가 또 주폭까지는……."

민망함 마음에 당장 술을 끊을 생각이었다.

"그런데 왜 키스는 하신 건지……."

"좋으니까 하고 싶었겠죠."

"그땐 그랬는데 지금은 정이 많이 떨어지셨겠죠."

"……."

이제는 하고 싶은 마음이 완전히 사라졌을 게 분명했다.

"본인이 무슨 말을 하는지 알기나 합니까?"

"아뇨……."

그녀는 힘없이 죽을 떠먹었다. 이제 다 끝난 일이었다. 그래도 죽은 너무 맛있어서 눈치 없이 계속 들어갔다.

"설거지는 제가 할게요."

그녀는 일어나서 싱크대 쪽으로 향했다.

"괜찮아요."

"아뇨, 제가 할게요."

쨍그랑!

그릇이 경쾌한 소리를 내며 깨졌다.

"제가 한다고 그러지 않았습니까?"

그의 목소리가 커졌다. 그 소리에 놀라기도 하고 창피하기도 해서 정민은 저도 모르게 눈물을 흘렸다.

"제가 그릇값은……."

"웁니까?"

"아뇨……."

시현이 정민의 팔목을 조심스럽게 쥐었다.

"제가 이런 사람이 아닌데, 이상하게 자꾸만 이렇게 되는 것 같아요. 죄송합니다……."

"후……."

"가 볼게요."

"가긴 어딜 갑니까? 그릇값은 지불하고 가야지요."

"네……."

그녀가 가방을 열려고 하자 그가 정민을 와락 끌어안았다.

"어머!"

"그릇값은 다른 거로 받을 겁니다."

"읍!"

그가 그녀의 퉁퉁 부은 입술을 뜨겁게 삼켜 버렸다.

"으으읍!"

그의 혀가 그녀의 입술 주위를 핥기 시작했다. 처음부터 너무 강도가 센 키스였다. 그의 입술은 숨을 쉴 시간도 주지 않고 그녀의 입술을 빨아들이고 있었다. 도저히 정신을 차릴 수가 없었다.

입술이 화끈거리는 게 매운 파스타 때문인지 그의 뜨거운 키스 때문인지 알 수 없었다.

"하아…… 왜 키스하는 거예요?"

그녀가 생각해도 멍청한 질문이었지만 그의 진심을 듣고 싶은 건 사실이었다.

"당신을 처음 본 순간부터 원했고, 술에 취한 귀여운 모습을 보니 안고 싶었어요."

그는 키스하고 싶다고 말하는 게 아니라 섹스를 하고 싶다고 말하는 것이었다.

"왜요?"

"그 이유는 나도 잘 모르겠어요. 한 번도 이렇게 강렬한 느낌은 받은 적이 없으니까."

"그날은 술 때문이고, 오늘은 파스타 때문인 거예요."

"작가라면서 감수성이 바닥인 거 아닙니까?"

"전 번역합니다."

그녀가 그를 살짝 밀어냈다.

"싫었습니까?"

"……."

하지만 그는 오히려 그녀의 허리를 와락 끌어안았다. 정민의
배에 닿는 그의 페니스는 완벽하게 단단해져 있었다.

"싫다고 하면 보내 줄 겁니다."

그가 정민의 눈을 뚫어지게 바라보며 말했다. 그의 검은 눈동
자 안에 그녀가 가득했다.

"왜요?"

"네?"

"싫다고 해도 잡아야 하는 거 아니에요?"

정민은 이해가 되지 않았다. 좋으면 일단 매달리기라도 해야
하는 거 아닌가?

"싫다는 여자는 보내 줍니다."

"싫어요."

"……."

그는 여전히 그녀의 허리를 잡고 있었다.

"왜 안 놔주는 건가요? 싫다고 했는데?"

"거짓말인 줄 아니까……."

그의 목소리가 잠겨들었다. 그의 눈에서 불꽃이 튀었다.

"독심술도 하시나 봐요?"

"아뇨. 다른 게 눈에 안 보여서, 당신만 보고 있으니 진심이 보이는 겁니다."

"변호사라 말을 참 잘하시네요."

"다른 것도 잘합니다."

그의 말에 정민은 웃을 수밖에 없었다. 그와 연애를 시작할 것 같은 불길한 예감이 들었다. 그리고 그에게 절대로 못 이길 것 같다는 생각도 들었다.

"읍!"

그가 조금 전과는 다르게 거칠게 입술을 덮쳐 왔다.

"으으읍."

그녀는 뒷걸음질 치며 그에게 계속 밀려가다가 소파 위로 쓰러졌다. 이렇게 이들의 인연은 뜨겁게 이어지고 있었다.

나중에 안 사실이었지만 그가 그녀에게 반한 건 태섭의 생일날이자 제니가 프러포즈 받은 날이 아니라, 몇 달 전인 보육원의 행사 날에 태섭과 함께 봉사 활동을 와서 그녀를 처음 본 순간이었다고 했다.

그날 그는 살아 있는 천사를 보았다고 말했다. 이렇게 천사와 변호사는 이날을 시작으로 매일같이 뜨거운 밤을 보내게 되었다.

장롱에 들어가 있는 건 어릴 때를 제외하고는 처음이었다. 수아는 숨을 죽이며 장롱 안에 숨어 있었다. 태섭의 집에 들어올 때 놀래 준다고 신발을 가방에 넣고 들어오길 참 잘한 것 같았다.

　그의 부모님이 집에 오실 줄은 상상도 못했으니까 말이다.

　"여보!"

　"왜?"

　"거기 김치통하고 반찬통 좀 가져다줘요."

　"알았어."

　두 분은 태섭의 반찬을 만들어 오신 모양이었다. 벌써 30분째 이러고 있으니 죽을 맛이었다. 거기에 태섭이 오려면 시간이 더 걸리는 상황이었다.

　"어쩌지……."

　거기다가 급하게 들어오느라 방문까지 열려 있어서 거실에서 나는 소리가 다 들렸다.

　"이번에 태섭이 집을 좀 큰 거로 바꿔 줘야 하지 않을까요?"

　"왜?"

　"태섭이 여자 있는 거 같아요."

　"뭐? 근데 왜 말이 없어?"

"때가 되면 하겠죠. 지금 24평짜리 아파트는 너무 작아요. 최소한 35평은 돼야 할 것 같아요."

태섭 오빠의 아버지는 성공한 사업가였다. 이야기 듣기로는 중소기업치고는 알짜라는 소리를 들었다. 그래서 수아는 태섭에게 더 자신이 없었다.

"그래도 장은 봐 놨네."

그건 그녀가 봐 온 것이었다.

"이것도 반찬으로 만들어 놓을까 봐요."

"놔둬. 뭘 좋아할지도 모르는데. 그건 자기 먹고 싶은 거 만들라고 해."

"그럴까요?"

두 분은 참 친절한 분들이었다. 어릴 때 크리스마스 같은 특별한 날에 그들 남매를 집으로 초대해서 밥도 해 주시고 하셨다.

"엄마!"

생각보다 태섭이 일찍 집에 들어와서 다행이었다.

"아들, 왔어?"

"네. 연락도 없이 어쩐 일이세요."

"아들 보고 싶어서 왔지."

"그런데 어쩌죠? 저 약속이 있어서요."

"여자 친구?"

"네."

"그 친구랑 결혼할 거야?"

"당연하죠."

태섭은 시원시원하게 말했다.

"인사시켜 줘."

"때가 되면 시킬게요."

"그때가 언젠데?"

"결혼하고 싶어 할 때요."

"너랑 결혼 안 한대?"

"저만 안달이 난 상황이에요."

"네가 어때서?"

어머니가 발끈하셨다.

"우리 태섭이는 공부는 잘하는데 여자한테는 2% 부족하잖아. 누구야, 수아던가? 친구 동생이 좋다고 공부도 안 하고 상사병에 걸려서 우리가 얼마나 힘들었어?"

"맞아요. 법대 합격하고 얼마 안 있다가 심하게 아팠죠."

"그만하세요……."

"그래서, 수아는 잘 있어?"

"네."

"엄마는 걔 예쁘던데."

"나도 좋더라. 어려운 환경인데도 바르고 싹싹하고."

수아는 지금 자신이 잘못 듣고 있는 게 아닌가 하는 생각이 들었다. 그가 말한 게 맞았다. 사법고시에 방해가 돼서 그녀에게 고백하지 못했다고 한 말이 사실이었다.

그런데다가 그는 그녀를 짝사랑해서 상사병까지 걸렸다고 했다. 지금 이게 꿈인지 생신지 구분이 안 가 그녀는 허벅지를 꼬집어 보았다.

"아!"

고통을 느끼는 걸 보니 꿈은 아니었다.

"저 준비하고 나가야 해요."

"그래, 너는 너의 갈 길을 가."

"어떻게 그래요?"

"넌 항상 그랬거든."

"아버지!"

가족 간에 사이가 좋게 느껴졌다. 하긴 외아들이니 얼마나 귀하겠는가? 그때 갑자기 다리가 저리기 시작했다.

"안 되는데……."

그녀는 코끝에 침을 바르며 다리가 괜찮아지길 기다렸다. 그때였다.

벌컥!

너무 놀라서 기절할 뻔한 수아였다. 놀라긴 태섭도 마찬가지였다.

"수아야……!"

"쉿!"

그는 얼른 자신의 방문을 잠갔다.

"여기서 뭐 해?"

"밥해 주러 왔다가 어른들이 오셔서……."

그녀가 옷장에서 나오게 그가 도와주었다.

"그래서 이러고 있었던 거야?"

"네, 우리 목소리 들리니까 조용히 말해요."

그가 그녀를 귀엽다는 듯이 바라보았다. 그리고는 옷을 벗기 시작했다.

"뭐, 뭐 해요?"

"왜? 너무 섹시해?"

"아니…… 갑자기 벗으니까."

"안 나간다고 하려고."

그는 옷을 갈아입더니 밖으로 나갔다. 그리고는 어른들께 약속이 취소됐다고 말하고는 안으로 들어왔다.

"어떻게 나가요?"

"여기서 자."

"미쳤어요?"

"아니, 그 어느 때보다 멀쩡해. 이 안에서 다 들었어?"

"네?"

그의 말에 대답을 못하는 그녀였다.

"내가 수아 너 때문에 상사병에 걸려서 식음을 전폐한 것도 들었어?"

"……."

"내가 얼마나 심각한 상황이었는지 넌 몰라."

"왜…… 말 안 했어요?"

"그때 네가 고3 때였잖아. 너는 아직 어렸고, 중요한 시기였으니까."

"오빠……. 읍!"

그가 수아의 입술을 강하게 삼켰다. 태섭이 그녀를 뜨겁게 원하고 있다는 걸 온몸으로 보여 주고 있었다. 수아는 그의 키스에 점점 뒤로 밀려 그의 침대 위로 그와 함께 쓰러졌다.

털썩!

소리가 제법 크게 났지만, 그들 중에 누구도 상관하지 않았다. 서로의 입술이 얽히고 손으로 서로의 몸을 거칠게 탐했다.

"태섭아!"

어머니의 목소리에 놀란 수아가 그에게서 떨어지려 했지만,

그가 수아를 꼭 끌어안았다.

"네."

"밥 먹어."

"10분만요."

"그래."

그는 이렇게 말하며 그녀의 목에 키스를 퍼부었다. 그리고는 그녀의 윗옷을 머리 위로 벗겨냈다. 수아가 안 된다고 고개를 가로저었지만, 소용이 없었다.

"예뻐."

"……."

태섭은 수아의 분홍빛 유두를 뜨겁게 빨기 시작했다. 밖에 부모님들이 계시는데 정말 난감했다. 하지만 그가 주는 쾌감에 수아는 정신을 차릴 수가 없었다. 그의 입술이 위험하게 점점 아래로 내려왔다.

"제발……."

그는 그녀의 여성을 빨아들이기 시작했다. 수아는 손으로 입을 막았다. 분명 그녀가 신음한다면 밖에 들릴 게 뻔했다. 그는 게걸스럽게 그녀의 여성을 빨아들이고 있었다.

"태섭아!"

"나가요."

그가 그녀를 둔 채로 밖으로 나갔다. 김치찌개 냄새가 그녀의 코끝을 자극했다. 그는 밥을 먹고 부모님을 거의 내쫓다시피 집으로 돌려보냈다. 괜히 죄송한 마음이 들었다.

"수아야, 나와."

그녀는 그가 차려 놓은 밥을 정신없이 먹었다.

"배고팠어?"

"네."

그가 그녀를 보며 미소 지었다.

"그렇게 웃지 마요."

"왜?"

"떨리니까."

그가 이렇게 환상적인 미소를 지으면 그녀는 너무나 떨렸다.

"난 네가 곁에 있으면 언제나 떨려."

"이런 멘트는 어디서 가르쳐 줘요?"

"내 마음에서……."

그녀의 입술에 쪽 소리가 나게 입을 맞추었다.

"내가 왜 좋았어요?"

"너무 예뻐서."

"정민 언니나 제니가 더 예뻐요."

"아니, 난 수아가 세상에서 제일 예뻐. 그래서 수아만 보면 떨려."

"치……."

"정말이야. 밥은 다 먹었어?"

"네."

"그럼, 이제 내가 널 먹을 차례야."

그가 수아의 손을 잡고 방으로 이끌었다. 그들의 밤은 그렇게 뜨겁게 타올랐다. 그는 수아에게 평생 사랑할 거라고 고백했다. 수아는 그가 정말 그렇게 할 거라고 믿었다.

다섯 명의 아이가 커다란 테이블에 앉아서 불쌍한 눈으로 정연을 쳐다보고 있었다.

"안 돼."

"선생님……."

정연은 아이들의 수학 수업을 담당하고 있었고 지금 아이들은 나머지 공부 중이었다.

"공부는 제 적성이 아니라고요."

"나도 우아하게 네 얘기 듣는 게 적성에 안 맞아."

"저는 요리사가 될 거예요."

"아니, 안 될 거야. 저울의 무게도 못 읽고 더하기 빼기도 못하는데 무슨 요리야."

"선생님은 저희들한테 희망을 주셔야죠!"

"학생은 내 말을 잘 들어야지. 빨리 문제집 세 장씩 풀어. 다 푸는 순서대로 컴퓨터실을 사용할 수 있게 해 주지. 30분."

"1시간."

"40분."

"콜!"

그녀는 아이들을 위해 게임용 컴퓨터실을 따로 만들었다. PC방에 가는 걸 막기 위해서였다. 아이들의 건강을 위해서라도 PC방에서 담배 냄새 같은 걸 맡게 할 순 없었다. 미리 방지하는 게 좋았다.

구시렁거리던 아이들은 언제 그랬냐는 듯이 문제집을 풀기 시작했다.

아이들이 문제집을 다 풀고는 컴퓨터실에 들어가자 그녀는 하루를 마감했다.

똑똑!

지훈이 그녀에게 다가왔다.

"무서운 선생님이네."

"그렇게 되네요."

"힘들지?"

"아뇨, 처음으로 보람을 느끼고 있어요."

"다행이다. 이번 주말에 제니 결혼식인 거 알아?"

"제니한테 전화 받았어요."

아직 서먹하긴 하지만 그래도 정연은 가끔 제니와 통화하고 지냈다.

그가 뒤에서 그녀를 안았다.

"흠, 좋다."

지훈이 그녀의 목에 입술을 묻었다. 지훈이 이럴 때마다 정연은 아랫배가 찌릿했다.

"애들이 봐요……."

"뭐, 한두 번 들켰나?"

"하긴."

그들이 끌어안고 있어도 이제 아이들은 신경도 쓰지 않고 있었다.

"……아버지한테 전화 왔었어."

"뭐라고 하죠?"

"괜찮아, 언젠가는 우리를 이해해 주시겠지."

"너무 속상해하지 말아요."

그녀는 아버지의 모진 말들을 잘 견뎌 주고 있는 지훈이 고마웠다.

"사랑해."

"저도 사랑해요."

그가 그녀의 정수리에 입을 맞추었다. 지훈은 아이들의 복지를 위해 힘을 썼고 연욱이 그런 지훈을 위해 보육원을 지어 주고 있었다. 아직은 이사를 하지 않았지만 다음 달이면 그들은 지금보다 몇 배는 더 좋은 곳으로 이동하게 되었다.

선생님들도 새로 뽑고 해서 아이들에게 더욱 좋은 환경을 선물했다.

"당신은 훌륭한 사람이에요."

"고마워, 난 정연이만 날 인정해 주면 돼."

그가 그녀의 손을 잡고는 그들의 방으로 향했다. 무엇을 할지는 뻔했지만, 아이들이 아직 컴퓨터 방에 있었다.

"애들부터 재우고요."

"수아에게 부탁했어."

그는 그녀에게 오기 전에 벌써 부탁을 해 놓은 모양이었다.

"아주 용의주도한 사람이네요."

"맞아, 난 정연이에 관해서는 용의주도하지."

방에 들어서자마자 그들의 입술은 뜨겁게 부딪쳤다. 너무 뜨거워서 데일 것 같았다.

"으으읍!"

그는 정연의 입술을 거칠게 빨아들었다. 아이들에게는 한없이 부드러운 사람이 정연에게만은 정욕에 사로잡힌 짐승이 되었다. 그가 이렇게 뜨겁게 그녀를 대하면 정연은 미칠 것 같은 욕망을 느꼈다. 그들은 뜨겁게 침대로 돌진했다.

매일 밤, 그들은 서로서로 얼마나 원하는지 알았다. 그게 그들이 함께하는 이유였다.

디딤돌 본가의 연회장이 모처럼 사람들로 북적이고 있었다. 결혼식을 야외에서 하려고 하다가 밤에 식을 치르기로 하면서 장소가 바뀌었다. 예식을 그냥 즐기기 위해서였다. 정말 친한 지인들 오십 명을 초대해서 저녁도 먹고 파티도 하면서 즐겁게 보내기로 한 것이었다.

제니는 신부 대기실에 앉아서 예식을 기다리고 있었다. 수아와 정민이 그녀의 곁에서 들러리를 해 주었다.

제니는 거울에 비친 자신을 보고는 놀라움을 금치 못했다. 연욱이 자신을 위해 얼마나 신경을 써 주었는지 한눈에 알 수 있었다.

'황실 드레스'라고 불리는 '로자스포사'의 드레스를 뉴욕 본사에서 직접 공수받아 가져왔을 정도로 그는 제니를 세상에서 가장 아름다운 신부로 만들기 위해 노력했다.

흰색의 웨딩드레스는 비즈 장식과 화려한 레이스로 사람들의 시선을 사로잡았다.

"너무 예쁘다."

"고마워."

"최 회장님은 뭐래?"

"아직 입은 거 못 봤어. 신혼여행 때문에 날짜를 빼느라고 요즘 계속 회사 일로 바빴거든."

아직 연욱은 그녀가 입은 모습은 보지 못했다.

"너하고 언니도 너무 예쁘다."

핑크색의 들러리 드레스도 연욱이 크리스챤 디올에 직접 주문한 것이었다.

"언제 이런 거 입어 보겠어."

그들은 만족스러워해서 덩달아 제니도 기뻤다.

"예쁘네."

정연이 신부 대기실로 들어왔다.

"역시 내가 보는 눈이 정확했어. 이거 내가 고른 거야."

연욱이 정연에게 도움을 받은 것 같았다.

"고마워요."

"뭘……"

그녀와 정연은 이제 어느 정도 자연스러운 관계가 되었다.

"그런데 최 회장님은?"

"아직……."

"하긴, 미리 보면 재미없지. 신랑이 놀라는 재미가 있어야지."

정연이 웃으며 말했다.

"아가씨들도 예뻐요."

"고마워요."

정연과 지훈은 아직 황 회장의 허락을 못 받아서 결혼식을 올리진 못했지만 법적으로는 그들 중에 가장 빠른 부부였다.

수아와 정민도 아직 결혼식 날짜를 잡지 않았지만 이른 시일 내에 다들 결혼을 할 분위기였다.

"정말 아름다우십니다."

태섭과 시현이 신부 대기실로 들어왔다.

"감사해요."

"그리고 우리 수아하고 정민 씨도 아름다워요. 오늘은 신부가 최고지만."

오늘은 그녀의 날이었다. 그래서 친구들도 모두 그녀에게 아름답다는 말을 했다. 하지만 솔직하게 연욱의 반응이 가장 궁금했다. 그녀의 모습을 보고 그는 아름답다고 하겠지만 그래도 그의 표정이 궁금한 제니였다.

"신부님, 준비하세요."

"시작하나 보다."

"왜 내가 다 긴장되지?"

수아가 몸을 부르르 떨며 말했다.

"후……"

제니는 심호흡을 크게 하고는 스텝이 안내하는 곳으로 향했다. 그녀가 연회장에 들어서는 순간 처음으로 눈에 띈 사람은 연욱이었다. 그의 표정은 그녀를 기쁘게 했다. 넋이 나간 듯한 표정을 짓는 연욱의 모습은 처음이었다.

규원과 나리라 그녀가 갈 길에 꽃을 뿌렸다. 제니는 그 꽃길을 우아한 걸음으로 걸어갔다. 그에게 한 걸음 한 걸음 다가설 때마다 제니는 심장이 터질 것 같았다. 턱시도를 입은 그의 모습은 그녀의 심장을 터질 듯이 뛰게 했다.

"너무 아름다워."

"당신도 멋져요."

그의 입에 귀에 걸렸다. 이렇게 그가 기뻐하니 너무 좋았다. 그의 손을 잡고 버진로드를 걸었다. 화동으로 나리와 규원이 함께했고 뒤에는 들러리인 정민과 수아가 함께했다. 모두의 축복 속에 그녀는 그와 백년가약을 맺었다.

예식이 끝난 후의 피로연은 정말 화려했다. 우리나라 최고의 재즈 가수가 부르는 라이브 음악 속에 그들은 블루스를 췄다.

"사랑해."

그녀를 꼭 안고 춤을 추던 그가 귓속말로 속삭였다.

"저도요."

"결혼이 이렇게 떨리고 기쁜 일인지 몰랐어. 이게 다 제니 덕분이야."

그는 그녀의 입술에 살짝 입을 맞추었다. 그러자 여기저기서 탄성이 쏟아졌다.

"부끄러워요."

"오늘은 우리의 날이야."

그는 아무렇지 않다는 듯이 다시 한 번 그녀의 입술을 훔쳤고 아직 테이블에 앉아서 신랑신부의 춤을 지켜보는 수많은 하객의 부러움을 샀다.

휘이익!

어디선가 휘파람을 부는 소리가 났다.

"연욱 씨!"

그녀가 키스를 그만하라고 그의 이름을 불렀지만, 소용이 없었다. 그녀가 아예 입도 못 떼게 그가 다시금 그녀의 입술을 삼켰다. 그들의 춤이 끝나자 다른 사람들도 홀로 나와 춤을 추기 시작했다. 그는 그녀의 손을 잡고는 테이블마다 다니며 그녀를 인사시켰다.

피로연은 즐거운 축제처럼 진행이 되었다. 서로 인간 열차를 만들어 홀을 돌기도 했고 신나는 음악에 맞춰 미친 듯이 몸을 흔들기도 했다.

그녀의 곁은 항상 연욱이 지켰고 그녀는 너무나 행복했다. 그렇게 그들의 화려한 결혼식이 끝이 나고 손끝 하나 움직일 수 없는 극심한 피곤함 속에 그는 그녀를 꼭 끌어안고 그들의 침실에서 잠이 들었다.

파도 소리가 기분 좋게 들리는 곳은 인도네시아의 작은 섬이었다. 연욱의 또 다른 별장이기도 한 이곳은 정말 조용히 휴식을 취하고 싶을 때 찾는 곳이라고 했다. 그들은 그의 요트로 섬에 도착했다.

"와, 정말 멋져요."

"마음에 들어?"

"네."

그가 그녀의 입술에 입을 맞췄다. 섬에는 그들만 온 건 아니었다. 네 쌍이 함께 여행을 왔다. 그건 그의 탁월한 선택이었다. 둘만 왔어도 좋았겠지만, 친구들과 함께하는 것도 너무 좋았다.

각자의 짐을 든 그들은 믿기지 않을 만큼 현대적인 시설을 자랑하는 그의 별장 안으로 향했다. 그들이 도착하자 별장지기와

도우미들이 그들을 반겼다.

"여긴 지상 낙원이네요."

태섭이 연욱을 보며 말했다.

"일주일 동안 우리는 놀고먹고 마시는 일만 할 겁니다."

"좋아요."

그들은 짐을 풀고는 수영장 옆의 식탁에 둘러앉아 늦은 점심을 먹었다. 랍스터를 비롯한 각종 생선과 조개 요리가 그들의 입맛을 돋우었다.

식사 후에 커플들은 각자의 시간을 가졌다. 모두가 신혼여행을 온 것처럼 달달한 분위기였다. 연욱은 제니의 손을 잡고 섬의 반대편으로 향했다. 연욱의 손에는 돗자리와 수건이 들려 있었다.

"여기는 방해받지 않는 곳이지."

"멋져요."

제니는 연욱과 함께 모래사장에 앉아 그의 어깨에 기대서 바다를 바라보았다.

"이제야 우리 둘이야."

"그러게요."

"결혼식 때 제니의 모습은 영원히 잊지 못할 거야."

"어땠는데요?"

"내 얼빠진 얼굴이 사진에 그대로 찍혀 있더군. 너무 아름다워서 숨을 쉴 수조차 없었어. 그리고 후회했지. 아무리 바빠도 먼저 볼 걸 하고 말이야. 그러면 조금이라도 면역력이 생기지 않았을까?"

그가 그녀의 턱을 잡고 살짝 입 맞췄다.

"내 아름다운 신부."

"……이상해요."

"뭐가?"

"이렇게 결혼해서 신혼여행까지 오고, 모든 게 신기해요."

그들은 다정하게 그렇게 한참을 앉아 있었다.

"우리 수영할까?"

"수영복이 없는데……."

그가 옷을 바로 벗었다.

"연욱 씨……."

"시원할 것 같아."

그는 이렇게 말하고 완벽한 자연인으로 바다로 들어갔다. 그리고는 유유히 헤엄을 쳤다. 제니도 옷을 벗고 바다로 조금씩 들어갔다.

"나 수영 못 해요."

그가 제니의 곁으로 왔다.

"수영할 생각 없어."

"어머!"

그가 제니를 안아 들었다. 제니는 그의 목에 매달렸고 그녀는 제니의 엉덩이를 손으로 받치고 있었다.

"너무 야한 거 아니에요?"

그의 입술에 자신의 입술을 대고 그녀가 말했다.

"제니가 날 자꾸 이렇게 만들어."

"아니에요."

그녀가 그의 아랫입술을 빨아들였다.

"자극하지 마."

"오늘은 이런 날 아닌가?"

"……."

그의 눈이 너무나 강렬하게 타오르자 제니는 자신이 실수했음을 직감적으로 느꼈다.

"취소할게요."

"그런 건 없어."

"왜요?"

"날 도발했으니까?"

그가 그녀를 안아 들고는 해변으로 올라왔다. 그들이 나오자 태양이 서서히 지고 있었다.

"저기 봐요. 노을이 너무 멋져요."

그가 말없이 그녀를 안은 채로 잠시 노을을 바라보다가 걷기 시작했다. 그리고 자신들의 돗자리 위에 그녀를 올려놓고 가져온 커다란 수건을 돗자리 위에 깔았다. 그리고 그들은 그 위에 누웠다.

"자연을 이불 삼는 건가요?"

"노을을 이불 삼는 거지."

그의 손이 그녀의 젖은 머리카락을 넘겨 주었다.

"제니 널 보면 가지고 싶어서 미칠 것 같아. 어떤 때는 온종일 너만 생각해서 내가 미친 것 같다는 생각이 들기도 해."

"저도 그래요. 연욱 씨의 근육질의 가슴도 생각나고 또……."

"또?"

"이것도 생각나고."

그녀의 손이 그의 페니스를 잡았다가 놓았다.

"만져 줘."

"이렇게요?"

그녀가 다시 그의 페니스를 손으로 잡았다. 그의 페니스는 성이 날 대로 나 있었다.

"이런 짐승 같은 면이 좋아……. 읍!"

연욱이 다급하게 그녀의 입술을 삼켰다. 그의 이런 거친 키스가 좋았다. 마치 그녀가 아니면 안 된다는 무언의 표시인 것 같기 때문이었다.

"으으읍!"

그가 강하게 그녀의 혀를 빨아들였다. 그는 자신의 몸으로 그녀를 덮었다. 그의 맨살이 닿는 느낌이 너무 좋았다. 연욱의 손이 그녀의 여성을 어루만졌다.

"너무 오래 참았어."

"참지 말아요."

제니가 그의 목에 팔을 두르고 그의 입술을 삼켰다.

"하아, 사랑해요."

"나도……."

그가 제니의 다리를 벌리고 자신의 페니스를 그녀의 여성에 넣었다.

"윽!"

"아아악!"

탁 트인 모래사장에서 그녀의 신음은 작은 울림에 지나지 않았다. 그가 움직일 때마다 그녀는 온몸에 꽉 채워진 느낌이었다. 그의 몸에서 떨어지지 않으려 제니는 팔과 다리로 그를 감쌌다.

"하아, 하아……."

그가 미친 듯이 허리를 움직였다.

"미칠 것 같아."

그는 이렇게 말하며 자신의 분신을 그녀 안에 쏟아냈다. 그리고는 그녀를 품에 안고는 하늘을 바라보았다. 노을이 절정에 달했다.

"너무 예뻐요."

그의 품에 폭 안긴 제니가 그에게 속삭였다.

"난, 제니가 더 예뻐."

"우리 최연욱 씨가 이렇게 오글거리는 사람인 줄 몰랐어요."

"나도 요즘 나 자신에게 놀라."

그가 웃었다.

"키스해 줄래요?"

그는 그녀의 바람을 들어 주었다.

"매일 이렇게 제니하고 밤하늘을 보면서 살고 싶다."

"저도 그래요."

"가지 말까?"

그의 말에 제니는 웃었다. 그가 이렇게 말을 해 주는 것만으로도 좋았다.

한참을 누워 있던 그들은 별장으로 돌아왔다. 다른 사람들은 벌써 와서 모닥불 아래 앉아 있었다.

"여기……."

수아가 손을 흔들었다. 지훈이 기타를 들고 앉아 있었다. 아이들을 가르쳐서 그런지 지훈은 재주가 많았다. 지훈이 팝송을 한 곡 불렀다. 제니는 지훈의 목소리가 너무 좋다고 칭찬했다.

그러자 갑자기 연욱이 지훈에게 기타를 빌렸다. 그러더니 감미로운 팝송으로 그녀에게 사랑을 고백했다.

"이건 반칙입니다. 기타에 노래까지 잘해 버리면 우리는 뭐가 됩니까?"

태섭이 투덜거렸다. 하지만 제니는 또 한 번 자신의 남편에게 반하고 말았다. 제니는 그의 품에 폭 안겨서 모닥불을 바라보았다. 그는 제니의 정수리에 키스하며 사랑을 고백했다. 그렇게 섬에서의 일주일은 날마다 불같이 뜨거웠다.

제니는 그의 품속에서 하늘의 별을 보았다. 이곳에서는 별똥별이 자주 떨어졌다. 그녀는 떨어지는 별똥별을 보며 그들의 아기를 갖게 해달라고 소원을 빌었다. 그를 닮은 아들을 낳고 싶은 마음이었다.

물론 규원과 나리에 관한 소원도 빌었다. 그녀는 그의 입술에 살짝 입을 맞췄다.

"사랑해요."

"사랑해."

그의 품을 파고들며 그녀는 모닥불을 바라보았다. 그리고 앉

아 있는 사람들을 하나하나씩 보았다. 그녀는 미소를 지으며 이
들이 다 같이 행복하기를 기도했다. 그녀의 신혼여행은 모닥불
처럼 뜨겁게 타올랐다.

『제니의 남자』 완결.